LE CHOIX DE PHILIPPE

© La Fontaine de Siloé
MND Diffusion
38 avenue Jean Jaurès
73000 Chambéry
Tél. 04 79 68 22 15
www.fontainesiloe.com
contact@fontainesiloe.com

Maquette couverture : La Fontaine de Siloé / Thibaut Verjus
Maquette intérieure et mise en page : La Fontaine de Siloé
Crédits photographiques 4e de couverture : © Mathieu Verjus
impression : présence graphique

Dépôt légal : septembre 2021

ISBN : 978-2-84206-739-7

À mon frère Michel,
À mes parents,
À mes enfants,
À mes amis,

Du même auteur à La Fontaine de Siloé :
L'homme qui ne voulait pas mourir brûlé dans le kérosène (2019).

Roman

Le choix de Philippe

Paul Verjus

La Fontaine de Siloé

« Acceptons donc de bonne grâce le mystérieux rythme de notre destin,
tel qu'il se déroule dans ce monde de l'espace et du temps. »

Sir Winston Churchill

Sommaire

I

JACK

– Je peux ?

– Je vous en prie. Je crois que la place est libre.

Philippe avait espéré se retrouver seul, avec un siège vide à côté de lui. Surtout que le vol ne semblait pas plein. Loin de là. Mais il aurait été difficile de dire non. Et puis la place était sûrement réservée. Avec le sourire, Philippe enleva les journaux qu'il avait déposés presque préventivement. Avec le sourire, mais rien de plus. Il avait envie de silence. Se reposer, réfléchir, dîner, picoler un peu, classe affaires oblige, admirer le paysage si paysage visible, continuer à écrire ce foutu roman, dormir sans doute, mais pas causer. Pourtant, immédiatement, il sentit que c'était cuit. L'homme aurait envie de parler.

Il se plongea dans son livre pendant que son futur compagnon de vol déposait sa valise dans le coffre. L'hôtesse vint prendre sa veste. Et son chapeau. Un Stetson. Donnant au personnage dès qu'il l'avait vu une allure de cowboy, de policier canadien. D'aventurier. Oui, incontestablement. D'aventurier.

L'habit ne fait pas le moine. Le chapeau ne fait pas l'homme. Ce n'est pas parce que demain vous achèterez un Borsalino que vous allez passer pour un gangster, et que les femmes se retourneront sur vous en vous prenant pour le complice d'un acteur de cinéma, voire l'acteur lui-même. Le chapeau australien ne vous fera pas plus ressembler à un chasseur de crocodiles à grand couteau, qu'à un archéologue voyageur, pilleur de tombes, phobique des serpents. Non. Mais là, Philippe en était sûr. Il avait un aventurier comme voisin. Et son livre commença à moins l'intéresser.

On était à quelques minutes du décollage. Le steward s'approcha d'eux avec un plateau. Eau. Jus de fruits. Champagne. Philippe opta sans hésitation pour ce dernier. Plaisir du vol pour privilégiés. Son voisin insista pour avoir un whisky, qu'on lui apporta quelques minutes après. Par politesse, Philippe avait attendu qu'ils soient servis tous les deux avant de boire, il leva son verre dans sa direction.

– Je vous souhaite un bon vol. Manière de dire : Je vous souhaite un bon vol, j'ai un peu envie d'être tranquille, mais je vous laisse l'initiative de continuer ou pas la conversation. Au début, ça ne me disait rien, mais finalement, vous avez une bonne tête.

– Merci. Moi également, je vous souhaite un bon vol. Je m'appelle Jack, dit-il en anglais avec un fort accent américain.

– Philippe. Enchanté.

Quarante ans grand maximum, mais déjà un peu usé. Le visage buriné des hommes qui vivent ou travaillent dehors. L'alcool sûrement un peu. Ou beaucoup. Le tabac aussi. Le blanc des yeux légèrement jaune. Mais une belle tête. Philippe lui trouva un air des Kennedy. Oui, cet homme était forcément américain.

– Français, je pense ? Votre accent.

– Oui. Français. J'habite dans les Alpes. Près de Lyon. En Savoie. Et vous ?

– Un peu de partout. J'ai beaucoup voyagé. Mais je suis né à San Francisco, et j'ai habité longtemps de l'autre côté de la baie. À Oakland.

– Oakland ! Je connais. Pas facile.

– Vous connaissez Oakland ! Extraordinaire ! Personne ne connaît Oakland. À part ceux qui sont obligés d'y vivre. Ce qui a été mon cas. Jusqu'à l'âge de cinq ans, puis, de nouveau, à dix ans. C'était dur, très dur. Mais comment connaissez-vous cette ville pourrie ?

– L'année dernière, j'ai fait une mission là-bas.

– Vous êtes médecin ? C'est facile, c'est marqué sur votre tenue.

– Oui. J'y suis allé pour rapatrier un jeune malade. J'espérais être logé à San Francisco. Raté. On m'a posé à Oakland. Dans un hôtel pourri. Dans un quartier pourri. Comme vous dîtes. Une ville pourrie.

– Oui. Mais c'est cette ville qui a fait ce que je suis devenu.

– Et vous êtes devenu ?

– C'est long à raconter. Je ne suis pas sûr que ça vous intéresse.

L'homme observa Philippe, comme pour le jauger. L'inspection lui parut sans doute favorable. Il continua.

– Mais après tout. Si vous insistez.

L'homme le regarda cette fois-ci dans les yeux. Il y eut un long silence. Il attendait une réponse, une remarque. Pas de réponse. Il prit cela pour un assentiment définitif.

C'était le cas.

– Comme je vous l'ai dit, je suis né à San Francisco. De père inconnu comme on dit. Méritait pas d'être connu d'ailleurs. Il a abandonné ma mère, l'a jetée dehors. Elle ne voulait pas avorter. Elle a tenté de se suicider. Deux fois. Je reviens de loin. La même année, elle a épousé un ancien combattant. Qui m'a donné son nom, et son surnom. Jack. Sinon, il s'appelait John. Comme moi. Nous avons un peu erré. San Francisco, puis Oakland, puis Alameda toute proche, puis San Mateo. Il était devenu agriculteur. Ce n'était pas la fortune, pas tout à fait la misère. Puis nous sommes allés à Livermore. Puis, de nouveau, Oakland. Je suis quand même allé à l'école.

Philippe fut étonné par cette remarque.

– Je me suis mis à lire. Guidé par une extraordinaire bibliothécaire. Ina. Je lui dois tout. Mais j'ai dû aussi travailler très tôt. J'ai fait plein de petits métiers. Pas toujours bien légaux. Je me suis payé un petit bateau, et je suis devenu pilleur d'huîtres.

– Pilleur d'huîtres ?

– Oui. Et buveur aussi. Et puis j'ai perdu mon *sloop*, pas dans les bars, brisé sur un rocher. Alors je suis passé chasseur de pilleurs d'huîtres.

Philippe imaginait assez mal qu'on puisse être pilleur d'huîtres. Alors chasseur de pilleurs d'huîtres…

– Ça vous étonne ? — Mon père. Enfin, mon père adoptif, mon seul père. Mon père m'avait donné le goût de la mer en m'emmenant au bord de la baie. Les huîtres, ça ne rapportait rien, qu'on les vole ou pas. Alors je me suis fait engager sur une goélette. La Sophia Sutherland. Pour chasser le phoque.

– Le phoque ? Sur une goélette ?

– Oui le phoque. Pour l'huile évidemment. Je suis allé jusqu'au Japon en passant par la mer de Béring. Puis retour à Frisco. J'ai dû aider ma famille. De nouveau les petits boulots. Et l'exploitation qui va avec. Je suis devenu vagabond. J'ai erré à travers tous les États-Unis. De ferme en ferme, à la recherche d'un peu de travail. Profession trimardeur. Vagabond et socialiste. Ça m'a conduit à Washington.

– Dans la politique ?

– Non. Dans la révolte. Puis à Buffalo. En prison.

– Longtemps ? Manière pour Philippe de juger de l'importance du délit. Ou du crime.

– Non. Trente jours. Suffisamment pour me faire réagir. Et comprendre.

– Ce qu'on avait voulu vous faire comprendre ?

– Non. J'avais compris tout seul. Sans éducation, sans culture, pas d'espoir. Alors je suis retourné chez moi. À Oakland de nouveau et au lycée. C'est là que j'ai commencé à écrire.

– Vous êtes écrivain ?

– Un peu. Entre autres. Je suis entré à l'université. J'ai de nouveau milité. Et de nouveau la prison. Pour agitation, ils ont dit. Pas facile d'être américain et socialiste. C'est toujours vrai d'ailleurs. Mais il fallait vivre. Alors je suis devenu chercheur d'or.

– Chercheur d'or ! Pilleur d'huîtres et maintenant chercheur d'or ? Mais qu'est-ce que vous me racontez là ?

– La vérité. Tout simplement. En Californie, pour moi, c'était le chômage et la misère. J'aurais pu partir en Australie, au Canada. N'importe où, pourvu que j'échappe à tout ça. Mais dans le port de San Francisco, une rumeur s'était développée. On avait trouvé de l'or en Alaska. Alors je me suis embarqué. Avec tout ce que je possédais, c'est-à-dire pas grand-chose. Sur l'Umatilla.

– Et vous avez fait fortune.

– Non. J'ai surtout fréquenté les bars, et pas trouvé d'or. Enfin. Si. Un autre or. Une autre richesse. La rencontre avec des êtres extraordinaires. Des aventuriers. Des pauvres bougres. Qui m'ont inspiré. Il suffisait de les écouter. Et de trouver ensuite les mots et les phrases pour retranscrire leurs vies. J'ai commencé à écrire pour de bon. Et à être publié dans des magazines, puis édité. Avec un certain succès.

– Alors vous êtes journaliste ? Écrivain ?

– Un peu les deux. Et aussi correspondant de guerre. Sans grand succès. Parfois, j'arrivais quand les guerres étaient finies. Oui sans grand succès. Comme mon mariage. Enfin mon premier. Alors autant parler du deuxième. Avec la femme de ma vie. Celle qui m'accompagnera jusqu'au bout. Mais là... Je vous ennuie.

– Non. Ce serait difficile. Même si, je ne vous le cache pas, je trouve votre récit un peu...

– Invraisemblable ? Non je ne suis pas fou. Je vous jure que tout ce que je vous ai dit est vrai. Vous voulez connaître la suite ? La fin ?

– Oui. Mais je ne voudrais pas que vous vous sentiez emporté, obligé d'aller trop loin. Vous ne me connaissez pas. Vous pouvez vous arrêter.

– Vous ne m'avez pas cru, je le vois bien. Vous êtes poli. Et médecin. Vous me prenez pour un fou.

– Non, je vous assure. D'abord, la folie, ça n'existe pas. Mais pour être honnête, oui, j'ai un doute. Les huîtres, les phoques. La prison. La ruée vers l'or. Au vingt et unième siècle. Ça fait un peu...

– Ça fait un peu ?

– Non rien. Pardonnez-moi. Oui, s'il vous plaît. Continuez.

– D'accord. Eh bien j'ai continué à écrire. Et à voyager. Dans les mers du Sud. Dans le Pacifique. À Hawaï. Aux Marquises. En Polynésie française. J'écrivais et j'écrivais. Et je buvais aussi. Je suis tombé malade. Je suis redevenu fermier aussi. Je me suis essayé au cinéma aussi. Je n'ai pas fait que des affaires. Et la maladie a progressé. Elle m'a usé. L'alcool m'a usé. La vie m'a usé. J'ai beaucoup vécu. La morphine aussi m'a usé.

Philippe fronça les sourcils.

– Jusqu'à quel point ?

– Jusqu'au point final.

– Comment ça jusqu'au point final ?

– Vous m'avez bien compris. Au point final. À la mort.

– Mais vous n'êtes pas mort que je sache. Enfin pas encore. Vous allez mourir. Comme tout le monde. Comme moi un jour. Vous voulez dire que la morphine vous accompagnera jusqu'à votre mort.

– Alors je ne me suis pas bien exprimé. Vous ne m'avez pas compris. La maladie a gagné. Je suis mort. La morphine n'a été là que pour m'aider. Je suis mort, vous comprenez. Je suis mort, Philippe. Au fait. Vous ne m'avez pas dit votre nom. Philippe. Philippe comment ?

– Voltaire. Philippe Voltaire. Et. Et vous ?

– Comme je crois vous l'avoir dit, j'ai pris le prénom de mon père adoptif. Jack. Sinon je m'appelais John. Et j'ai pris son nom aussi. Celui de mon père ne valait pas grand-chose. Comme lui. Alors je m'appelle London. Jack London.

– Jack London ! L'auteur de *Croc Blanc*, de l'*Appel de la forêt*. De *Martin Eden*. Du *Loup des mers*. Je les ai tous lus. Et relus. Vous m'avez fait voyager. Rêver. C'est un peu grâce à vous que je suis là aujourd'hui. Dans cet avion. Vous et d'autres. Vrais ou réels. Vivants ou morts. Mais peut-être ne le savez-vous pas. Jack London est mort il y a au moins cent ans. Pour un mort séculaire, quoique fatigué, des cernes sous les yeux, le teint un peu jaune, vous avez l'air encore en assez bonne forme.

– Je vous l'ai dit Philippe. Je suis mort. Tout le monde le sait. Les historiens se battent seulement pour savoir si je me suis suicidé ou pas. Qu'est-ce que ça peut leur faire ? En quoi cela les regarde-t-il ? Ma mort ne regarde que moi. De toute façon j'allais mourir. La morphine m'a soulagé. Un peu plus ou un peu moins. Qu'est-ce que vous en pensez ?

– Du suicide en général ou de vous en particulier ?

– Les deux.

– Vaste sujet. Difficile de répondre. Pas très gai non plus. J'aime mieux quand vous parlez Californie et grands espaces.

– Oui j'en conviens. On y reviendra. Mais alors ?

– Vous êtes tenace. Si vous voulez tout savoir, je ne fais pas partie de ceux qui pensent que le suicide est une fuite. C'est possible, cela peut arriver. C'est alors un acte de faible. De faible. Pas de lâche. Ceux qui emploient le mot lâche jugent. On n'a pas à juger un suicide. Mais c'est sûrement minoritaire. Ensuite, cela relève de l'intime. Ou de la folie. Excluons cette hypothèse psychiatrique. Qu'est ce qui se passe dans la tête de quelqu'un qui met fin à ses jours ? Le résultat d'un bilan. Continuer. Ou s'arrêter. Accepter la souffrance morale ou physique. Ou la refuser. Accepter la déchéance physique ou sociale. Ou la refuser. Finalement, c'est simple. La seule chose que je peux reprocher, comme si on pouvait reprocher quelque chose à celui qui fait ce geste que je considère comme épouvantable, la seule chose, c'est la peine que cette personne va infliger à ceux qui l'aiment. De n'avoir pas voulu ou pas pu penser à ceux qui resteront et qui vivront toute leur vie avec cette blessure, ces regrets, ces reproches. Ces remords. Quant à vous. Vous avez souffert. La morphine était là. Un peu plus, un peu moins. Cela ne me choque pas. Ce qui me choque, c'est que vous soyez mort. Enfin, si on admet que vous êtes mort.

– Tout à l'heure, vous avez dit que tout le monde allait mourir.

– Oui mais cela n'enlève en rien le côté injuste de la mort. Vous êtes mort jeune. Pourquoi ? Pour ce que j'en sais, vous avez eu une existence honnête. Vous ne méritiez pas de mourir à quarante ans. Et vous aviez plein de choses à faire encore.

– Je ne suis pas le seul à qui c'est arrivé.

– Non la mort ne fait pas dans la dentelle. Et ça ne s'arrange pas.

– Vous n'aimez pas la mort.

– Je la déteste. Je la combattrai toute ma vie. Je ne m'y résoudrai jamais.

– Parce que vous êtes encore jeune.

– Merci. Oui. Vous avez raison. Je réfléchis sans doute comme quelqu'un qui pense qu'il a encore de nombreuses années devant lui. Ce qui n'est pas certain. Un jour, je changerai peut-être d'avis. Au crépuscule. Et si on parlait plutôt grands espaces ?

– Vous aussi, vous êtes tenace. Vous aimez les grands espaces parce qu'ils sont sans fin. Parce qu'il faut toute une vie, et une vie souvent ne suffit pas, pour les découvrir. En vous fixant des objectifs illimités, vous pensez pouvoir être éternel. C'est bien. C'est irréaliste. Mais c'est bien. Que voulez-vous que je vous raconte ? J'ai tout écrit dans mes livres. Et vous me dites que vous les avez tous lus.

– Justement. Quelque chose que vous n'avez pas écrit. Quelque chose d'original. Quelque chose de caché.

– Holà ! Vous allez loin. De caché. Et pourquoi pas…

– Quelque chose d'inavouable ?

L'homme paru étonné.

– Vous savez. Normalement. Ce n'est pas comme ça que ça se passe.

– Que ça se passe quoi ?

– Eh bien vous savez. Vous savez…

– Je ne comprends rien à ce que vous me dîtes.

– Bon. Après tout. Je fais bien ce que je veux. On verra bien. Et puis moi, je ne risque rien.

– Parce que quelqu'un risque quelque chose ? Décidément j'ai de plus en plus de mal à vous suivre. On fait quoi ? On continue ? Vous me racontez quelque chose ?

– D'accord. Après tout. Laissons se dérouler… Et puis c'est votre problème.

– Alors ?

– Vous avez gagné. Provisoirement sans doute. Ce que je vais vous dire, personne ne l'a jamais entendu. Et personne ne l'entendra jamais. Parce que vous ne le répéterez jamais.

– Vous avez ma parole.

– Pas besoin. Vous ne le répéterez jamais. Mais j'apprécie. Vous êtes sûrement un homme de parole. Et même de secret. Alors écoutez bien.

Il appela l'hôtesse. Commanda un whisky. Philippe pensa aussitôt que ce ne serait pas le dernier. Attendit qu'elle revienne le lui apporter. Regarda Philippe profondément dans les yeux. Puis les leva au ciel. Enfin si l'on peut dire ça en avion. Prit une profonde inspiration. Ferma les yeux. Resta ainsi, silencieux, un très long moment, comme s'il cherchait ses souvenirs au plus profond de son cerveau. Ou de son âme. Et commença son récit.

– Je m'étais mis en tête de rejoindre le fleuve Mackenzie. Dans les Territoires du Nord-Ouest. Au Canada. En partant de Whitehorse dans le Yukon. Pas très raisonnable. Aucune expérience. Seul. Mon beau-frère, qui m'avait accompagné dans l'aventure depuis San Francisco, avait renoncé. Découragé par le col Chilkoot et sa mortelle ascension. Alors j'ai acheté un traîneau et des chiens. Six chiens. Le vendeur m'a vu venir. Il a voulu m'avoir en essayant de me vendre son plus mauvais équipage. Des chiens dont plus personne ne voulait, et du matériel pourri. Mais je ne me suis pas laissé faire. Quand j'ai eu fini de payer tout ça, plus les couvertures, une poêle à frire, une cafetière, des outils de prospection, une carabine et des munitions, les indispensables raquettes, il ne me restait pas grand-chose en dehors de ma détermination. Et encore. Plusieurs semaines passées au Klondike à écumer les saloons et les cabarets de la ville m'avaient déjà un peu émoussé. Il était temps que je parte. J'avais beaucoup écouté les récits des chercheurs d'or, des traîne-savates en tout genre, des paumés du coin. Et même des prostituées qui me relataient leurs confidences d'oreiller. De matelas plutôt. J'avais de quoi écrire. J'avais la matière littéraire. Mais il me manquait l'essentiel. Le vécu. La vraie vie. La vraie vision. Alors je me suis entraîné dans les rues de Whitehorse, et quand je me suis senti prêt, je suis parti. J'étais fou. De joie. À moi les grands espaces. Ceux que vous recherchez. Les chiens avançaient bien. Le terrain n'était pas encore trop accidenté. Je n'avais pas froid malgré la température glaciale de ce mois de janvier. La foi soulève les montagnes. Elle réchauffe aussi. Elle stimule. Elle fait avancer. On avançait de jour. Blême lumière en ce moment de l'année. Des jours pas très longs. Un bref crépuscule arctique. Une nuit qui arrive vite. Trop vite. Un paysage que je trouvais magnifique malgré un ciel toujours gris depuis mon départ. Qu'on pourrait trouver monotone. La forêt boréale. Des pins, des mélèzes, des sapins, des peupliers ou des bouleaux. Givrés de la tête au pied. Un univers de désolation. Souvent inquiétant. À perte de vue. Une solitude absolue. Moi et les chiens. Moi avec moi. Parfois je parlais tout seul. Pour rompre le silence. Pour me rattacher à l'humanité. Parfois pour m'éviter d'avoir peur. Et puis ce froid. Qui finit quand même par vous prendre au bout de quelques jours. Terrible. Qui vous fige le visage. Qui vous blanchit les sourcils et la barbe que je me laissais pousser. Qui vous cristallise les lèvres jusqu'à les faire claquer. Après la joie, le doute. N'avais-je pas été fou de me lancer dans cette expédition sans véritable but ? Je me rassurais en me disant que j'avais déjà tenu le coup huit jours. Résisté à huit nuits passées sous mon abri de peau. Économisé mes vivres en tuant un lièvre au fusil. En pêchant quelques poissons dans des ruisseaux gelés. Je me suis aussi étonné de l'autorité que j'avais sur ma meute. Elle aurait pu souvent m'abandonner, me laisser et fuir. Puis j'ai compris. Nous étions tous dans la même galère. J'avais besoin d'eux. Ils avaient besoin de moi. Pas seulement pour les nourrir, mais aussi pour les protéger. Les rassurer le soir en allumant le feu. Quand, apporté par le vent, le hurlement des loups venait jusqu'à nous.

– Et tout ça a duré combien de temps ?

– Jusqu'à Boule-de-Suif.

– Ah.

– Le paysage avait changé. Le terrain devenait inégal, tourmenté. Mon manque d'expérience devenait évident. J'avais du mal à maîtriser mon traîneau. Les chiens peinaient à avancer dans les ravines verglacées, à descendre et remonter des talus de plus en plus impraticables. Ma boussole, mes cartes ne suffisaient plus. La distance parcourue chaque jour s'amenuisait. À peine quelques miles. Les chiens, volontaires et dévoués au début, s'épuisaient, devenaient de plus en plus agressifs entre eux. On aurait dit que le chef de meute avait de plus en plus de difficultés à les diriger. Un matin. Il en manquait un. Il avait rongé sa sangle de cuir. Ses traces, bien visibles dans la neige, fuyaient dans la forêt. Boule-de-Suif avait déserté.

– Boule-de-Suif ? Ce nom me dit quelque chose.

– Évidemment, puisque vous l'avez lu. Pourtant je vois dans votre regard que vous ne me croyez pas.

– Si vous devez voir quelque chose dans mon regard, pour le moment, c'est tout l'intérêt que je porte à votre récit. Je vous en prie. Continuez.

– Pas trop convaincu. Mais bon. Oui. Boule-de-Suif. Pas le plus malin du groupe. Un air toujours un peu craintif. Une tête de rejeté de la classe. Il en va chez les bêtes comme chez les humains. Parfois je me demandais s'il tournait bien rond. Dans sa tête justement. À cinq, forcément, c'était plus dur. Mais curieusement cette défection a semblé leur donner un nouveau courage, une nouvelle ardeur. Deux jours ont passés. Puis un matin, Grenouille n'était plus là.

– Un autre chien ?

– Oui. Le plus courageux peut-être. Et c'est ce qui m'a inquiété. Pas comme Boule-de-Suif. Bien dans sa tête. Le regard franc. Mais parti. Je les avais pourtant bien attachés la veille. Ils étaient plutôt calmes. Cette seconde défection m'a anéanti. La meute l'a senti. L'a vu. Était-ce l'effet de mon imagination ou une réalité ? Ils ne me regardaient plus de la même façon. Le soir suivant, après une horrible journée à tenter d'avancer à travers des sous-bois de plus en plus denses, à gravir des pentes de plus en plus raides, à bloquer le traîneau sans cesse dans les racines, manquant parfois de le briser, j'ai profité d'une minuscule clairière pour poser mon bivouac. Les chiens étaient épuisés. Je voyais le doute dans leurs yeux. J'ai allumé le feu, je leur ai donné un poisson à chacun, et j'ai mangé les dernières fèves qui me restaient. J'ai fait chauffer du café, décidé à ne pas dormir cette nuit-là. J'ai disposé des branches de sapin sur la neige, posé ma couverture dessus et je suis resté là. Comme ça, immobile, à l'écoute des arbres, de la nuit. Les chiens se sont calmés. De temps en temps, je jetais un morceau de bois dans le brasier. De quoi l'entretenir et illuminer quelques instants un peu plus le noir absolu qui nous entourait. La fatigue a eu raison de moi. Et à l'aube, quand je me suis réveillé en sursaut, au terme d'une courte nuit peuplée de fantômes, Gros-Gaillard n'était plus là. Ils n'étaient plus que trois. C'est la gêne qu'il m'a semblé voir dans leurs prunelles. Là, j'ai compris que tout finirait bientôt. Un par un, ils cédaient. Au retour à l'état sauvage. À l'accouplement avec une louve pour être ensuite dévorés, ou tout simplement, pour eux comme pour moi quelques semaines auparavant, à l'appel de la forêt. J'ai compris qu'ils allaient m'abandonner un par un. Qu'ils savaient maintenant que je n'étais pas à la hauteur. Alors je m'y suis préparé. J'ai respecté leur décision. J'aurais pu employer la violence. Les frapper. Les attacher encore plus fort le soir. Non. Ils avaient été loyaux jusqu'à présent et j'ai voulu les remercier. Le dernier soir, j'ai installé le bivouac comme tous les soirs passés. Allumé le feu, fait fondre la neige. Je leur ai donné les derniers poissons qui restaient, et je me suis installé sous les couvertures. Je n'ai pas cherché à veiller. Au loin, on entendait les hurlements des loups. La nuit fut terrible. Peuplée de monstres et de chimères, mi-hommes mi-loups. Le lendemain, quand le froid glacial a fini par m'extirper de ma gangue de peau gelée, il en manquait encore deux. N'a-qu'une-Oreille et Lip-Lip n'étaient plus là. Il ne restait plus que mon chef de meute. Buck. Je m'en souviendrai toujours. Il était assis sur son derrière. Fier. Les pattes avant tendues à l'extrême. Les oreilles dressées. Et il s'est mis à aboyer. Comme pour me dire. Lève-toi! Remue-toi! Moi je suis resté. Je n'ai pas fait comme les autres. C'est ta dernière chance. Lève-toi! Alors je me suis levé. Je suis allé vers lui, je me suis mis à genoux, et je l'ai serré dans mes bras. J'aurais pleuré si mes larmes ne s'étaient pas transformées en glaçons depuis longtemps. Nous sommes restés plusieurs minutes comme ça. Il s'était tu, comme s'il avait voulu respecter ce moment. Me montrer toute la force qu'il était capable d'insuffler en moi par son simple contact. J'ai plié mes couvertures, rangé les seuls ustensiles indispensables dans le traîneau, abandonné les autres pour l'alléger au maximum et j'ai sanglé Buck. Et nous sommes repartis. — Plus question pour moi de désespérer. Je marchais le plus souvent possible, quand la neige n'était pas trop épaisse. Et nous avancions. Encore la forêt. Toujours la forêt. Uniforme. Emprisonnée par le gel. Immobile. Toujours aussi silencieuse. Toujours aussi menaçante. Mais nous étions deux. Un pacte nous liait. Nous nous en sortirions tous les deux. Ou pas. Nous avancions. Et bien. Nous ne manquions de rien. Les menus n'étaient pas très variés. Saumon ou saumon. Café. Mon adresse à la carabine était assez médiocre. Aucun lièvre n'eut à s'en plaindre. — Cela faisait quinze jours que j'avais quitté Whitehorse. J'estimais à encore trois semaines la durée qui devait me séparer des lacs. Trois semaines. Ou peut-être quatre. Ou cinq. En fait, je n'en avais aucune idée. Ni du temps ni de la distance. Tout dépendrait du terrain. De nos forces à Buck et moi. Du temps qu'il ferait. Du destin aussi qui peut, à chaque arbre, à chaque colline, à chaque rivière gelée, décider de votre sort. De votre vie. Ou de votre mort. Mieux valait ne pas trop se poser de questions. Avancer. Avancer.

– Et alors?

– Vous me prenez toujours pour un fou?

– Vous interprétez mal ma question ou mal mon regard. Continuez, s'il vous plaît.

L'homme fit un signe à une hôtesse.

– Un autre whisky, Mademoiselle. Le voyage est long. Où en étais-je ? Ah oui. Plus de huit jours ont passé. À l'inquiétude puis à l'angoisse et au désespoir avait succédé une certaine insouciance. Ou sans aller jusque-là, une nouvelle et agréable tranquillité. Comme si cela pouvait être possible dans le Grand Nord. Je parlais du destin tout à l'heure. Il s'est manifesté brutalement. Une pente verglacée, je tombe face en avant, le traîneau prend de la vitesse, emmène Buck, et va se rompre contre un rocher. Brisé. Pulvérisé. Irréparable. Et moi qui perds connaissance.

Jack s'arrêta quelques instants. Poussa un profond soupir puis vida son verre.

– Je ne sais pas combien de temps je suis resté comme ça. C'est la langue râpeuse de Buck et son haleine qui m'ont ramené à la vie. J'ai vu la joie dans ses yeux quand il a vu que j'ouvrais les miens. La souffrance aussi. Il boitait et saignait d'une patte. Il est resté à côté de moi. Silencieux. Comme s'il attendait que je me remette. J'avais mal partout. Je comptais mes os, mes muscles, chacune de mes terminaisons nerveuses, pour sentir si tout était là. Rien de cassé a priori, sûrement des bleus partout, mais une douleur générale, sur tous les points de mon corps. J'ai réussi à me mettre sur le dos, puis en glissant avec l'aide de mes mains, à m'appuyer contre un bloc de pierre. J'ai repris mon souffle, Buck tout près de moi. À une vingtaine de yards de là, le traîneau disloqué signifiait la fin de mon aventure. Décidément le destin ne m'était pas favorable, la nature se vengeait de ma prétention, il n'y avait vraiment plus que mon dernier chien pour croire en moi. C'est alors qu'il se mit à humer l'air gelé. À bouger la tête par petites saccades, sans grogner, sans inquiétude perceptible pour moi. Il avait senti quelque chose, mais pas un danger. C'est en immobilisant son museau et en fixant son regard qu'il m'indiqua la direction à observer. Derrière moi. Il était là. Debout. Immense. Le regard fixe mais sans la moindre menace. Superbe. Un pantalon de cuir tanné. Un manteau de fourrures interminable avec des franges sur les bras. Une toque sur la tête. Le bras droit collé contre le corps. Le bras gauche légèrement écarté, tenant une carabine, la crosse reposant sur la neige.

– Quelle mémoire !

– Je vous le décris avec tellement de précision parce que cette image est restée dans mon esprit toute ma vie. Et au-delà, comme vous le voyez.

– C'est vrai. J'ai failli oublier que vous êtes mort.

– Moquez-vous ! Toujours sceptique ? Peu importe après tout. Mon récit ne vous ennuie pas. C'est l'essentiel. Il est descendu jusqu'à moi. Buck est allé à son devant, aboyant joyeusement, comme s'il le connaissait, sautant dans tous les sens, faisant virevolter la neige poudreuse autour de lui. L'Indien, c'était un Indien, lui posa la main sur la tête comme pour lui intimer l'ordre de se calmer, et Buck s'assit. L'homme s'approcha de moi, mit un genou à terre, posa son arme, et commença à me palper le corps, déclenchant parfois un petit cri de douleur. Quand il eut fini son inspection, il sourit, signifiant que son examen était rassurant. Il prononça quelques paroles, peut-être en flanc-de-chien ou en chipewyan, les dialectes les plus parlés dans cette région, que je ne compris pas. Puis il continua dans un mélange d'anglais et de français qui fut plus explicite pour moi. Il y avait une cabane tout près d'ici. Il allait m'aider à m'y rendre. Il m'a presque porté. J'étais sauvé. L'Indien s'appelait Ours-Gris. En raison peut-être, malgré son jeune âge, il pouvait avoir vers les trente ans, de sa chevelure déjà grise.

– Et Ours ?

– Il était immense. Imposant. C'est plutôt Grizzli-Gris qu'il aurait dû s'appeler. En tout cas pas pour son caractère. Chaque geste qu'il effectuait, il le faisait avec douceur. Même chose lorsqu'il parlait. Toujours lentement. Pourtant, c'était la force qui émanait de lui. Une force assurée, contrôlée, impassible. Nous sommes restés plus de huit jours dans ce refuge de trappeurs. Était-il à lui ? Ou, le trouvant abandonné, en avait-il fait sa demeure provisoire ? Car manifestement Ours-Gris était un nomade, chasseur de fourrures que je trouvais accrochées aux murs de rondins. L'abri était sommaire, mais bien suffisant pour quelqu'un parti depuis presque deux mois hors les hommes. Meurtri par ma chute, assommé, mais pas rompu, je me remettais tout doucement. Chaque jour il partait. À travers la fenêtre, je le voyais s'éloigner, accompagné de Buck. Il revenait au crépuscule après avoir relevé ses pièges, chargé de peaux. Et toujours au moins un lièvre qu'il faisait cuire sur le poêle. Tous les jours, aussi bien que l'aurait fait un infirmier, il me faisait boire une infecte tisane de plantes et de racines qu'il avait écrasées sur une pierre avant de les faire infuser dans de l'eau bouillante. Les lièvres, le repos, la chaleur du foyer, l'attention d'Ours-Gris, la médication épouvantable à boire, tout contribua à me remettre sur pieds. Un matin, il me fit signe de l'accompagner. Pour la première fois, le soleil était là, donnant à la forêt un aspect que je ne lui avais encore jamais vu. Comment faisait-il pour se repérer ? Sans carte, sans boussole, pour retrouver l'arbre, le piège. Et à chaque fois ou presque, une loutre, un écureuil, un raton laveur, une hermine ou une martre, les corps raidis par le gel. Vers midi, quand il vit que je commençais à faiblir, il me fit signe qu'il était temps de rentrer. Et c'est là que tout a basculé. Vous n'avez pas soif ?

Il fit de nouveau signe à l'hôtesse.

– Non merci. Enfin si vous parlez whisky. Je me contenterai de mon verre de champagne. Je crains après de ne plus pouvoir dormir.

– Qui parle de dormir ?

– Alors ? répondit Philippe, à peine étonné de ce nouveau rebondissement annoncé.

L'hôtesse déposa un énième whisky sur la tablette de Jack.

– Merci Mademoiselle. Jack porta son verre à ses lèvres. Alors ? Quand nous sommes arrivés en vue de notre chalet. Il y avait un traîneau, quatre chiens qui se mirent à gronder et à aboyer dès qu'ils nous sentirent, et de la fumée s'échappait du toit. Nous n'étions plus seuls. Ours-Gris vérifia sa carabine, m'intima d'un geste de la main de rester derrière lui. Buck prit une position défensive mais resta silencieux. Le vacarme des chiens fit sortir deux hommes. À leur allure et leurs habits, des prospecteurs ou des trappeurs, des hommes du Wild. Armés. Ours-Gris fit comme s'ils n'étaient pas là. Signifiant que la cabane ne lui appartenait pas. Il s'en servait, d'autres pouvaient le faire. Le mot propriété ne devait pas figurer à son vocabulaire, ni dans ses schémas de pensée. Il leur fit simplement un signe de la main et s'apprêta à rentrer dans l'abri.

– Tu vois ce que je vois, Bill ? Un Indien avec un Blanc. On aura vraiment tout vu dans ce foutu pays. Qu'est-ce que tu dis de ça ?

L'homme qui avait parlé, le plus grand, hirsute, il avait aussi une énorme cicatrice sur la joue droite, s'était retourné vers son compagnon, juste situé derrière lui. L'autre, plus trapu, enleva la pipe qu'il avait au coin de la bouche, cracha sur le sol.

– Toi, le sauvage, tu bouges pas. Tu vois pas que c'est occupé, maintenant ? Hein, Tom, que c'est occupé !

Jack s'arrêta quelques instants. Le récit paraissait devenir pénible pour lui.

– Je ne suis pas sûr qu'Ours-Gris ait compris exactement les paroles des deux hommes, mais il avait bien saisi la situation, et, comme moi, avait à l'instant redouté que la situation ne dégénère. Les deux hommes n'étaient pas disposés à négocier. Et tout alla très vite. Celui qui s'était fait appeler Tom sorti un révolver de dessous son manteau et tira sur Ours-Gris qui s'écroula en arrière. Je n'ai pas réfléchi. J'ai relevé ma carabine. Deux coups. Un pour Tom en plein poitrine, l'autre pour Bill. En pleine tête. Je n'ai pas vraiment eu le temps de viser. Oui, comme je vous l'ai dit. Ça a été très vite.

– C'est affreux ce que vous me racontez.

– Oui. C'est le mot. Mais vous l'avez voulu ! De l'inavouable vous m'avez dit. Ours-Gris était mort sur le coup. Les deux hommes des bois raides aussi. J'étais de nouveau seul avec Buck.

– Qu'est-ce que vous avez fait après ?

– Il fallait que je quitte cet endroit. J'étais devenu un meurtrier.

– Un meurtrier, c'est vite dit. C'était eux ou vous. Après Ours-Gris, c'était vous. Vous le savez bien.

– Peut-être. Mais j'avais vingt ans. J'étais parti pour découvrir l'aventure. Les grands espaces. Pas pour tuer deux hommes. Je suis resté un bon moment là, devant le chalet, sans bouger. Désemparé. La forêt m'a paru encore plus hostile, plus cruelle. Buck, couché dans la neige, semblait impuissant. Alors j'ai pris le corps d'Ours-Gris et je l'ai déposé à l'intérieur du chalet. Recouvert de ses fourrures. Puis, j'ai traîné avec peine, mais fureur, les corps des deux hommes à distance de la maison. Je ne voulais pas que mon ami et ces deux voyous aient la même sépulture. Pour eux la neige et, dans quelques jours au plus, les loups. Je suis revenu à l'abri. J'ai éloigné Buck. Et j'ai mis le feu. Je suis resté toute la nuit à regarder le bûcher. Au matin tout était consumé. Ours-Gris m'avait indiqué la direction à suivre pour rejoindre la ville la plus proche. Trois jours et trois nuits, m'avait-il dit. Il m'en a fallu cinq. Cinq jours effroyables. J'étais épuisé. Je m'attendais à voir à tout instant surgir la Police montée. Et dans mes rêves je voyais sans cesse les figures des deux prospecteurs. La bouche édentée de Bill. L'affreuse cicatrice de Tom. Et la mort. Et je n'avais plus rien à manger. Plus de cartouches non plus. Au cinquième jour, arrivé au sommet d'une colline. Je l'ai vue. La ville. Yellowknife. Sur les rives du Grand Lac des Esclaves. Une grosse bourgade déjà à l'époque. Avec des rues. Des maisons. Une église. Des bars. La civilisation. J'aurai dû être heureux. J'étais arrivé au terme de mon voyage. J'avais survécu. Je me suis retourné vers Buck. Il n'était pas derrière moi. J'ai remonté un peu mes traces et je l'ai vu. Assis. Regardant vers la lisière de la forêt, la tête relevée. Je m'approchais doucement de lui. Il m'avait senti arriver, mais n'avait pas bougé. Là, à une vingtaine de yards, quatre loups. Assis comme lui, silencieux, sans la moindre agressivité. Un grand loup qui se mit à gronder doucement en me voyant. Mais sans avancer d'un pas. Une louve. Hautaine, magnifique, mais avec je ne sais quoi de douceur cachée dans les yeux. Un vieux loup borgne, marqué par les combats et la vie, gris et pelé. Un peu plus loin, légèrement en arrière, un jeune, encore intimidé, mais sûrement bien décidé à grimper dans la hiérarchie de la meute. Buck m'a regardé, est venu vers moi, et, se mettant tout droit, a posé ses pattes avant sur mes épaules. Il m'a léché le visage longuement, puis, de nouveau sur quatre pattes, est parti. Rejoindre ses frères. L'appel de la forêt était plus fort. Ils ont disparu doucement, imperceptiblement. Comme dans un songe. Quelques instants après, j'étais seul. Je suis resté quelque temps à Yellowknife. J'ai loué une petite chambre misérable où je me suis terré. J'avais peur. Peur qu'on m'arrête. Qu'on me juge. Qu'on me pende. Au bout de plusieurs jours, je suis sorti et j'ai repris mes virées dans les cabarets et les saloons comme je l'avais fait à Whitehorse. J'ai laissé traîner mes oreilles, à l'affût des nouvelles. Personne ne parlait de la disparition des deux prospecteurs. Pas plus d'un incendie d'une cabane en forêt. Les hommes présents avaient bien d'autres sujets de conversation. La ruée vers l'or. L'or ! Seul l'or comptait. Ces deux types s'étaient volatilisés pour l'humanité. J'étais le seul à porter le fardeau, et personne ne portait le deuil. Quant à la Police montée, elle n'était presque plus présente dans la ville. L'essentiel des effectifs était parti. C'était l'époque de la dispute de la frontière de l'Alaska. Ceux qui étaient restés avaient déjà bien assez de mal à faire respecter un semblant d'ordre, pour aller s'occuper ailleurs. Deux semaines après mon arrivée, je suis tombé malade. Une grande fatigue. Des gonflements des tissus. Mes gencives saignaient. Je suis allé voir un médecin. Le Grand Nord, pour moi, c'était fini. On m'a ramené en traîneau jusqu'à Dawson City. J'ai trouvé une embarcation qui m'a descendu sur le fleuve Yukon jusqu'à Saint Michael, sur les bords de la mer de Béring. Là je me suis fait engager comme chauffeur sur le Bartlett, un vapeur qui m'a ramené à Seattle puis à San Francisco.

Je me soignais en mangeant des patates crues, mais j'étais marqué pour la vie. Je ne rapportais du Klondike, pour toute fortune, que mon scorbut. Le destin avait voulu que je quitte San Francisco, que je parte dans le Grand Nord, que je disparaisse aux yeux de tous, que je rencontre Buck, que je sois distrait et heurte un rocher, que mon traîneau se brise, qu'Ours-Gris me sauve, que ces deux hommes se trouvent là, à cet endroit, à ce moment et que… Et le destin a voulu que je m'en sorte.

– Marqué. Physiquement ?

– Oui physiquement. J'en ai encore les traces. Enfin si on peut dire. Je vous rappelle que je suis mort.

– C'est vrai. L'intérêt, et le plaisir, que j'ai pris à vous écouter m'ont fait oublier ce point de détail.

– Et mentalement, je n'étais plus le même homme. J'avais tué deux êtres humains. Même s'ils ne valaient probablement pas cher. Personne ne l'a jamais su. Même ma deuxième femme. Vous êtes le premier. Le seul. Et vous serez le dernier. N'est-ce pas ?

– Assurément. Voilà pourquoi cette histoire ne figure dans aucun des romans de Jack London. Ni dans l'*Appel de la forêt*, j'aurais préféré qu'on garde son titre originel, *The Call of the Wild*, ni dans *Croc-Blanc*, ni même dans le *Fils du loup*.

– Non. Je n'ai pas pu. J'ai juste gardé certains noms. J'aurais pu, comment dire ? L'adapter, comme je l'ai fait avec tous les récits entendus pendant mon séjour. Comme le font presque tous les écrivains d'ailleurs. Vous le savez, ça ? On retrouve toujours l'auteur, sa vie, ses rencontres dans le texte. Non, le secret était, est, trop lourd. Je ne pouvais pas l'écrire. Je ne pouvais pas me dévoiler. Je me serais presque dénoncé. Je n'ai laissé aucune trace de mon passage dans les Territoires du Nord-Ouest. Aucun historien ne pourrait vous en parler. Aucun. Pour eux, j'ai passé l'hiver 1897-1898 au camp de mineurs de Stewart River. En mai de cette année-là, j'ai gravé sur une poutre de ma cabane « Jack London, mineur et écrivain. Le 27 janvier 1898 ». Gravé en mai ! J'avais effacé plusieurs mois de ma vie. Vous voyez, il m'aura fallu largement plus de cent ans pour en parler ! Mais vous m'avez l'air pensif d'un seul coup. Vous n'avez pas dit grand-chose, en fait. J'aurais pourtant bien aimé en savoir plus sur vous. C'était un peu le but.

Philippe ne réagit pas à cette dernière phrase.

– En fait, j'hésite. Pardonnez-moi. Ou je suis complètement fou, très fatigué, en train de dormir ou de rêver. Ou… Ou c'est vous.

– À votre avis ? Allons, je vais peut-être vous laisser. Vous avez sans doute sommeil. Ou vous avez envie d'écrire, ou de lire ? Vous lisez quoi ?

– *Pour qui sonne le glas*. Hemingway. Vous auriez pu le rencontrer. Il vous aurait plu. Vous avez des points communs. Mais vous n'avez pas pu le lire. Forcément.

– N'envoie jamais demander pour qui sonne le glas. Il sonne pour toi. Merci pour la compagnie, Philippe. Je crois qu'on va décoller. N'oubliez pas d'attacher votre ceinture. Bon vol.

Philippe ne répondit pas. Les derniers mots de son curieux compagnon de voyage l'avaient laissé perplexe. Il avait même ressenti un très léger malaise, bref, quasi imperceptible. Mais il l'avait ressenti. Il n'était pas superstitieux, il n'éprouvait aucune inquiétude à prendre l'avion, bien au contraire. Et pourtant. Ces deux mots, qu'il avait l'habitude de prononcer souvent, « Bon vol », lui parurent presque prononcés comme une menace.

Il chassa ses pensées. Cet homme était fou, c'était évident. Comment pouvait-on être mort, Philippe chercha dans sa mémoire la date du décès de Jack London et la situa approximativement pendant la Première Guerre mondiale, comment pouvait-on être mort et citer John Donne, inspirateur d'Hemingway pour le titre d'un roman écrit dans les années 40 ? Troublant. Curieux personnage.

Philippe attacha sa ceinture, regarda par le hublot les derniers agents de piste présents, l'avion reculer lentement et s'éloigner du terminal, puis rouler vers la piste d'envol. Faire la queue derrière plusieurs gros porteurs, puis décoller. Lentement. Légèrement. Il eut droit au magnifique spectacle du survol du nord de Paris. La Défense, la place Charles de Gaulle, l'Arc de triomphe au milieu de son étoile, les Champs-Élysées, La Concorde, l'immense Louvre. Plus loin, Notre-Dame de Paris et le dôme des Invalides. La Tour Eiffel fut sa dernière vision. L'avion pénétra la couche nuageuse.

C'est seulement à ce moment-là qu'il se rendit compte qu'il n'avait pas vu le temps passer.

Prochaine étape. Santiago du Chili. Vol Air France 406. Dans quatorze heures.

II

UNE LADY

– Je peux ?

Philippe se retourna.

Décidément, il ne serait pas tranquille aujourd'hui. Bien sûr, elle pouvait. La place était libre. Depuis peu. Enfin. Il le pensait.

– Bien sûr. Je vous en prie. Permettez.

Et pour la deuxième fois Philippe enleva les revues disposées sur le siège.

– Je vous remercie, vous êtes très aimable.

Philippe répondit seulement par un sourire. Après la conversation qu'il venait d'avoir, il avait un peu envie de solitude. Il tourna lentement la tête vers le hublot comme si, interrompu dans sa contemplation et sans être ostensiblement déplaisant, il avait souhaité reprendre le cours de son observation. Des nuages. Que des nuages. Puis, une petite percée, les nuages qui se déchirent et s'effilochent. Et le grand ciel bleu. Azur. Et fugitivement, presque trop tard, la côte. Le port de la Turballe, puis l'île d'Houat en forme de chat qui bondit. Philippe la voyait toujours comme ça. Tout à son côté, Belle-Île-en-Mer. Puis l'océan. Immense et uniforme miroir illuminé par le soleil.

Il resta encore longtemps ainsi, le nez presque collé contre la vitre, perdu dans ses pensées, espérant secrètement que, pendant ce laps de temps, sa nouvelle voisine serait partie.

Elle était toujours là. Elle lui sourit. Elle devait approcher les quatre-vingts ans, mais son visage, ridé et marqué, restait encore beau. Cette femme avait dû être très belle, et il restait dans ses yeux l'éclat de sa jeunesse passée.

– Vous savez où nous sommes ?

Perdu. Philippe allait de nouveau devoir soutenir une conversation. Hemingway allait encore attendre.

– Nous attaquons l'Océan Atlantique. Nous venons de quitter la Bretagne. La France.

– Vous êtes Français. Ça s'entend. Ça se voit.

– Mon accent ?

– Certes. Mais surtout la façon dont vous avez prononcé le mot France et la façon dont vous m'avez semblé regarder cette terre qui s'éloignait. Et une certaine mélancolie que je sens chez vous maintenant.

– Anglaise, je pense ? dit Philippe sans relever la dernière remarque.

– Non. Écossaise.

– Oh ! Désolé. Je ne vous ai pas blessée ?

– Non, évidemment. Je ne suis pas susceptible à ce point. Mais je tiens à la différence, vous vous en doutez. Moi aussi, lorsque j'ai quitté mon pays pour la première fois, j'étais triste.

– Je ne suis pas triste. Je pars mais je serai de retour dans quelques jours.

– Vous savez. Parfois on part. Et on rentre dix ans après. Ou jamais. Tout n'est pas toujours prévisible. Le destin en décide parfois autrement. C'est ce qui fait aussi le piment de la vie.

– Je ne crois pas beaucoup au destin. Je crois que ce n'est qu'un mot. Pour expliquer l'inexplicable. Pour mettre un terme à toute discussion. Vous ne croyez pas ?

– Non. Il a changé ma vie. C'est un fait irréfutable.

– Peut-être le ressentez-vous comme cela. Mais il n'a pas sa place. D'ailleurs, vous remarquerez qu'on emploie toujours ce mot pour des évènements marquants. Heureux ou malheureux. Une rencontre qui bouleverse votre existence, une réussite exceptionnelle. Un accident qui la brise. Mais jamais pour un fait anodin. Commun. Domestique. Vous ne direz jamais que c'est le destin qui vous aura fait choisir une pomme ou une poire au dessert.

– Sauf si vous vous étouffez en avalant la pomme.

– Évidemment. Fin du débat !

– Pardonnez-moi. C'était facile. — Désolée. Je ne vous ai pas fâché ?

– Bien sûr que non.

– Vous ne voulez pas savoir pourquoi le destin a changé ma vie ?

Deux solutions s'offraient à Philippe. Paraître ne pas vouloir être indiscret malgré la proposition de sa voisine. Reprendre son livre pour lui signifier toujours aussi poliment qu'il souhaiterait bien continuer sa lecture. Ou…

– Vous en mourez d'envie madame.

Un fin nuage de tristesse passa fugitivement devant les yeux de l'Écossaise, mais Philippe le vit bien. Elle le fixa du regard et lui fit un sourire qu'il trouva presque inquiétant.

– Mourir. Je ne suis pas certaine que ce soit le bon terme. Mais puisque vous semblez le souhaiter, je vais vous raconter ma vie.

Et la vieille dame chercha un assentiment dans les yeux de Philippe. Qu'elle sembla trouver.

– Je suis née à Dirleton. En Écosse, comme vous l'avez compris. Dans l'East Lothian. C'est tout près d'Édimbourg, pour mieux situer. Au fait, je ne me suis pas présentée. Mary. Mary Nisbet. Monsieur…

– Philippe. Philippe Voltaire. Je suis médecin.

Philippe se demanda aussitôt pourquoi il avait donné cette précision.

– Oh oui, j'ai vu. Enchantée, Philippe. Oui, en Écosse. Mon père, William Nisbet, un homme très riche, avait épousé la fille du deuxième duc de Rutland. Très grande lignée. Ma mère. Ils n'ont eu qu'un enfant. Moi. On m'a donné le prénom de ma mère. Mary. À vingt et un ans, on m'a mariée. C'était comme ça. Enfin, dans mon milieu. À l'époque aussi. Ça doit vous surprendre ?

– C'est un peu passé de mode, il est vrai. Et puis, maintenant, la noblesse épouse volontiers la roture. Regardez votre famille royale britannique. Le temps est loin où le Roi devait abdiquer pour vivre ses amours. Les princes d'aujourd'hui épousent des bourgeoises qu'on anoblit pour garder les apparences, et tout ce petit cercle divorce ensuite gentiment comme tout le monde. C'est le progrès.

– Je vois que vous connaissez bien notre histoire ! Et que pour vous, la Révolution est bien passée par là. Français et républicain.

– Que voulez-vous. Là où il y a un, ou une, Britannique, fut-elle Écossaise, il faut bien qu'il y ait un Français pour s'opposer à elle. Mais continuez.

– Oui. Vous vous en doutez bien, la passion n'avait pas sa place dans cette affaire. Le terme convient bien. C'en était une. Mon futur époux, Thomas Bruce. Ça vous dit quelque chose ?

– Euh. Non. Sincèrement. Ma connaissance du Gotha ne va pas jusque-là.

– Vous auriez pu. Il est un peu connu. Enfin. Donc Thomas Bruce. Septième comte d'Elgin. Diplomate de son état. Il avait été en poste à Vienne et Berlin. Colonel. Pair. Représentant de l'Écosse à la chambre des Lords. Il allait être nommé ambassadeur, et pour cette haute fonction, il était de bon ton d'être marié, en raison des obligations protocolaires qu'elle entraînait. Il fallait une hôtesse qui présente bien, et on me disait très belle. Mais ce n'était pas pour lui la seule raison. Il était riche, très riche, mais dépensier. Très dépensier. Propriétaire d'une belle demeure, il l'a fait raser et s'est lancé dans la construction d'une résidence beaucoup plus grande, imposante. Et très chère. Sa fortune y est passée. Il a emprunté, s'est endetté et n'a pas pu rembourser.

– Si je comprends bien. Vous avez été la bienvenue.

– Oui. Mes parents m'ont fait comprendre que c'était une chance pour moi. Mary Nisbet deviendrait Lady Elgin. J'ai accepté. Lui ou un autre. Je n'avais pas le choix. J'avais vingt et un ans. Lui trente-trois. Mon destin était scellé.

– Le destin ? Décidément, c'est le thème du jour. Juste avant vous, il y avait…

– Il y avait ?

– Non, non. Rien. Sans intérêt. Alors vous vous êtes mariée. Mais ce n'était pas le destin. C'était l'usage. Racontez-moi la suite. Quand le destin, enfin ce que vous appelez comme cela, va frapper.

– Je vois que ça vous intéresse. Tant pis pour vous.

– Pourquoi dites-vous ça ? Il y a un risque ?

Et Philippe vit de nouveau passer devant les yeux de cette femme le même nuage de tristesse et le même rictus un peu inquiétant qu'il avait surpris quelques instants plus tôt. Un peu plus inquiétant peut-être. En tout cas, c'est comme ça qu'il le perçut.

– Non. Juste celui d'être obligé de m'écouter jusqu'au bout. Enfin, je crois. Alors nous sommes restés quelques mois en Écosse, pour préparer notre départ, et pour nous habituer l'un à l'autre. Thomas était attentionné. Je n'avais pas à me plaindre. Nous avons finalement quitté l'Angleterre depuis Portsmouth à bord de la frégate HMS Phaeton. J'ai facilement retenu la date. C'était le 3 septembre.

– En bateau ?

– Et oui jeune homme, c'était il y a quelques années. Et puis c'était la guerre.

– Ah oui, c'est vrai. Le 3 septembre.

Et pendant que Lady Elgin lui racontait son embarquement, elle, lui et nombre de membres de la future ambassade, les conditions de vie à bord du bâtiment, difficiles, une certaine promiscuité, Philippe faisait du calcul mental. 3 septembre. 1939 évidemment. Jour de la déclaration de guerre de la France et de la Grande-Bretagne à l'Allemagne. Vingt et un ans, peut-être vingt-deux à ce moment. Elle est née en 17 ou 18. Elle a au moins cent ans.

Philippe n'était pas plus surpris que ça. Durant sa carrière, il avait eu plusieurs patientes centenaires en pleine forme. Cette femme, bien mise, en faisait vingt de moins. Pas banal de la trouver là, dynamique, racontant sa vie dans un avion. Mais rien d'extraordinaire non plus.

– Vous ne m'avez pas dit où vous vous rendiez. Enfin là où votre mari allait prendre son poste.

– C'est vrai. J'aurais pu commencer par là. Constantinople.

– Constantinople ? Istanbul, vous voulez dire ?

– Oui, c'est vrai. Pour vous Istanbul. Mais moi j'ai toujours dit Constantinople. Question d'époque évidemment.

– Évidemment.

Philippe, qui cherchait à savoir, sans oser le lui demander, l'âge exact de sa voisine, situa le changement de nom de Constantinople en Istanbul dans les années trente. En même temps que la Révolution des signes voulue par Mustapha Kemal Atatürk. En signe de modernité. Rien d'étonnant alors que cette femme utilise ce terme, même s'il pouvait paraître un peu anachronique.

– Alors vous êtes allée directement à Istan... à Constantinople ?

– Non. D'abord, sur le bateau, j'étais très mal. Vertiges. Nausées. J'ai consulté le médecin qui nous accompagnait. Ce n'était pas le mal de mer. J'étais enceinte. Nous avons fait alors une première escale au Portugal. À Lisbonne, où j'ai pu me reposer un peu avant de repartir, pour contourner l'Espagne et nous approcher de Gibraltar. Je vous l'ai dit c'était la guerre, et conformément aux instructions qu'il avait reçues, le Phaeton a pris en chasse deux bâtiments. Il n'y a eu heureusement et à mon grand soulagement, aucun coup de canon tiré. Ils appartenaient à des nations neutres. Nous sommes alors restés quelques jours sur le Rocher, accueillis par les officiers britanniques en poste, pour appareiller de nouveau, cette fois-ci pour la Sicile. J'étais toujours aussi malade. Alors il fut décidé que le séjour serait plus long. Le temps, pour moi, de passer le cap parfois difficile du début d'une grossesse. Vous savez ça. — Enfin, comme médecin évidemment.

– Évidemment.

La conversation de Lady Elgin ne manquait pas d'intérêt pour Philippe. Il ne s'ennuyait pas. Elle parlait lentement. Elle avait une voix douce. Posée. Ce récit de traversée l'enchantait. Et surtout il voulait en savoir plus. Quel évènement avait bien pu changer la destinée, semblant toute tracée, de cette Écossaise ?

– En Sicile alors ?

– Oui. Palerme. Vous connaissez ?

– L'aéroport seulement. Entre mer et montagne à pic. Approche difficile.

– Je ne sais pas. Dommage pour vous. La ville était superbe, mais un peu endormie. Elle n'avait pas résisté à sa rivale. Naples. Nous avons été accueillis par notre ambassadeur, William Hamilton, son épouse Emma, et son amant.

– Son amant ? Celui de… ?

– Celui de son épouse. Horatio. Lady Hamilton avait trente-trois ans. Lord Archibald Hamilton près de trente-cinq de plus. Ce qui devait arriver est arrivé. Il était au courant. On disait même qu'il avait encouragé cette liaison. Horatio lui fera même deux enfants. Enfin, ils étaient adorables, tous les trois. Nous avons logé tout près d'eux, dans un véritable palais, pratiquement quinze jours. Emma a été merveilleuse avec moi, allant jusqu'à me prêter une de ses robes lorsque nous avons été reçus par la Reine de passage à Palerme.

– La Reine ?

– Oui, la Reine.

Philippe marqua un temps d'arrêt, surpris par cette remarque.

– Vous alliez mieux ?

– Non. J'étais toujours aussi mal, et je serai bien restée. À la fois pour me reposer, et aussi, je dois bien l'avouer, pour profiter encore un peu plus de ce trio pour le moins singulier, si j'ose dire. Il fallait bien repartir et, après avoir brièvement relâché dans quelques îles grecques, nous sommes arrivés presque au terme de notre voyage. Devant Bozcaada.

– Bozcaada ?

– Ténédos, si vous préférez.

– Excusez-moi, mais ça ne me parle pas plus.

– Une île. À l'entrée du détroit des Dardanelles, une forteresse vénitienne garde l'endroit. C'était assez sinistre. Désert. Des vignes. Le vin y était délicieux. Le médecin du bord me l'a recommandé.

– Une pensée pour mon excellent confrère. Et un toast à sa mémoire, s'il n'est plus parmi nous. Continuez, Lady Mary.

Philippe porta son verre de champagne à ses lèvres.

– Le vin de Bozcaada, disais-je. Oui, et puis là, devant nous, la flotte turque, des dizaines de bateaux entourant le Sultan Selim, le navire amiral. Formidablement armé, plus de cent canons, magnifique sous le soleil de la mer Égée. Selon l'ordre de mission établi pour mon mari par le Foreign Office, il était prévu que nous nous rendions à son bord pour y être accueillis, avant d'entreprendre la traversée des détroits, jusqu'à Istanbul comme vous dites. Le courant étant très fort, il a d'ailleurs fallu attendre plusieurs jours que les vents soient favorables.

– Les vents ? Le Phaeton et le Sultan Selim ne pouvaient pas les affronter ? Pour des bâtiments de cette taille, j'en doute. Pour le Sultan Selim, pour avoir un jour lu, je me demande bien pourquoi, un article sur le sujet, et si mes souvenirs sont encore bons, il avait été fabriqué en Allemagne et cédé aux Turcs bien avant. Il n'était plus tout jeune, certes, mais de là à ne pas pouvoir remonter les flots venant de la mer Noire… Quant aux cent canons, vous me semblez exagérer un peu.

– Je ne suis pas marin, vous savez. Je me souviens de ce que l'on m'a dit. Mais vous faites erreur sur un point. Il avait été mis en chantier en France. Cela avait assez chagriné mon mari quand il l'avait appris. C'est un détail, après tout, mais je vois surtout que vous suivez bien.

Philippe suivait bien. Très bien même. Au point qu'insidieusement, puis plus nettement, il sentait confusément encore que quelque chose clochait dans le discours de cette vieille femme. Il se mit à penser, puis à être sûr, qu'elle ne possédait plus toutes ses facultés intellectuelles. Il y avait sans doute un peu de vrai dans son histoire, mais en était-elle vraiment l'héroïne ? Ne mélangeait-elle pas des souvenirs personnels, familiaux, des histoires lues, apprises, ou pourquoi pas enseignées ? Philippe hésitait. Il avait pensé un moment mettre très délicatement fin à cette conversation, sans vexer cette dame, somme toute charmante. Mais justement, elle était charmante, enjouée presque, contente de parler. Elle avait trouvé un interlocuteur attentif, elle en profitait. Sans doute n'en avait-elle pas l'occasion souvent. Était-elle seule dans l'avion ? Philippe la laissa continuer, un peu plus distrait peut-être. Mais quelque chose l'intriguait.

– La réception fut magnifique. Nous avons dîné et dormi à bord. Tout était luxueux. De l'or partout, des diamants, des émeraudes, des rubis, sur tous les objets même les plus petits, de la vaisselle en porcelaine de Saxe, des meubles orientaux, japonais, chinois.

Cette fois-ci, Philippe n'eut plus de doute. Cette pauvre femme était folle. Il voulait bien admettre un certain nombre de choses, mais pas qu'un croiseur du 20e siècle ressemble à la caverne d'Ali Baba.

– Pardonnez-moi de vous interrompre. Je vous abandonne quelques minutes.

Elle fit un petit signe de compréhension, replia un peu ses jambes pour laisser à Philippe la place de passer. Il se rendit en direction des toilettes, mais s'arrêta au poste des membres de l'équipage. Il n'y avait que des hôtesses. Elles étaient deux et discutaient entre elles. Celle qui était directement en face de Philippe s'adressa à lui.

– Je peux quelque chose pour vous monsieur ?

– Non, merci. Je me dégourdis un peu les jambes. Et puis…

– Et puis, monsieur ?

– Non, rien. Enfin, comment dire ? Voilà. Une passagère, la dame très âgée. Vous voyez ?

– Euh oui, je vois. Il y a un problème ?

– Non, non, pas vraiment. Rien de grave. Par contre, je suis un peu gêné pour dire cela, mais je ne suis pas sûr qu'elle ait toute sa tête. Elle est très agréable, mais elle me raconte des trucs complètement invraisemblables. Elle mélange les époques. Enfin, tout n'est pas très clair.

L'hôtesse tourna son regard vers sa collègue, cherchant un acquiescement.

– Écoutez, à l'embarquement, elle paraissait seule, mais s'est parfaitement débrouillée pour se rendre à son siège. En revanche, elle n'était pas à côté de vous au départ. Elle s'est installée plus tard, je suppose, je ne l'ai pas remarqué.

– Oui, elle m'a rejoint plus tard. Après que…

– Après que ?

– Non, rien. Pardonnez-moi, je m'inquiète peut-être un peu trop pour elle. Elle n'est pas toute jeune, et on n'arrive pas toujours à cet âge sans quelques ennuis. À tout à l'heure, mesdames.

– À tout à l'heure, monsieur. Nous allons passer dans quelque temps pour un service. Vous voulez quelque chose maintenant ?

– Non, vous êtes gentilles. Merci.

Philippe ne rejoignit pas tout de suite sa place. Il resta un long moment à côté des deux hôtesses, reparties dans leur conversation. Il avait besoin de réfléchir. Cette rencontre le perturbait. Il sentait que cette femme avait besoin d'aide. Enfin, il le croyait. Mais comment l'aider ? En la laissant continuer son récit ? Il n'avait pas beaucoup d'autres choix. C'est la décision qu'il avait prise en se dirigeant vers sa place.

Avant de s'asseoir, Philippe jeta un coup d'œil à la cabine, aux passagers rentrés en même temps que lui, pour la plupart endormis. Il eut l'impression de ne pas en reconnaître un seul. Philippe mit cela sur le compte de la fatigue, de l'obscurité. Du champagne, peut-être.

La vieille dame semblait l'attendre impatiemment.

– Alors, Lady Elgin. Après cette somptueuse réception ?

– Vous êtes vraiment très sympathique. Écouter les souvenirs lointains d'une vieille dame, vous auriez pu espérer mieux. Il y a deux rangs plus loin une femme jeune, ravissante. Elle aurait une conversation plus intéressante, plus moderne. Vous n'avez pas de chance. Ou alors…

– Ou alors ?

– Ou alors, c'est le destin.

– Vous y tenez. Alors ? Après cette réception ?

– Le vent s'est levé au quatrième jour, et le Phaeton s'est engagé dans le détroit des Dardanelles. Mon mari souhaitant explorer la mythique plaine de Troie, nous avons abordé à Sigeion, à l'embouchure du Scamandre, le dieu fleuve, fils d'Océan et de Téthys. Il y avait toute l'ambassade, les diplomates, les militaires de la mission britannique qui nous avaient rejoints, notre médecin, notre chapelain, un helléniste distingué et farfelu, un professeur orientaliste taciturne, des femmes de chambre, des domestiques grecs. Tout le monde à dos d'âne.

– Pas très raisonnable, dans votre état.

– J'en conviens, Docteur, mais pour rien au monde je n'aurai manqué une telle excursion. Mais j'avoue avoir été un peu déçue. Mc Lean, votre confrère, eut beau déclamer des vers de l'*Iliade*, cela ne fit pas sortir Achille, Ajax ou Patrocle de leurs tombeaux, ni se redresser les remparts de la ville. Pas le moindre vestige de cheval non plus. Le paysage était beau. De violents orages avaient fait pousser un fin gazon parsemé de boutons d'or, et, partout, des oliviers centenaires semblaient apporter la paix sur cette terre, il y a longtemps, baignée de sang. Tout autour des monts et des montagnes. Ida, aux mille sources avec ses sommets. Gargare, d'où Jupiter assistait aux combats des Grecs et des Troyens, éternellement enneigé, et sur les flancs duquel Pâris opta pour Aphrodite.

Pour le malheur de Troie. Et Cotyle, plus petit. En fin de journée, nous nous sommes rendus au petit village de Yenice. Mais là, je veux dire maintenant, il conviendrait que je vous parle un peu de Thomas Bruce.

– Votre mari. Septième comte d'Elgin. Le futur ambassadeur à Ist… à Constantinople.

– Oui. Vous suivez bien. J'en suis ravie. Et onzième comte de Kincardine. Et général sans avoir commandé la moindre troupe, et plein d'autres choses également.

Elle fut prise d'un petit rire aigu qui amusa beaucoup Philippe.

– Au village de Yenice, Thomas fit l'achat de plusieurs marbres antiques. J'appris plus tard qu'il avait passé un accord pour profiter de son poste pour ramener en Grande-Bretagne le plus d'œuvres d'art possible. À ses frais, le gouvernement de Sa Majesté ayant décliné sa demande de financer une expédition artistique. Alors il ne s'en est pas privé.

– Mais Lady Elgin, tout ceci n'est pas légal. Et depuis longtemps.

– Mais je vous parle d'il y a longtemps. Très longtemps.

Elle eut à nouveau ce petit rire, mais qui n'amusa plus Philippe. Et puis, un bref instant encore, ce sourire inquiétant, menaçant. Ou malsain. Décalé par rapport à l'aspect inoffensif de cette femme. Difficile à définir pour lui en tout cas.

Il hésita longuement avant de s'exprimer de nouveau.

– Lady Elgin. Très longtemps, — c'est très imprécis. Je vais vous poser une question épouvantablement indiscrète. Je peux ?

– Je vous raconte ma vie. Et je n'ai pas fini. Et vous allez être surpris. — Il ne peut y avoir aucune indiscrétion. Posez.

– Quel âge avez-vous madame ?

S'attendait-elle à cette question ? Avait-elle vraiment envie d'y répondre ? Elle resta longtemps silencieuse avant de reprendre la parole.

– Soixante-dix-sept ans.

Philippe regarda longtemps Lady Elgin. Sans prononcer un mot. Il déroula dans sa tête le récit de la vieille femme. Avec un âge pareil, elle ne pouvait pas s'être embarquée, jeune mariée, à Portsmouth à l'aube de la Seconde Guerre mondiale. Rien ne tenait. Tout était faux. Pas forcément volontairement de sa part, mais tout était faux. Cette femme était démente. Il tenta une autre question.

– En fait, j'aurais dû m'exprimer différemment. Quand êtes-vous née exactement ?

Le nouveau long silence qui suivit inquiéta Philippe. Il sentit une nouvelle hésitation. Elle répondit. Comme résignée.

– 1778. Le dix-huit avril.

Philippe regarda à travers le hublot. Toujours l'océan. Immense. Uniforme. Pas le moindre bateau visible. Pas la moindre trace d'avion. Rien. D'habitude, il aimait bien cette sensation de solitude. Il se sentait au-dessus de l'humanité. Privilégié, protégé. Loin des tumultes, loin des soucis. À l'abri. Serein. Presque heureux. Mais là, non.

Il se retourna vers Lady Elgin qui le regardait fixement. Il avait décidé de l'écouter jusqu'au bout. Il le ferait.

– Alors votre mari fit l'acquisition de marbres antiques.

– Oui, quelques statues, quelques bustes et fragments, plus tard il ne s'arrêtera pas là. Mais c'est une autre histoire, j'y reviendrai. Continuons la mienne.

– Sans oublier le destin. Et comment il a changé votre vie.

– Sans oublier. Huit jours après notre petite épopée troyenne, nous sommes arrivés à Constantinople. Oui, Istanbul, je sais, mais je vais continuer à employer ce nom. Où nous fûmes transportés au Palais de France, abandonné par ses occupants, vos compatriotes, je suis désolé, en raison du conflit. Il s'ensuivit une période de réceptions interminables de tous les très hauts fonctionnaires et personnes influentes que pouvait contenir la ville. Période obligatoire, avant la réception par le Sultan.

– Le Sultan ?

– Oui, bien sûr. Le Sultan. Sélim III.

Tout s'embrouillait un peu dans la tête de Philippe. Il avait admis que cette femme était démente, mais elle s'exprimait sans la moindre difficulté et son discours était parfaitement cohérent. En tout cas, historiquement cohérent. Dans cette histoire, le départ de Portsmouth devait se situer en septembre 1799, en plein conflit franco-britannique. Le Phaéton un vaisseau de ligne, à voiles. Lord Hamilton, ambassadeur en Sicile, au Royaume de Sicile. La Reine. La Reine Marie-Caroline d'Autriche, reine de Naples et de Sicile. Horatio, l'amant de Lady Hamilton. Philippe chercha dans sa mémoire. Horatio ? Un prénom pas si courant. Oui. Horatio. Horatio Nelson, l'amiral Nelson. L'homme de Trafalgar. Et bien sûr Constantinople. Pas Istanbul. Sélim III. Et pas Mustapha Kemal Pacha ! Pas Atatürk !

Cette femme était dans un autre monde, une autre époque. Démente. Mais cohérente effectivement. Et attachante. Et Philippe curieux. Peut-être trop, comme toujours. Tant pis, il voulait savoir. Il irait jusqu'au bout.

– Bien sûr, Sélim III.

– La réception fut grandiose. Vous ne pouvez pas vous imaginer. Mais avant il fallut régler un problème. De taille.

– De taille ?

– De sexe plutôt. Assister à la cérémonie était strictement interdit à toute personne féminine. Alors il a fallu ruser. Je me suis habillée en homme. En jeune noble de la suite de mon mari. Ainsi, avec la complicité bienveillante des Ottomans, les convenances furent respectées. Ce fut grandiose, je vous l'ai dit. Plus que ça. Sublime. La porte méritait bien son adjectif. Toutes les représentations étrangères à Constantinople étaient présentes. France exceptée.

Elle eut un petit rire moqueur.

– Toutes les ambassades donc, avec diplomates, dignitaires, chevaux, domestiques. En tête du cortège, des milliers, je dis bien des milliers, de janissaires. Le protocole était bien établi. L'usage voulait que le Sultan fasse attendre ses visiteurs, les fasse attendre des heures et des heures, et ce qu'on aurait pu considérer comme une impolitesse, voire une injure, était admis par tous. On partit très tôt et on attendit aux portes de la ville, parce qu'on était d'abord sortis, puis à l'entrée du Sérail, puis aux portes de Topkapi, puis de nouveau dans l'antichambre. Chaque étape était l'occasion d'échanges de cadeaux, de collations, de repas. Finalement, en fin d'après-midi, alors que le soleil commençait à décliner, nous fûmes admis au sanctum sanctorum, le Saint des Saints, si je peux employer ce terme en ce lieu. La salle du trône.

– Impressionnante ?

Lady Elgin se mit presque à rire.

– Hideuse. Minuscule et sombre. Je crois que la vraie salle d'audiences était en travaux. En m'approchant d'une fenêtre, il m'a semblé apercevoir une basse-cour. Un comble ! Le Sultan était assis sur un ridicule divan. S'il n'y avait eu les gardes et les eunuques, on se serait cru dans un intérieur pauvre d'une quelconque banlieue londonienne. Thomas présenta ses lettres de créance sans s'adresser directement au Sultan, ce qui était formellement interdit. C'est par le truchement d'une sorte de grand chambellan que se faisaient les échanges et les réponses. Tout le monde semblait s'ennuyer, le

Sultan, le Grand Vizir et le Caïmacan pacha présents, mon mari et les rares membres de sa suite admis.

– Mais pas vous, bien sûr.

– Bien sûr que non. D'abord, je faisais quelque chose d'interdit et ça n'était pas pour me déplaire. Et puis j'étais jeune, avide de découvertes, ça me changeait de l'Écosse et de la vie sans doute un peu fade qui aurait été la mienne si j'étais restée là-bas. Je ne regrette rien.

– C'est vrai que maintenant les choses doivent se passer plus simplement. Alors, après les lettres ?

– Les cadeaux. Mon mari offrit plusieurs pendules. Elles venaient de France, achetées avant la Deuxième Coalition, les Ottomans en raffolaient. Puis un énorme lustre, et des mètres et des mètres de tissus qui, eux, avaient été spécialement commandés aux manufactures de Leeds. Les proches du Sultan reçurent également nombre de présents, des armes, des bijoux, des pierres précieuses et encore des tissus. On offrit à Lord Bruce un magnifique cheval, tout caparaçonné d'or et qui lui fut présenté à la porte du Milieu, à l'entrée de je ne sais plus quelle cour. Quand tout fut terminé, la nuit était tombée sur le Bosphore, mon mari officiellement installé, et moi épuisée. Commença alors pour moi une vie de femme d'ambassadeur. Comme je crois vous l'avoir dit, nous résidions au Palais de France, sur les collines de Péra. Cette somptueuse demeure avait été auparavant le siège de l'ambassade de France, fermée à la suite de la Révolution française, rouverte, puis de nouveau close à la suite de la campagne d'Égypte de votre Napoléon.

– Passons, on pourrait se fâcher.

– Soit. J'étais l'hôtesse qui recevait, il m'avait épousée pour cela, je m'y suis conformée avec plaisir au début, je dois le dire. Diplomatie rimait avec vie mondaine, réceptions, concerts, bals, soirées littéraires et jeux. Il s'agissait pour chaque délégation représentée à Constantinople d'afficher sa richesse et sa puissance, de saisir l'occasion pour nouer des relations, d'entamer des alliances, de recueillir des secrets, de s'informer des intrigues. Il était important de savoir qui était bien en cour, qui ne l'était pas et qui ne l'était plus. Selim III était un monarque ouvert à l'Occident, c'était le moment d'en profiter, surtout pendant votre absence.

Philippe préféra ne pas l'interrompre.

– Celle des Français, oui. Quelle idée aussi d'aller envahir le pays des pharaons, territoire sous domination ottomane. Il était un peu bizarre, votre Corse. Mais c'était sans doute son destin. Lui aussi.

– Ou sa chance. Chance que le Directoire ait voulu l'éloigner un peu. Chance que la peste ne l'ait pas frappé à Jaffa. Chance que la marine anglaise qui rodait en Méditerranée ne l'ait pas fait prisonnier à son retour. La chance, Lady Elgin. La chance, pas le destin. Et le reste, sa volonté, sa force, sa puissance de caractère, qui feront ce qu'il est devenu ensuite.

– Vous êtes bien un Français, décidément. Borné et têtu. Mais revenons à moi. Mon Dieu, c'est extrêmement prétentieux. Je voulais dire, revenons à mon histoire.

– J'avais traduit.

– Borné, têtu, mais gentleman. Où en étais-je ? Ah oui. La vie mondaine. Évidemment, au bout de quelques mois, j'avais fait un peu le tour. Au bout d'un an, plusieurs tours. Je voyais de moins en moins mon mari, très occupé par sa fonction et les visites protocolaires qu'il devait faire, toutes les audiences qu'il devait accorder. Et puis Constantinople n'était pas non plus une ville aussi agréable que je le pensais. Tout y était sale, les épidémies se succédaient, j'étais terrifiée à l'idée que mon fils, né depuis, n'y succombe. Bien sûr si l'on compare mon existence à celle d'une Écossaise moyenne, ou encore plus à celle d'une femme turque, je n'avais pas à me plaindre. Mais voilà, je m'ennuyais. Il était temps que le destin, le vrai, fasse son apparition.

– Nous y voilà.

– Têtu, borné, gentleman et patient. C'est vrai que j'ai été longue, mais il fallait bien que je me présente, et puis, je n'ai plus beaucoup l'occasion de raconter tout ça vous savez.

Son regard avait changé, elle paraissait presque triste. Une raison de plus pour Philippe de la laisser continuer. Au fil de son discours, cette femme devenait attendrissante, et il n'avait pas revu ce sourire inquiétant qui, quelque temps auparavant, l'avait mis presque mal à l'aise.

Philippe, discrètement, regarda sa montre. Il fut un peu surpris de voir qu'il n'avait quitté Paris que depuis une heure. Son geste, si furtif qu'il ait été, n'échappa pas à sa voisine. Elle ne lui laissa pas le temps d'y réfléchir plus longtemps.

– Apparemment soucieux de notre bien-être, mon mari organisa pour moi, du moins je le crus, un grand voyage. Plusieurs îles de la mer Égée virent notre passage. Lesbos, et ses rivages où Orphée vint déposer sa tête, son mont Olympe que nous gravîmes, Mykonos où nous dûmes affronter le Sirocco, la minuscule Délos qui vit naître Apollon et Artémis, Paros et ses carrières de marbre, et bien d'autres toutes aussi merveilleuses. Puis Athènes.

– Où Thomas Bruce vous apparaîtra tel qu'il était.

Lady Elgin marqua un temps d'arrêt.

– Comment le savez-vous ?

– Parce que la mémoire me revient et que je me rappelle maintenant qui il était.

– J'ai presque honte à vous raconter cela. Oui, mon époux, vous l'avez deviné, est l'homme des marbres d'Elgin. Les marbres du Parthénon. C'est lui qui a fait défigurer ce monument de la démocratie. Lui qui l'a mutilé. Qui l'a livré à de mercantiles barbares. Lui qui a vendu ses dépouilles pétrifiées au British Museum.

– Où elles sont toujours. Et sans doute pour très longtemps.

Lady Elgin resta silencieuse, le regard triste. Philippe eut peur qu'elle ne se mît à pleurer, mais aucune larme ne sortit de ses yeux.

– Ce fut un tournant dans notre relation. Je l'avais presque aimé, je ne l'aimais plus. Il m'est apparu sous son vrai jour. Pour résumer, vénal. Il avait négocié son nom à mes parents pour m'épouser, dépenser mon argent sans compter pour sa résidence écossaise, pour maintenir son ambassade au sommet, et même pour participer à l'équipement d'un corps expéditionnaire à destination d'Aboukir. Le Parthénon ne suffira pas. Il y laissera ses finances, sa carrière, sa réputation, presque son honneur, et il ne lèguera que des dettes à l'héritier de son titre.

– Ça c'est plus tard ? Racontez-moi ce qui s'est passé. Après Athènes.

– Nous sommes rentrés à Constantinople. Au cours d'une soirée où nous fûmes reçus par Selim III, j'avais exceptionnellement été invitée, j'ai fait la connaissance de Kösem, une des sœurs du Capitan Pacha. Elle bénéficiait d'une liberté que peu de femmes pouvaient avoir à l'époque, et nous nous sommes liées d'amitié. Je me rendais souvent auprès d'elle, dans le palais qu'occupait l'amiral ottoman. C'est là que j'ai pénétré pour la première fois un lieu interdit. Interdit aux hommes. Le harem.

– Diable, vous avez dû faire des envieux.

– Des envieuses surtout. Mes collègues, si j'ose dire, épouses d'ambassadeur et de diplomates, me jalousaient pour cette proximité. Quant aux hommes, si je comprends bien votre remarque, ils s'imaginaient les harems comme des lieux de débauche pour sardanapales. C'est plus compliqué que ça. Beaucoup plus compliqué. C'était avant tout un monde bien organisé, avec des épouses, des concubines, des novices, des odalisques, toute une intendance et des femmes de service pour cet endroit quasi impénétrable, et puis des eunuques bien sûr. C'était un lieu de pouvoir aussi, avec sa hiérarchie, ses luttes, ses jalousies, ses intrigues, parfois ses crimes. Ses amours interdits aussi. Saphiques. Interdits mais tolérés. — Je pourrais passer des heures à vous décrire cet endroit, mais vous vous lasseriez.

– Pas sûr. J'aime le soufre.

– Les bains, les alcôves, le silence qui y régnait toujours, les rires que l'on entendait parfois. J'y ai passé des moments merveilleux, habillée à la turque, à converser avec elle, à observer cette société unique au monde. Sans la juger.

– Alors, le destin, Lady Elgin ?

– J'y arrive. Enfin, me direz-vous.

Philippe revit passer la tristesse dans ses yeux. Cette femme s'était prise à son propre piège. Raconter son histoire lui faisait du bien, mais aller plus loin devenait sans doute pénible, peut-être même impossible. Elle reprit tout de même son récit, mais la voix avait changé, encore plus douce, le ton aussi, presque hésitant.

– Un jour que je rendis visite à Kösem, je la trouvai préoccupée. Elle habituellement si sûre d'elle-même me parut craintive, presque apeurée. Nous étions très intimes, elle se confia à moi. Kösem était amoureuse.

– Aïe.

– Oui. La pire des maladies. La plus belle aussi. La plus terrible. Celle qui peut tout dévaster, tout briser. Celle qui peut vous emporter jusqu'au bonheur suprême, ou jusqu'à la mort. Kösem avait beau jouir d'une liberté importante, exceptionnelle pour l'époque, être amoureuse ne lui était pas permis. Qui pourrait-on blâmer d'ailleurs ? On ne me l'a pas permis non plus. Elle pouvait quitter le palais de son frère, rencontrer qui elle voulait, mais il y avait des limites. Les limites, elle les avait franchies. Lors d'une soirée à l'ambassade de Russie où je l'avais entraînée, son regard avait croisé celui d'un jeune attaché militaire. Il était beau. Elle était belle. Cela avait suffi. Huit jours plus tard, ils se retrouvaient clandestinement chez lui, dans une maison sur l'île Büyükada, une des Îles des Princes, on les appelait comme ça parce qu'on y exilait les princes déchus, et devenaient amants. L'histoire durait depuis trois mois.

Cette fois-ci, le ton devenait rapide, presque monocorde. Elle ne regardait plus Philippe dans les yeux. Il avait l'impression qu'elle récitait une leçon, apprise depuis longtemps, ressassée. Que cette fois-ci, elle avait hâte d'en finir.

– Kösem et son amant devait se retrouver le lendemain, mais son frère lui avait trouvé une autre occupation. Banale, anodine. Ordinairement, cela ne l'aurait pas intriguée, mais là, elle avait senti chez lui quelque chose d'anormal. Presque indiscernable, mais elle avait vu le soupçon sur son visage. Et le danger. Alors je lui ai proposé de me rendre à Büyükada, de prévenir son amant de son impossibilité, des craintes qu'elle avait. Elle a accepté. Lorsque j'ai quitté le sérail et suis monté dans ma calèche qui m'attendait au-dehors, j'ai regardé longuement les portes du palais et un sentiment curieux m'envahit.

– Un mauvais pressentiment ?

– Je ne sais pas. Quelque chose d'imprécis, difficile à décrire. Plutôt comme si une page venait encore de se tourner.

– L'ombre du destin ?

– Vous n'y croyez pas. L'ombre du destin ? Peut-être. Le lendemain, j'ai quitté notre résidence très tôt. Il faisait un temps superbe, c'était le début du printemps. Thomas était en visite à Chios. Parti au moins pour trois semaines. Officiellement pour y rencontrer la population à majorité chrétienne, mais je me demande encore sur quel temple d'Apollon il avait jeté son dévolu. Pour être plus discrète, je suis partie seule, sans ma femme de chambre. J'ai demandé au cocher de me déposer devant Sultanahmet Camii, la Mosquée bleue, j'ai franchi les ruines de l'hippodrome, je regardais sans cesse derrière moi de peur d'être suivie. Il m'a fallu presque une heure pour arriver au bord de la Corne d'Or. Je n'ai pas eu de mal à louer un petit bateau pour la journée. Un petit esquif à voile, le patron et son mousse, probablement un esclave, et moi.

Quel équipage ! J'étais folle, et excitée. Le trajet dura deux heures, il n'y avait presque pas de vent. Kösem m'avait décrit le trajet pour me rendre à la maison de Piotr. J'avais oublié son nom. À partir du petit port, traverser la petite place encombrée de marchands de fruits et de légumes, de vendeurs de poissons, grimper les escaliers de pierre jusqu'au monastère, tourner à droite vers la colline de Jésus, longer l'orphelinat. Juste après, presque au sommet, trois maisons de bois. Ce sera celle du milieu. Il y aura une cloche à l'entrée, à côté d'une petite statue. Une statue d'Athéna. Faire sonner la cloche deux fois, attendre, puis de nouveau deux fois.

Lady Elgin s'arrêta, comme si elle avait voulu reprendre son souffle après une longue course. Elle ne se souvenait plus immédiatement du prénom du bel attaché militaire russe, mais elle avait gardé gravé, dans sa mémoire, le plan décrit par la belle Ottomane.

– Alors j'ai fait comme elle me l'avait dit. Je me suis faufilée à travers les tréteaux encombrés de marchandises, j'ai éloigné avec beaucoup de mal tous les mendiants et les enfants partis à ma suite, surpris par une telle aubaine. J'ai commencé à grimper l'escalier de pierre, presque en courant, malgré ma tenue féminine. Un homme, un vieil Oriental, est sorti de sa maison, un seau d'eau à la main. Il en a déversé le contenu sur les marches. L'eau a coulé sur le granit, le rendant glissant. J'ai trébuché et suis tombée. J'ai voulu me relever. J'ai poussé un cri. J'avais terriblement mal à une cheville. Je ne pouvais plus faire un pas.

La vieille dame s'arrêta de nouveau, le regard un peu perdu. Elle était à des milliers de kilomètres de là, sur une île de la mer de Marmara.

– Je n'ai pas su d'où il venait, ni ce qu'il faisait ici. Il m'a aidée à me relever, m'a portée dans ses bras et nous sommes redescendus tout doucement vers l'embarcadère. Je le connaissais. Il s'appelait Robert Ferguson of Raith, et il faisait partie de la suite de mon époux. Quand je l'ai vu, j'ai eu très peur. Était-il là par hasard ou sur les ordres de Thomas ? Que faisait-il là ? M'avait-il suivie ?

Mon époux se méfiait-il de quelque chose ? Comme s'il avait voulu répondre à mes interrogations et me rassurer, il s'est contenté de me sourire. Un magnifique sourire. Alors j'ai tourné la tête vers le sommet de la colline, je n'aurais jamais pu atteindre la cime, et la maison de Piotr. J'ai pensé très fort à Kösem. J'étais triste. Nous avons pris un caïque qui nous a ramenés sur le continent. Robert ne m'a pas posé la moindre question. Nous n'avons pas dit un mot. Il m'a raccompagnée jusqu'à ma résidence. Et puis il est reparti. Il a juste dit : Au revoir, my Lady. Deux mois après je quittais Constantinople.

– La mission de votre mari était terminée ?

– Je quittais Constantinople seule. Un mois après, j'étais de retour en Angleterre. Ma vie avait basculée.

– Qu'est-il advenu de Sir Thomas ?

Elle parut s'être réveillée. Regarda Philippe dans les yeux. Eut un petit rictus, comme si cette question lui était parue presque incongrue, ou pénible.

– Rien de bon. Son ambassade terminée, trois ans après notre arrivée, il est rentré lui aussi. Enfin, pas tout de suite. Il est passé par la Grèce, l'Italie, sans doute pour ses affaires, et puis par la France. Mauvaise idée. Il s'y trouvait au moment de la rupture de la Paix d'Amiens et votre ogre.

– Pardon ?

– Votre Empereur, le fit mettre en résidence surveillée. Tenta même de lui acheter ses collections. Il fut libéré au bout de trois ans, sous serment, ce qui brisa définitivement sa carrière. Rentré en Angleterre, il dut faire face aux polémiques, aux accusations, Lord Byron et beaucoup d'autres ne le ménagèrent pas, et aux procès. Pour payer ses dettes, il vendit tous les fruits de ses pillages au British Museum, comme vous le savez. Cela n'a pas suffi. Presque ruiné, il s'est réfugié à l'étranger. Chez vous, en France. À Paris. Il y est mort plusieurs années après.

Philippe hésita longuement avant de poser une autre question. Une question que sans doute Lady Elgin redoutait, mais qu'elle attendait.

– Et... et Kösem ?

Elle repartit dans ses nuages.

– Le lendemain de mon expédition aux Îles des Princes, un messager m'apporta une lettre de Kösem. Elle m'expliquait qu'elle devait suivre son frère pour un long voyage diplomatique en Perse. Quelques banalités ensuite. Elle m'embrassait. C'était bien son écriture. Ce n'était pas son style. Peu de temps après, comme je vous l'ai dit, je quittais Constantinople. Je n'ai plus eu de ses nouvelles. Six ans plus tard, Selim III était déposé lors d'une révolte des janissaires, et exécuté. Avec lui, nombre de ses fidèles. Kösem fut décapitée.

Il ne savait plus quoi dire. Ils restèrent tous les deux silencieux. C'est Philippe qui reprit la conversation.

– Et vous, Lady Elgin. Qu'êtes-vous devenue ?

– De retour en Écosse, j'ai entamé une procédure de divorce. Ce fut long et pénible, cause de scandales, et nécessita plusieurs jugements, même un acte du parlement. Libre, j'ai pu épouser l'homme que j'aimais. Robert Ferguson. — Mais ça, vous l'aviez deviné.

– Quand le vieil oriental a déversé son seau.

– Oui. Il l'aurait fait seulement quelques instants plus tard, je ne glissais pas sur les dalles de granit, je ne tombais pas, Robert ne me relevait pas, Piotr n'aurait pas été expédié sur les frontières orientales de Russie, et Kösem…

– Non. Je vous arrête. Le destin de Kösem, puisque vous voulez l'appeler comme cela, le destin de Kösem n'aurait en rien été changé. Elle était trop en avance sur son époque. Son histoire était perdue d'avance. Elle était irrémédiablement écrite et vous n'êtes pour rien dans son épilogue. Et vous le savez.

– Décidément, jeune Français, je n'arriverai pas à vous convaincre.

– Pas si jeune que ça. Je crains que non, mais j'ai pris un immense plaisir à vous écouter et vous m'avez fait voyager. Et puis je suis heureux de voir que, malgré tout, il peut y avoir des amours heureuses. Vous avez été heureuse ?

Philippe avait été tellement captivé par le récit de Lady Elgin, qu'il en avait presque oublié son incohérence, ou son invraisemblance. Il s'était pris au jeu. Si jeu il y avait.

– Oui. Très heureuse. Jusqu'à ce que la vie nous sépare.

– La vie nous sépare ?

– J'aurai dû dire, la mort.

– Oh. Désolé.

– Il ne faut pas. C'est la vie. Et puis je l'ai rejoint.

Philippe ressentit un frisson dans le dos. Il eut l'impression que tout son corps s'immobilisait.

– Je l'ai rejoint. C'est-à-dire… ?

– Eh bien oui Philippe. Vous avez l'air étonné. Enfin, vous avez bien compris ? Vous avez bien deviné ?

– Deviné quoi ?

– Je suis morte, Philippe.

III

CALIXTE

Philippe n'avait pas dit un mot. La dernière phrase prononcée par Lady Elgin l'avait laissé sans voix. Au-delà du perplexe. Après lui avoir déclaré, les yeux dans les yeux : « Je suis morte Philippe », elle avait continué à le regarder fixement puis, délicatement, avec une aisance étonnante pour son âge, elle s'était levée et l'avait quitté. Sans le moindre autre mot.

Philippe avait alors détourné son regard vers le hublot. Toujours l'océan. Immense et vide. Il regarda longuement l'étendue bleue, à la recherche du moindre navire, d'un petit sillage visible, et le ciel, lui aussi désert, et indemne de toute trace. Cette contemplation n'avait pas comme seul but la recherche d'une trace humaine. Non, elle permettait aussi à Philippe de s'isoler mentalement. D'échapper à la réflexion, pourtant obligatoire, qui devrait être la sienne après ces deux rencontres. Un fou et une démente.

Philippe resta ainsi plusieurs minutes, essayant de ne penser à rien. Mais on ne peut pas penser à rien très longtemps. Comme pour faire diversion, comme pour reculer une échéance, que plus ou moins consciemment il redoutait, il se leva pour repartir vers le poste des hôtesses. Elles n'étaient plus là. Il n'y avait qu'un steward, seul. Jeune, la trentaine passée, un visage agréable, ouvert, souriant. Cheveux bruns très foncés, légèrement ondulés. D'emblée sympathique aux yeux de Philippe.

– Bonjour.

– Bonjour, monsieur. Tout se passe bien ?

Philippe hésita un peu. À quoi bon lui faire part de ses interrogations, de son malaise.

– Oui, merci. Tout se passe bien.

– Je peux vous servir quelque chose ?

– Oui, volontiers. Un thé, s'il vous plaît. Avec du citron, s'il vous plaît.

– Je vous prépare ça. Je vous le porte à votre place.

– Merci, mais non. Je vais le boire ici. Je ne vous dérange pas ?

– Bien sûr que non. Et puis vous voyez, tout est calme, les passagers dorment presque tous. Vous êtes médecin je vois ?

– Oui. Je pars en mission à Santiago.

– Premier voyage au Chili ?

– Non. Deuxième mission. Je suis venu il y a plusieurs années. À deux. On avait bien aimé la ville.

Philippe eut une pensée pour Gaëlle, son infirmière. Le rapatriement avait été dur. Patient en mauvais état, vol de retour sur Zürich très long, via São Paolo. Ils étaient rentrés épuisés. Mais ils avaient écumé tout Santiago en vingt-quatre heures. Un souvenir inoubliable.

– Vous ne restez jamais longtemps alors ?

– Non. Et je rentre avec mon patient ensuite. C'est comme ça. Question d'habitude.

– Pas trop le temps d'en profiter ? Un peu comme nous.

– Un peu plus de vingt-quatre heures. Parfois deux jours. Le temps de faire le tour de la ville au pas de charge. On peut en faire des choses en vingt-quatre heures. Découvrir un nouveau pays, de nouveaux horizons, une nouvelle culture. Une nouvelle gastronomie. J'adore. Et surtout rencontrer des gens. Question d'entraînement. Et de volonté.

– Oui, on peut en faire. Oui, il peut s'en passer des choses en vingt-quatre heures. Un peu de sucre ?

– Non, merci, répondit Philippe toujours un peu perdu dans ses pensées.

– Tout va bien, monsieur ?

– Oui, oui. Juste un peu, comment dire ? Juste un peu… Oh, je peux bien vous le dire, un peu perturbé par les conversations que je viens d'avoir avec deux passagers.

– Importuné ?

– Non, pas le moins du monde. Des personnes charmantes. Leurs conversations étaient même passionnantes. Non. C'est autre chose. Ils m'ont parlé du destin. Et de la mort.

Philippe s'était retenu pour ne pas dire « et de leur mort ». Il n'aurait pas voulu que, cette fois-ci, ce soit lui que l'on prenne pour un fou.

– Diable ! Enfin, je veux dire, pas bien gai tout ça. Mais les deux ? Ils étaient ensemble ?

– Non. Séparément. L'un après l'autre. Coïncidence sans doute.

– Le hasard. Ou alors le destin.

– Vous n'allez pas vous y mettre vous aussi. Qu'est-ce qu'il se passe ici ? Une épidémie ?

Philippe émit un petit rire, voulant marquer auprès de son interlocuteur qu'il avait pris sa remarque pour une plaisanterie.

– Vous ne croyez pas au destin ?

Le steward plongea ses yeux dans ceux de Philippe qui se sentit presque menacé. Idée qu'il chassa instantanément, l'homme était d'abord sympathique, manifestement ouvert à la discussion, la recherchant même. Comme Philippe. Qui n'avait pas sommeil, et puis Hemingway était sûrement du genre patient. Alors Philippe fut ravi de poursuivre la conversation.

– Non. Je reste persuadé que notre vie n'est que l'enchaînement de petits hasards, et de décisions volontaires. Je crois au libre arbitre. Et puis, si destin il devait y avoir, il y aurait donc un ordonnateur du destin, un être supérieur, un dieu, une divinité, que sais-je, qui programmerait comme bon lui semble le déroulement de notre existence. Ou la vie n'est-elle que la succession de causes et d'effets au sein de la machine universelle. Mais ce que je dis n'est peut-être pas très clair ni très conforme aux théories philosophiques. Pour plus de précisions, voyez plutôt Aristote, Spinoza ou Thomas d'Aquin.

Le steward fit un large sourire.

– Je ne suis pas sûr qu'ils soient sur la liste des passagers. En fait, vous ne savez pas.

– Non. Pourquoi ? Vous, vous savez ?

– Oui.

– C'est net ! Et, on peut savoir comment vous êtes si affirmatif ?

– Oui. Il suffit que je vous raconte ma vie. Enfin, une partie. La dernière. Enfin, je veux dire la plus récente. Mais c'est un peu long.

– J'ai tout mon temps.

– Moi aussi.

Et il fit signe à Philippe qu'il pouvait s'asseoir sur le tabouret haut libre. C'est dans ce petit espace habituellement réservé à l'équipage, exigu, inconfortable, que se poursuivit la conversation. Assis l'un à côté de l'autre, face à face. Un peu comme au comptoir de n'importe quel bar dans n'importe quel pays. Comme s'il était déjà au Nacional 1, à Santiago du Chili, et qu'il commande un verre de Casillero del Diablo à Carlos, le serveur. Mais il n'y est pas encore, au Nacional 1. Il est quelque part au-dessus de l'Atlantique. Et il regarde sa montre. Et il trouve que le temps ne passe pas bien vite.

– Je ne me suis pas présenté. Je m'appelle Calixte.

– Philippe.

– Ravi de vous rencontrer. Dans notre métier, on n'a pas toujours le loisir de pouvoir discuter comme ça. Le service d'abord, et puis les passagers ne sont pas là pour nous écouter. Pour eux, nous sommes souvent un peu transparents. Ou alors ça ne dure que quelques minutes, quand ils sont devant la porte des toilettes et qu'ils attendent qu'elles se libèrent, ou que leur thé soit prêt. Sauf les insomniaques. Eux, ils ont besoin de parler. Ils ont peur en avion, ou leur femme vient de les plaquer, ou c'est eux qui sont partis. Ils nous racontent leurs malheurs, ou leurs bonheurs. Leurs réussites, leur argent, leurs femmes, leurs maîtresses. Leurs amants. Et puis il y a les dragueurs bien sûr. Ou les dragueuses. Moi, c'est plutôt…

– Les dragueurs ?

– Et oui. Quoi de mieux qu'un avion ? Vous, c'est différent. On le sent.

– Qu'est-ce que j'ai de différent ?

– Vous. Vous avez envie de parler pour connaître, pour observer. Si vous n'étiez pas médecin, vous pourriez être écrivain. Je sens ces choses. Avec la vie que vous devez avoir, vous pourriez sûrement écrire un roman.

– Je vais y penser. Alors justement. Cette vie ? Ce destin ?

Calixte se leva, se rendit à l'entrée de la cabine, jeta à nouveau un œil sur les passagers en écartant le rideau de séparation et revint s'asseoir.

– Tout le monde dort. Nous sommes tranquilles. Je vous ressers quelque chose ?

– Au stade où nous en sommes, le champagne s'impose.

– C'est parti.

Et Calixte déboucha une bouteille, remplit un verre qu'il tendit à Philippe, et se prépara pour lui une tasse de thé.

– Je n'ai pas toujours été steward. J'ai eu une autre vie. Celle-là a commencé tout simplement, en Normandie, il y a un peu moins de quarante ans. Normalement. Un père, une mère, un frère aîné, une sœur plus petite, un chat, un chien, des leçons de piano, une jolie maison. Rien que du classique. Une enfance tranquille et heureuse comme on dit. C'est au bout de quelques années que je me suis rendu compte que je n'étais pas vraiment comme les autres, comme on disait à l'époque encore. Pas vraiment attiré par les filles.

Calixte s'arrêta un instant, regardant Philippe comme s'il avait voulu voir l'effet produit sur lui par cette dernière phrase.

– Au lycée, c'était moyen, et j'étais plus intéressé par la littérature et les langues que par les sciences. Mon père aurait aimé que je sois médecin, comme vous, ou ingénieur. Il a eu l'intelligence qu'il fallait pour me comprendre et m'accepter tel que j'étais. Ce n'était pas le cas de tout le monde. Les moqueries, les insultes, je connais. Les poings serrés dans les poches, je connais. Il fallait que je m'échappe de tout ça avant que…

– Avant que ?

– Avant que ça ne finisse mal.

– Oh.

– J'en ai eu envie, oui. Sur les falaises d'Étretat. J'étais décidé. J'avais seize ans. Ce jour-là, je ne suis pas allé au lycée. J'ai pris un bus et je suis parti. Je suis resté des heures au bord du précipice, assis à regarder les vagues mourir sur la grève. Il n'y avait personne. Pas un seul touriste. Il faisait froid, gris, ça soufflait méchant. De temps en temps, une bruine glacée qui pénétrait mes vêtements.

– Et vous vouliez faire pareil que les vagues. Mourir.

– Je ne sais pas si c'est le mot. Je voulais que ça s'arrête. Qu'on me laisse tranquille. Je n'avais rien demandé. C'était la nature. Ou mon destin. Je ne savais pas.

– Et vous n'avez pas sauté. Sinon vous seriez mort.

– Mort ? Mort… Non. Ce jour-là, le destin s'en est mêlé. Je l'ai vu arriver de loin. Pourtant, il y en avait des centaines autour de moi.

– Des centaines. Des centaines de quoi ?

– De mouettes ou de goélands, je ne sais pas. Et dans cette nuée, j'en ai fixé une. Pourquoi celle-là ? Pourquoi pas une autre ? Je l'ai suivie, lutter contre les vents, virevolter au milieu de ses congénères, plonger, remonter, tournoyer, puis s'éloigner pour piquer vers l'océan. J'avais du mal à la suivre, à ne pas la confondre avec une autre, à ne pas la perdre de vue. J'étais fasciné par son adresse, par sa force face aux éléments, par son courage. Je l'ai vu effleurer les eaux, presque au ralenti, et repartir aussitôt avec quelque chose dans son bec. Remontant en longeant la paroi de craie, elle a fait un grand vol plané et s'est dirigée vers moi. Comme si elle avait remarqué l'intérêt que je lui portais, elle est passée au-dessus de ma tête en poussant un grand cri. Je me suis retourné pour la suivre encore et, voyant qu'elle partait vers l'intérieur des terres, je me suis mis à courir pour ne pas la quitter des yeux. J'ai couru, couru. Comme un fou. Je voulais savoir où elle allait. Elle allait vite, je n'ai pas pu suivre.

Calixte reprit son souffle, comme s'il était en train de revivre cette scène.

– J'ai couru encore et encore même si je ne la voyais plus. La végétation était trempée, je suis tombé. J'avais mal et pourtant j'ai surtout en mémoire l'odeur du fenouil, la douceur du trèfle et la sensation d'une sorte de bien-être. Je me suis relevé, la pluie s'était arrêtée, le soleil faisait une timide apparition. J'ai regardé pour la dernière fois l'Aiguille et la Porte d'Aval, j'ai pensé à l'Oiseau Blanc disparu, et je suis parti. J'ai rejoint la route, j'ai fait du stop. Au bout d'une demi-heure, une vieille institutrice à la retraite m'a pris. Elle a même fait un détour pour me reposer devant mon lycée. Je suis rentré chez moi, je n'ai rien dit à mes parents, j'ai fait mes devoirs comme tous les soirs, on a mangé tous ensemble, on a regardé la télé. Mais j'avais changé. Plus question pour moi de subir, j'étais décidé à prendre ma vie en main, à me défendre, voire à me battre.

– Vous aviez déjà la même carrure ?

– Oui. Ça aide, mais je ne m'en étais jamais servi. Le lendemain, comme tous les jours, je me suis fait traiter de pédé. Lui, je me souviens encore de sa tête. Une tête de con montée sur un grand corps tout malingre, avec des lunettes rondes et un pull jacquard. Je l'ai chopé par le cou, je l'ai plaqué contre le mur de la salle de maths, je lui ai filé un coup de poing au creux de l'estomac, et je l'ai regardé droit dans les yeux. Je ne lui ai pas dit un mot. Je l'ai lâché, il a glissé sur le carrelage, et il a vomi. Moi, j'ai pensé à ma mouette, je l'ai remerciée. Lui, il a appelé son père. Avocat, conseiller général, et je ne sais plus quoi. Moralité, huit jours après j'étais viré.

– Alors, le destin, c'était la mouette ?

– Oui. Mais pas n'importe laquelle. C'est elle qui m'a choisi, qui a attiré mon regard, qui m'a éloigné du vide. Je l'ai vu se battre contre le vent et la pluie. J'ai vu son courage. Je me suis dit qu'il fallait que j'aie le même.

– C'est-à-dire ?

– C'est-à-dire qu'il fallait que j'assume ma vie. Et le plus simple, c'était d'en changer. Alors adieu la Normandie. J'avais promis à mes parents de terminer ma scolarité, je suis allé à Grenoble, hébergé chez un oncle. Miracle, un lycée m'a accepté, le plus réputé. Je m'y suis fait respecter sans problème. Calixte montra ses deux poings. Terminale classique, j'ai pris goût aux études. Avec ma classe, nous sommes allés au Salon des étudiants. Ils sont tous allés écouter les médecins, les avocats, les ingénieurs, les normaliens. Moi, je suis allé plus loin. Je l'ai trouvé, il était seul, plus âgé que moi bien sûr, il était beau, il avait des yeux superbes, il parlait de palaces, de clés d'or, de voyages et de tropiques. J'ai pensé à Étretat, et j'étais sûr que le destin frappait encore à la porte. Bac avec mention, j'aurai pu rentrer à l'université, j'ai choisi l'école hôtelière.

– Ça n'a pas dû être si facile que ça ?

– Non, évidemment. C'est un métier difficile. J'ai fait la plonge, le ménage, passé la serpillière, j'ai appris par le bas. J'ai fait un stage en Savoie, en station, dans un cinq-étoiles. J'ai su que c'était ça que je voulais vivre. Je suis sorti diplômé trois ans après.

– Et votre vie va changer.

– Oui. J'ai trouvé une place de concierge. Concierge de nuit. À Tel Aviv. Je parlais déjà l'anglais, l'italien, l'espagnol, j'y ai appris l'hébreu, l'arabe et le russe. La nuit m'allait bien. J'ai toujours aimé la nuit. Les rencontres sont plus faciles, les confidences aussi. J'aime les lumières de la nuit, la fatigue qu'elle engendre quand vient l'aube, le sentiment de solitude qu'elle exacerbe. Dans un hôtel, la nuit, les gens sont différents, et moi j'aime les gens différents. Vous aussi, vous aimez les gens différents. Sinon vous ne seriez pas là.

Philippe porta son verre à ses lèvres, et se demanda si, ce soir, il avait vraiment eu le choix. Oui, lui aussi était attiré par la différence. Pas la même que celle de Calixte, il n'y avait aucune ambiguïté, mais par les différences, qu'elles soient sociales, culturelles, professionnelles, de continent ou de peau. Il aimait aller au contact des autres. Sans arrière-pensée, par curiosité, par plaisir aussi, avec indiscrétion parfois.

– Vous connaissez Tel Aviv ?

– Oui. J'adore cette ville. Et puis ce contraste avec Jérusalem, pourtant distante d'à peine soixante-dix kilomètres. Tout les oppose. L'histoire, la population, l'architecture. Les mœurs. Autorisé ici, interdit là-bas. Vous imaginez une gay pride à proximité du Mur des Lamentations ! Et puis j'aime rêver sur le bord de mer. Je regarde le large et je me dis que devant moi, j'ai toute la Méditerranée. C'est le seul endroit au monde qui me fait cet effet.

– J'y suis resté trois ans. Trois ans merveilleux. Tel Aviv, c'est un immense bouillon de culture. Une bulle, comme on l'appelle. Ouverte à tout et ouverte à tous. Respectueuse de tout. Vous pouvez y affirmer votre homosexualité sans vous faire lyncher. Alors je me suis gavé de musique, de concerts et de fêtes. J'ai fait des rencontres fantastiques, au bout d'un an j'avais des amis aux quatre coins du monde, à Amsterdam, à San Francisco, à Vancouver, à New York, au Cap. J'ai fait le tour de la planète. J'ai eu plein d'amants, et d'amantes. J'étais heureux dans mon métier et dans ma vie, fut-elle fantasque et libertine.

– D'amantes ?

– Et oui. Concierge de nuit, ça n'attire pas que les hommes. Et puis vous savez bien, les femmes nous adorent. Bizarre.

– Pas tant que ça. Et… ça ne vous, comment dire… ?

– Posait pas de problèmes ? Non. J'étais vraiment dans le plaisir, dans la recherche du plaisir. C'est beaucoup plus intellectuel qu'on ne le pense. Enfin pour moi. Je n'étais pas dans la recherche du sexe pour le sexe. Il fallait autre chose en plus. Baiser, pardonnez-moi l'expression, baiser, oui, mais aussi écouter Madonna, ou Barenboim, aller au Guggenheim, écouter du fado à Lisbonne, flâner dans Castro à la recherche de la maison bleue.

– Pas de relations fixes, alors?

– Non. Ce n'était pas ce que je recherchais. J'avais des tas d'amis, c'était bien. Ça aurait pu durer longtemps.

– Jusqu'à ce que le destin, enfin ce que vous appelez le destin, s'en mêle encore, je suppose.

– Sceptique?

– Toujours. Alors?

– Je terminais mon contrat en Israël, j'avais signé pour une place à Montréal. C'était début juin, il faisait un temps magnifique, une température encore douce. C'était ma dernière nuit. L'hôtel était calme. Je m'ennuyais presque.

Le regard de Calixte partit un peu dans le vague.

– L'équipage est arrivé vers vingt-trois heures. Très en retard, normalement, je n'aurai pas dû les voir. Le commandant de bord, son copilote, trois hôtesses, et un steward. Je n'ai vu que lui. Il était beau comme un dieu.

Calixte marqua une hésitation.

– Je ne vous choque pas?

– C'est bien le moment de me poser la question. Non. Évidemment non. Continuez, s'il vous plaît.

– J'ai donné les clés à tout le monde. Lui, il m'a regardé dans les yeux et m'a simplement dit merci. Il parlait français, avec un léger accent. Un accent portugais. Les pilotes et les hôtesses étaient fatigués, ils m'ont demandé de leur faire servir un repas en chambre. Lui n'a rien demandé. Ils se sont dirigés vers l'ascenseur. Déjà je ne pensais plus qu'à lui.

Il est redescendu vers une heure du matin. Le hall était désert, tout était silencieux. Il m'a demandé si je pouvais lui préparer un repas froid. Le bar était fermé, je n'ai pas voulu déranger un garçon d'étage. Enfin, je voulais m'en occuper. Je lui ai préparé un plateau, avec un verre de Bordeaux. Il s'est installé face à moi, un peu comme nous deux, là. Enfin vous me comprenez.

– Je vous comprends, Calixte. Et puis ?

– Nous avons discuté toute la nuit, à peine interrompus par quelques demandes de clients, et l'arrivée d'un couple de noctambules. Nous nous sommes raconté nos vies. Il était d'origine brésilienne, ce qui expliquait son accent, il arrivait de Paris. Nous avons parlé voyages évidemment, Ibiza, Mykonos, Viareggio, Sitges, Gran Canaria. Il connaissait le monde entier. Il avait une voix grave, terriblement sensuelle, j'étais sous le charme.

– Et ce n'était pas comme d'habitude.

– Non. Je l'ai su tout de suite. Difficile à dire pourquoi. Je pense que chez les hétéros, c'est exactement pareil. Mais ce jour-là, j'ai su que c'était lui.

Calixte eu un regard un peu triste.

– Au petit matin, il est remonté dans sa chambre. J'avais fini mon service. Je l'ai rejoint.

Philippe tendit sa main vers Calixte.

– Vous n'êtes pas obligé de tout me raconter vous savez.

– Oui, c'est vrai… Mais, ça a été vraiment très bien. Très intense. Enfin, vous me comprenez.

– Oui je comprends. C'était vraiment très différent des autres fois ? Des multiples autres fois si j'ai bien saisi votre fonctionnement.

– Rien à voir. Physique, oui, bien sûr, mais il y avait autre chose que je n'avais pas encore connu. Un truc en plus, indéfinissable mais perceptible. Pour la première fois, j'avais envie que ça dure. Je lui ai dit, il a souri. Il était allongé contre moi, sur le dos, son corps doré couvert d'une fine sueur. Il s'est levé, m'a regardé et s'est mis à rire. J'ai cru qu'il se moquait de moi, et je m'en suis voulu d'avoir prononcé cette phrase. Pourquoi cette nuit aurait-elle été différente des autres, après tout ? Il a encore ri, m'a regardé en souriant, et il est parti dans la salle de bains. Je suis resté seul dans le lit, avec mes pensées, et déjà mes regrets. Je l'ai entendu prendre sa douche, je n'osais pas bouger comme pour retarder la séparation que je sentais imminente. Il est revenu dans la chambre, il avait mis une serviette autour de ses hanches, il a haussé les épaules, et il m'a dit : « Demain, il y a un vol pour Paris à onze heures. Dépêche-toi, je pourrais changer d'avis. » Alors je me suis levé comme un fou, je me suis habillé, je l'ai embrassé et j'ai filé. J'ai appelé pour retenir une place sur le vol d'Air France, il en restait une seule en classe affaires, je l'ai prise. J'ai fait mes bagages, deux valises. Tout était déjà parti à Montréal. Il m'a fallu plusieurs heures pour dire au revoir au téléphone à tous mes amis. J'ai laissé les clés à ma logeuse. On s'est serré dans les bras comme si nous ne devions plus jamais nous revoir, et puis j'ai retrouvé Rafael à l'hôtel. Quand il m'a vu sur le palier avec mes deux valises, il a ri encore. Il les a prises et les a déposées dans la chambre. On est redescendu à la réception retrouver deux hôtesses. La plage était tout à côté, on a remonté le front de mer jusqu'à la vieille ville de Jaffa. Les deux filles étaient charmantes, on a beaucoup parlé, de nos vies, de nos amours, de leurs maris, de soleil et de mer. La nuit est venue, alors on est allé dîner dans un restaurant grec tout près du petit port. On a refait le monde, on a parlé avenir, on a commandé un mezzé et du souvláki, bu du retsina, on a dit du mal de plein de gens. Rafael était déchaîné, il n'arrêtait pas de rire. Il a commandé du tsipouro, on a trinqué à la vie. On s'est dirigé vers la tour de l'horloge pour y prendre un taxi. On n'en a pas trouvé. Alors on est rentré tout doucement vers l'hôtel, les copines étaient fatiguées, Rafael en pleine forme, et moi pensif malgré tout. C'était ma dernière nuit à Tel Aviv. J'ai regardé les étoiles, le ciel était pur, on en voyait des milliers. Quelques mouettes attardées tournoyaient au-dessus de nous. J'en ai choisi une, comme je l'avais fait quelques années plus tôt au bord des falaises d'Étretat. Elle a tourné longuement, nous a suivis, puis est partie droit vers le large, vers l'ouest, vers Paris.

– Quand on est amoureux, on voit des signes partout.

– Vous n'avez jamais été amoureux ?

– Si, bien sûr. Et, d'ailleurs, pourquoi utiliser le passé ? Mais je croyais que nous parlions de votre vie. Continuez. Vous étiez à Jaffa, sur le bord de mer, et vous regardiez les étoiles et les mouettes, en y voyant des signes comme un astrologue. Je vous préviens, je ne crois pas à l'influence des corps célestes. En tout cas, pas sur notre destin. Continuez Calixte.

– Rafael avançait en ondulant, il avait un corps fait pour la danse. Il a attrapé par la taille une des deux filles, Brigitte, et l'a entraînée dans une folle bossa nova silencieuse. Les passants s'arrêtaient pour les regarder. C'était magique. Arrivé devant l'hôtel, il s'est retourné vers moi et il m'a dit : « Faut que je dorme. Rentre chez toi. J'ai fait descendre tes deux valises. » J'ai cru que le ciel d'Israël me tombait sur la tête. Il a vu mon malaise, j'avais le cœur qui battait. Je l'ai regardé incrédule, il a ri encore de plus belle et s'est mis à chantonner doucement : « Imbécile. Oublie pas de mettre le réveil et ne manque pas l'avion. » Il a attrapé les deux filles par les épaules et a pénétré dans le hall, me laissant seul.

– Il aimait bien vous torturer, dites donc ?

– C'était son style. Quand on aime…

– On accepte tout.

Calixte ne répondit pas à cette dernière remarque.

– Alors, Calixte. La suite ?

– Vous faites de l'humour sans le savoir. Je n'avais plus mes clés. Mon collègue de nuit m'en a offert une. J'ai dormi deux étages plus haut que Rafael. Dormi n'est pas le mot, d'ailleurs. J'ai fait une succession de petits rêves. Montréal, Paris, la bossa nova, Rafael qui riait, ma mouette qui volait. Je me suis réveillé au petit matin, j'ai regardé par la fenêtre la plage déserte, j'ai jeté un dernier regard sur la pointe de Jaffa, sur l'église Saint-Pierre, j'ai scruté la Méditerranée, vide, y cherchant un dernier signe, un dernier encouragement. Rien. Pas de bateau, pas d'avion, pas de mouette.

Comme si la mer et le ciel me disaient : « Débrouille-toi, Calixte. Prends tes responsabilités. Suis ton cœur, pas ta raison. » Je suis parti pour l'aéroport Ben Gourion très en avance. À environ un kilomètre du terminal, nous avons été arrêtés par un barrage militaire. Un soldat ne nous a pas laissé aller plus loin. Mon chauffeur s'est renseigné. Des individus avaient tenté de forcer en voiture le portique de sécurité d'accès aux pistes. Sans succès, deux avaient été tués, mais deux étaient encore en fuite. Tout était bouclé, pas moyen d'avancer. Adieu le vol pour Paris. Je n'avais pas le téléphone de Rafael, je ne connaissais pas son adresse à Paris.

Calixte regarda Philippe comme un gosse qui a fait une bêtise.

– Je ne savais même pas son nom.

– Et vous n'étiez pas sûr qu'il vous attende vraiment.

Là non plus, Calixte ne répondit pas. Où était-il à ce moment ? Dans ses pensées ?

Philippe respecta son silence, puis osa, presque timidement.

– Alors le destin est intervenu encore une fois. Mais il n'y a pas de mouettes à Ben Gourion.

Calixte esquissa une petite mimique. L'air de dire : Moquez-vous !

– Non. Pas de mouettes. Mais Liorit. Elle m'a vu et s'est approché de nous.

– Qui était Liorit ?

– Ce jour-là, ma lumière, c'est ce que son nom veut dire en hébreu. Je la connaissais parce qu'elle fréquentait l'hôtel assidûment. Pour son métier, je pense, sans qu'elle ne me l'ait jamais dit.

– Euh… son métier ?

– Non, Docteur ! Ne voyez pas le mal partout. Je pense tout simplement qu'elle était agent du Mossad.

– Ah ! Alors ?

– Je lui ai expliqué ma situation. Elle m'a entraîné avec elle. Nous avons remonté la file des voitures arrêtées jusqu'à la zone départs, moi derrière elle avec mes deux valises. Elle m'a fait passer la sécurité sans trop de difficultés, une heure après j'étais assis dans l'avion. Je n'ai pas retrouvé les hôtesses rencontrées à Tel Aviv, Rafael n'était pas là.

Nouveau silence.

– J'ai regardé à travers le hublot le manège des personnels au sol, l'avion de la Royal Jordanian reculer et quitter son parking. Puis ça a été notre tour, j'étais un peu perdu. Avec le sentiment d'une page tournée. Irrémédiablement. J'ai entendu : « Une coupe de champagne vous ferait-elle plaisir, monsieur ? » Je n'ai pas réagi tout de suite, comme quand on est ailleurs, j'ai pensé que cette question s'adressait à mon voisin. « Monsieur. Une coupe de champagne ? » J'ai tourné la tête. Il était là, un plateau à la main, impeccable dans son uniforme, avec ses cheveux brillants ondulés, et son merveilleux sourire. J'ai pris la coupe en le regardant droit dans les yeux. Je l'ai portée à mes lèvres en pensant très fort à ma mouette, à Liorit, au destin.

– Ou au hasard.

– Comme vous voudrez. En parlant de champagne. Calixte tendit la bouteille en direction de Philippe.

– Volontiers. La nuit sera longue. Le vol aussi. J'aurai le temps de me remettre.

Philippe n'avait pas l'habitude de boire autant. Il s'étonna de tenir aussi bien l'alcool, et regarda de nouveau sa montre. Avec étonnement.

– Et à Paris ?

– J'ai retrouvé Rafael à la sortie à Charles-de-Gaulle. Nous avons récupéré sa voiture au parking des personnels et nous avons roulé en direction de la capitale. Il n'a pas arrêté de parler. Il avait tout prévu, ce que l'on ferait ce soir, demain, après-demain, où nous irions dîner, qui nous rencontrerions, où nous passerions nos soirées. Je l'écoutais sans rien dire. J'étais sur un petit nuage. Il habitait rue des Vertus, en plein Marais, un superbe petit appartement, sans vue extraordinaire, c'est une rue très étroite, mais tourné vers l'intérieur. Un bijou, un cocon, un havre de paix. Il disait que c'était son centre du monde, sa vraie maison.

– Je peux comprendre. J'ai le même. Pas dans le Marais. Au bord d'un lac. Quand je rentre de mission, c'est chez moi, c'est ma base. Mon refuge. Vous vous êtes installé chez lui ?

– Façon de parler, oui. Il avait quelques jours de repos, avant un vol pour Tokyo. Neuf jours exactement. Ça a été merveilleux. Quand nous sommes arrivés chez lui, au deuxième étage, il a glissé la clé dans la serrure, a ouvert la porte, m'a donné la clé. Il m'a dit : « Ici, c'est chez toi. Chez nous. Viens. » Il m'a fait faire le tour de l'appartement. Le petit couloir d'entrée donnait accès sur un très large salon. Tout blanc, en dehors du parquet, en vieux bois un peu gris. Un grand canapé, deux plus petits, une table basse, une très belle bibliothèque avec plein de livres et de CD. Sur les murs, des sanguines apportaient une petite touche de couleur, des nus, de très beaux nus, dans toutes les poses, couchés, assis, debout. Il m'en a montré une et m'a dit : « Un Maillol, quand même, tu aimes ? ». Et il a ri sans attendre de réponse. Il riait tout le temps. Il y avait une commode chinoise, rouge aussi. Ouverte sur le salon, une cuisine moderne, design, avec tout l'électroménager dont on pouvait rêver et une grande table pour au moins dix couverts. Rafael aimait recevoir. On a parlé cuisine. Moi cuisines normande et israélienne, lui brésilienne bien sûr, mais aussi japonaise, indienne, péruvienne. Enfin, toutes les cuisines du monde. Il m'a pris par la main pour continuer la visite. Il y avait une autre pièce, une chambre d'amis, toute simple, à dominante blanche aussi. Aux murs, les amis justement. Tous ceux qu'il avait sur la planète. Des photos de partout, prises devant l'Opéra de Sydney, le Taj Mahal, le Golden Gate Bridge, sur des plages paradisiaques.

Beaucoup d'autres prises dans des restaurants, des discothèques, des hôtels. Rafael était presque sur toutes. Ensuite, il a ouvert la porte de sa chambre, et il m'a dit : « Nosso quarto. »

– C'est-à-dire ? Mon portugais est limité.

– Notre chambre. Je suis rentré, il m'a suivi, il a fermé la porte. Quand nous sommes sortis de la chambre, il faisait presque nuit.

– Il m'a dit : « Tu as faim, mon amour ? » C'était la première fois qu'il m'appelait comme ça. « Le frigo est vide, tu apprécieras mes talents culinaires un autre jour. Viens, je t'emmène. » Nous nous sommes habillés, il a passé quelques coups de fil, et il m'a embarqué dans le quartier. Je me suis senti instantanément chez moi. On a marché un peu, la température était très douce, je suivais Rafael. Je l'aurais suivi au bout du monde. On n'a pas été si loin. Rue au Maire, à deux pas. Un chinois. Quand on est entrés dans le restaurant, plein à craquer un samedi soir, Rafael s'est dirigé tout de suite au fond de la salle. Une bande d'amis l'attendait impatiemment. Nous attendait impatiemment. Rafael avait prévenu tout le monde, il m'a présenté. Il y avait des collègues stewards, deux danseurs des Folies, deux musiciens, un copain médecin, un autre qui bossait dans le spectacle. D'autres sont arrivés plus tard encore. À la fin de la soirée, nous étions au moins quinze. En faisant connaissance des amis de Rafael, j'ai fait un peu plus connaissance avec lui. Cultivé, artiste, mélomane, fêtard. Sûrement un peu égocentrique, il avait besoin d'être le centre d'intérêt.

– Dominateur ?

– Sans doute. Il aimait bien tout gérer. Mais il était attentionné, sensible, il avait le cœur sur la main. Il payait toujours tout. Et puis, je vous l'ai dit, je l'aimais. Les jours ont passé sans que je m'en rende compte. Un vrai tourbillon. Dîners en amoureux, restaurants entre copains, concerts à Bastille, au Zénith, expos, des heures au Louvre à admirer des marbres antiques. Et puis aussi tout simplement le plaisir de faire les courses dans le quartier, de plaisanter avec l'Arabe du coin, de déjeuner *cacher* rue des Rosiers. De vivre en couple. Pour une fois.

– Et Montréal ?

– Montréal ? J'avais presque oublié qu'on m'y attendait. Et puis Rafael est parti sur sa rotation à Tokyo. Je suis resté seul à Paris. L'appartement m'a paru terriblement vide. Paris m'a paru vide. La veille, il avait invité d'autres amis chez lui, enfin chez nous. Un vrai festival. Il avait fait la cuisine pour dix. Son Brésil était à l'honneur. Lui aussi. Il était déchaîné. Tout son art culinaire y est passé. Pendant le repas, je l'ai bien observé. Il riait tout le temps, plaisantait sans cesse, passait d'une conversation à l'autre, d'un invité à l'autre. Il était heureux.

– Mais vous vous êtes dit qu'il était surtout heureux avec ses potes.

Calixte marqua un temps d'arrêt.

– Oui, il y a un peu de ça. Quand la fête était finie, il était plus silencieux, presque mélancolique. Mais je n'y ai pas prêté trop attention, il paraissait bien avec moi. Et je pense que c'était vrai.

– Et pendant ces quelques jours seul, qu'avez-vous fait ?

– Je ne suis pas resté seul. Rafael, qui prévoyait tout, m'avait organisé mes soirées. J'ai retrouvé ses amis, ses copains, ses copines comme il disait. En les rencontrant, je me suis rendu compte qu'il me manquait et que je ne pouvais plus vivre comme avant.

– Vous étiez vraiment très accroché.

– Plus que ça. Mais…

– Mais au fond de vous-même, vous n'étiez pas sûr que ce soit pareil pour Rafael.

– J'ai voulu en avoir le cœur net, j'ai voulu me prouver que j'avais tort de douter de lui. Et de moi. J'ai préparé un dîner d'amoureux à son retour. Quand il est arrivé, il a vu la table mise pour deux, la cuisine en chantier, il a fait ce qu'il faisait toujours. Il a ri, mais d'un rire un peu particulier, comme s'il était chagriné. Chagriné que j'ai organisé son emploi du temps. Il a un peu haussé les épaules, a posé sa valise et m'a dit simplement : « Je prends une douche, mon amour. Prépare le champagne. »

– Alors, tout allait pour le mieux dans le meilleur des mondes.

– Oui. On a passé une soirée merveilleuse. Il m'a raconté son séjour à Tokyo. Au bout d'une heure, je mélangeais un peu Shibuya, Asakusa et Shinjuku, mais j'étais heureux. Heureux d'être avec lui et de le voir heureux. Heureux d'être avec moi. La nuit a été merveilleuse. Encore plus que toutes les précédentes passées avec lui. Au petit matin, je me suis levé, j'ai tiré les rideaux, il pleuvait sur Paris. Un petit crachin triste. Rafael s'est réveillé, il m'a regardé en souriant. Il m'a dit : « Toi, tu as quelque chose à me dire. » Je l'ai rejoint dans le lit, je l'ai regardé au fond des yeux et je lui ai dit : « Rafael. J'ai appelé Montréal, j'ai renoncé. Je n'irai pas. Je reste à Paris. Je reste avec toi. » Il a ri. Comme un fou. Et il m'a embrassé. Comme un fou. Il m'a regardé tendrement. Il m'a dit : « Tu es beau, Calixte. Je suis bien avec toi. Tu fais très bien l'amour. Mais je ne t'aime pas. » Il s'est levé d'un bond et a couru vers la salle de bains. Vingt minutes après, j'étais dehors, sous la pluie. Avec mes deux valises. Je n'avais pas revu Rafael quand j'ai fermé la porte. Je ne savais pas trop où aller, j'étais un peu paumé. J'ai appelé une amie iranienne connue à Tel Aviv, une architecte. Elle m'a hébergé chez elle pendant quelques jours, avec son mari, le temps que je m'organise pour mon départ.

– Votre départ ? Votre départ pour où ?

– Pour Montréal.

– Mais je croyais que Montréal, c'était terminé. Vous aviez appelé pour…

– Non. J'avais dit ça à Rafael comme ça m'était venu. Il n'y avait rien de prémédité, je n'avais pas appelé.

– Alors finalement, vous êtes parti.

– Oui, c'était mon destin. Farnaz, c'était le nom de mon amie, m'a emmené à Roissy, tôt un matin. En milieu d'après-midi, un taxi me posait rue Sherbrooke devant le palace qui m'attendait pour deux ans au moins. Trois heures plus tard, en début de soirée, je posais mes affaires dans mon nouveau chez moi. Un petit studio rue Sainte-Catherine. Début d'une autre vie.

– Et ça s'est passé comment ?

– Bien. Si on peut dire. Ce que j'avais vécu à Tel Aviv, je l'ai vécu à Montréal. Dans un pays plus grand. Je me suis fait des tas d'amis, j'ai eu des tas d'amants, et des amantes aussi, de temps en temps.

– Mais vous n'étiez pas heureux.

– Non, et je n'avais plus envie de l'être.

– Vous pensiez à Rafael ?

– Oui, des dizaines de fois dans la journée. J'essayais d'imaginer où il pouvait être, ce qu'il pouvait faire, s'il dormait, s'il volait, avec qui il était. C'était toujours présent.

– Vous l'aimiez toujours.

– Toujours. Lui, ou l'image que je voulais me faire de lui. Je n'arrivais pas à m'en débarrasser.

– Vous ne l'avez jamais rappelé ?

– Non. Pourtant j'avais toujours son téléphone. Je ne sais pas comment j'ai fait pour ne pas le rappeler, mais je ne l'ai pas fait. Et puis le destin s'en est remêlé.

– Encore lui.

– Oui, encore lui. On n'y échappe pas. Un dimanche de repos, alors que je n'avais qu'une seule envie, dormir, je me suis laissé entraîner au restaurant dans le vieux Montréal. On était en avril, et cette année-là il faisait étonnamment chaud. On a déjeuné en terrasse. Dans le groupe, il y avait un type que je ne connaissais pas. Jeune, sympa, hétéro, avant que vous n'alliez encore imaginer des trucs. Il travaillait pour une compagnie aérienne canadienne qui recrutait. On a discuté, on a sympathisé. J'avais le profil, j'étais multilingue, libre.

– Alors, adieu palace.

– Pas tout de suite, mais oui. Je suis allé passer un entretien. J'ai intégré une formation. Dix-huit mois plus tard, j'effectuais mon premier vol. Montréal-Toronto. Un an après, j'étais sur les longs courriers. J'ai voyagé partout. J'ai rencontré des tas de gens.

– Calixte. Ce n'était pas totalement innocent, comme choix ?

– Non, bien sûr. Je voulais faire comme Rafael.

– Parcourir le monde. Pour éviter de penser.

– Comme vous. N'est-ce pas ?

– Parlons de vous, Calixte. Cette nouvelle vie vous a mené où ? Vous avez fini par croiser Rafael dans un aéroport ? Parce que c'est ce que vous vouliez.

– Non. Ça, le destin ne l'a pas voulu. Un jour que j'étais en escale à Paris, je suis allé dans le Marais. J'ai tourné sans but. Et puis j'y suis allé.

– Chez Rafael.

– Oui. Rue des Vertus. J'étais attiré comme un aimant. Impossible d'y résister. Je suis allé jusqu'au porche. Il n'y avait plus son nom sur l'interphone. Celui qu'il utilisait. Chronos.

– Dieu du temps.

– Et de la destinée. Je ne sais pas pourquoi il avait choisi ce nom. En tout cas, il n'était plus là. Alors je suis reparti, je suis passé sur le trottoir d'en face pour regarder vers ses fenêtres, j'ai remonté la rue, tourné dans la rue au Maire, je voulais revoir notre restaurant chinois. Il n'existait plus. C'était devenu une supérette. Tout semblait avoir disparu en quelques années à peine. La page était tournée. Alors je me suis dirigé vers Arts et Métiers. Je voulais m'éloigner de ces lieux, ne plus rien voir, fuir la surface. Je me suis engouffré dans la bouche de métro, pour surtout ne pas regarder derrière moi. Il y avait deux directions. Mairie des Lilas, Châtelet. J'ai pris Châtelet. Comme ça, sans réfléchir. À Châtelet, j'ai pris une autre ligne, jusqu'à Madeleine. J'ai encore changé, jusqu'aux Invalides. Là je suis ressorti. Mon esprit était plus calme.

Philippe préféra laisser Calixte continuer son récit. Il sentait qu'il arrivait au terme, et que lui n'avait plus rien à dire. Comme s'il n'y avait plus rien à faire. Comme si tout était déjà écrit.

– Je me suis dirigé vers la Seine, j'ai remonté les quais. À un moment, un escalier de pierre descendait vers le fleuve. J'ai rejoint les berges. Je me suis approché jusqu'au bord du muret. J'ai regardé l'onde. J'ai levé les yeux vers le ciel. Il n'y avait pas de mouettes à Paris en novembre. J'ai avancé mon pied droit. Alors il m'a dit : « Calixte. Qu'est-ce que tu fais ? »

Je ne me suis pas retourné tout de suite, mais j'avais reconnu sa voix grave. J'ai gardé mon pied en l'air, il a répété : « Calixte. Qu'est-ce que tu fais ? »

J'ai posé mon pied, j'ai reculé. J'ai senti sa main sur mon épaule, son visage s'approcher du mien. Alors, ses lèvres me dirent : « Viens. »

On est allés dans un café quai Voltaire. Il faisait froid. On s'est retrouvés tous les deux face à face, devant nos chocolats. C'est lui qui a pris la parole le premier. On s'est raconté nos vies, nos dernières vies, comme on l'avait fait plusieurs années auparavant à Tel Aviv. Comme si c'était la première fois qu'on se rencontrait. Rafael n'était plus steward. Il s'était lassé de tous ces voyages, de ces chambres d'hôtels qui se ressemblaient toutes, de ses amants qui se ressemblaient tous. Il avait ouvert une galerie d'art, tout près d'ici. Ça marchait bien. Pour lui, de toute façon, l'argent importait peu. Il en avait. Par sa famille. Ce qui comptait, c'était la passion. Je lui ai raconté ma nouvelle existence. Les voyages, les chambres d'hôtels qui se ressemblent toutes, mes amants qui se ressemblent tous. Il ne riait plus comme avant, il avait grisonné un peu, il était toujours aussi beau. Mais nous n'en étions pas là.

On est restés plus de deux heures dans ce café. On a bu je ne sais combien de chocolats. On était bien. On a parlé du Marais. C'est là qu'il m'avait vu devant son entrée, en rentrant chez lui. Et qu'il m'avait suivi ensuite.

– Chez lui ?

– Oui. Je n'y avais pas prêté attention en regardant les noms sur l'interphone. Chronos s'était transformé en Etxilac.

– Etxilac. Anagramme de Calixte. La boucle est bouclée.

– Si on peut dire. Rafael avait changé. Il avait changé de vie. Il était seul. On est ressorti, on ne savait pas quoi faire ni quoi dire. Pas de promesses, pas de déclarations, pas de phrases idiotes. Il a sorti de sa poche deux billets pour un concert le soir même. Un client les lui avait donnés, il devait partir voir sa mère malade, quelque chose comme ça. Rafael n'avait pas envie d'y aller. Je lui ai dit : « Pourquoi pas ? Après on verra. » Il a souri. Il a regardé sa montre, a dit : « Faut pas traîner. » On a pris un taxi pour aller dans le 11ᵉ. Il y avait déjà beaucoup de monde quand on est arrivés, il a fallu se faufiler pour rentrer. Quand le concert a commencé, j'ai regardé Rafael. Il rayonnait. Une demi-heure plus tard, le groupe a joué Kiss the Devil. L'ambiance était extraordinaire, électrique, tout le monde était heureux. Et on a entendu des détonations. On a cru que ça faisait partie du spectacle. Rafael a ri, comme autrefois. Il m'a regardé dans les yeux, comme autrefois. Et puis il est tombé d'un coup. Je me suis penché sur lui. Il me regardait encore. Et puis je suis tombé, moi aussi, mon visage contre le sien. Et puis…

Philippe tremblait.

– Et puis… ?

– Et puis plus rien.

Philippe regarda sa montre. Il s'était à peine écoulé une heure depuis son départ de Paris.

– Calixte. Je peux vous poser une question ?

Philippe n'obtint pas de réponse.

– Calixte. Est-ce que je suis mort ?

IV

L'ASSASSIN

Philippe était resté seul avec sa question. Le téléphone intérieur avait sonné. Calixte avait décroché, n'avait pas prononcé un seul mot et, raccrochant le combiné, avait simplement répondu à Philippe : « Il faut que j'aille voir le Commandant. Je vous laisse. » Alors Philippe était retourné à sa place. Les autres passagers étaient tous endormis. Seul, au fond de la cabine business, un homme encore jeune semblait l'observer. Philippe fut frappé par un détail physique. Il semblait lui manquer une partie du menton, donnant à son visage un côté un peu effrayant.

Philippe regarda encore une fois sa montre, se pencha vers le hublot. L'océan était toujours aussi vide, le ciel toujours aussi bleu, sans la moindre trace. Il s'était pourtant attendu à voir le soleil se coucher.

– Je m'assois.

Philippe ne l'avait pas entendu arriver. Il se retourna. C'était l'homme qu'il avait aperçu, éveillé, quelques rangs plus loin. L'homme au menton amputé.

Bien que cette particularité ne l'ait pas franchement rebuté, et malgré un visage par ailleurs plutôt agréable, le personnage lui déplut instantanément. D'abord, cette façon de s'asseoir. Rapide, presque brutale. Son agitation générale, celle de ceux qui aiment se faire remarquer. Oui, c'était ça, surtout, qui gênait Philippe. Cet homme voulait qu'on le voie, qu'on le remarque. Que Philippe le remarque.

Philippe choisit de ne pas répondre. Après tout, rien ne l'y obligeait. Il pouvait même ne pas avoir entendu, ne pas avoir compris, et même ne pas parler sa langue. Il pouvait se réfugier dans le silence. Il se pencha ostensiblement vers le hublot, regardant une fois encore ce ciel vide, monotone, et qu'il trouva à ce moment glacial et sans âme. Dans son dos, il sentait, il entendait l'homme remuer. Il l'imaginait bougeant, croisant et décroisant les jambes, passant sa main sur son visage, sur son menton. Le regardant. Le fixant. S'énervant de cette absence de réponse, de ce manque d'intérêt.

Se retourner, c'était céder. Ou savoir peut-être. Philippe se retourna. L'homme lui sourit largement. D'un sourire que Philippe interpréta comme si l'homme lui avait dit : « Eh bien ! Voilà. Enfin ! J'ai failli attendre. »

Philippe ne lui rendit pas son sourire. Il était sur la réserve, pour ne pas dire sur la défensive. L'homme ne lui plaisait toujours pas. Pourtant, il sentait bien que la conversation allait s'engager. Comme avec les autres passagers qu'il avait rencontrés précédemment. Parce qu'il n'avait pas le choix depuis qu'il était monté dans l'avion. Ça, il l'avait bien compris. Mais pas question pour lui d'initier le dialogue, il ne voulait pas être demandeur. Redevable de rien. En position de force. Surtout devant son voisin, qu'il percevait déjà, sans le connaître, comme quelqu'un de sûrement redoutable.

Philippe préféra l'observer d'abord. Ce qui fut facile. Il se pavanait, faisait le beau. L'homme présentait bien. Proche de la quarantaine, peut-être plus jeune, plutôt maigre, presque malingre, curieusement vêtu d'une anachronique redingote à col de velours, avec gilet, col de chemise relevé, un ample jabot masquant son cou. Le front était dégarni, les cheveux frisés peignés vers l'arrière, des favoris, une fine moustache sous un nez légèrement pointu. Le sourire était presque permanent, sans être forcé. Au contraire, naturel, rassurant, normalement sympathique. Un vrai dandy.

Pourtant, à la fin de cet examen physique, presque médical, Philippe n'avait pas changé d'avis. Il n'aimait pas cet homme. Et continua à rester muet.

L'homme accentua son sourire, l'œil vif, pétillant. Il avait bien vu qu'il était le sujet d'une observation attentive. Manifestement ravi. Il porta la main droite à son horrible cicatrice.

– Ça y est ? L'inspection est terminée. On peut peut-être commencer à se parler. Je ne mords pas vous savez.

– Je ne sais rien. Sauf sans doute que je suis obligé de vous répondre.

– Obligé ! Le vilain mot. Comme si me parler, avoir la chance de me parler était une obligation. Mon Dieu, décidément, on ne me comprendra jamais. Enfin, si vous y tenez, acceptons le mot. Vous êtes obligé de me parler. Mais vous savez, moi aussi on m'a obligé à faire des choses. Et elles m'ont coûté ! Vous ne pouvez pas savoir. Pourquoi dis-je ça ? Mais si, vous pouvez savoir. D'ailleurs vous êtes là pour ça. Que ça vous plaise ou non. Alors, autant être bons amis. Voulez-vous être mon ami ? Vous ne répondez pas ?

L'homme soupira, reporta sa main au menton. Fit de nouveau un large sourire.

– J'ai bien vu que vous m'avez jugé d'emblée. Vous êtes comme les autres ! Coupable ! Coupable ! Mais laissez-moi m'expliquer. Laissez-moi parler.

Il fit une nouvelle pause, en respirant profondément.

– Allez, je suis bon prince, je vous laisse le temps.

– Pour ce qui est de parler, je crois que vous vous y entendez assez bien.

– Oh ! Eh bien ! Voilà. Enfin ! J'ai cru que vous étiez presque muet. Mais pardonnez-moi, je suis très incorrect. Je parle, je parle, et je ne me présente pas. Pierre François. Je vous serrerais bien la main, mais je crains que vous ne la refusiez. Maintenant. Plus tard, quand nous serons de bons amis, de très bons amis, vous verrez. Et vous ? Suis-je bête. Je vous connais. On m'a informé. Mais je ne puis vous dire qui. On m'a demandé d'être discret. Voltaire. Philippe Voltaire. Quel beau nom. Médecin. Figurez-vous que j'ai failli être médecin. Enfin presque. C'est ce que mon père espérait. Et puis non !

– Le destin en a décidé autrement. Parce que c'est ça que vous voulez me dire, c'est de ça dont vous voulez me parler. Vous comme les autres. N'est-ce pas ?

– Le destin ! Le destin ! Mais vous m'insultez ! Ou vous êtes un naïf ? Le destin ! Il n'y en a pas. Ça n'existe pas ! Le destin, c'est moi ! Moi seul ! Moi seul qui ai dirigé ma vie. Même ma mort ! Parce que je suis mort évidemment. Mais ça, vous le savez ! Personne ! Personne, vous entendez ? Personne n'a décidé pour moi ! Ni Dieu, ni maître, ni foi, ni loi ! Je me suis fait tout seul, j'ai tout décidé.

– Même votre mort ? Vous êtes sûr ? À moins que…

– À moins que quoi ? Que je me sois suicidé ? La fin des lâches. Non monsieur. Ma mort, je l'ai choisie. Personne ne me l'a imposée. Enfin…

– Enfin si. Un peu. Peut-être ?

– Taisez-vous ! Ne parlez pas sans savoir. Vous êtes vraiment comme les autres. Vous ne m'écoutez pas. Ils ne m'ont pas écouté. Les imbéciles. Vous, vous allez m'écouter. Que ça vous plaise ou non. Cela fera bientôt deux cent ans qu'on ne m'a pas écouté. Certes aujourd'hui, et je vous regarde, l'auditoire est un peu limité. Oh le vilain mot. Pardonnez-moi, je voulais dire limité en nombre. J'ai l'habitude de plus de foule, de plus de bruit, de plus de fureur. Qu'importe ! Je prends ! Limité, mais sûrement de qualité. Et puis cessez de m'interrompre. Écoutez-moi !

– Je vous écoute, puisque je ne peux pas faire autrement.

– À la bonne heure. Je vous sens déjà plus détendu.

L'homme fit une pause.

– Tout ce que je vais vous dire est parfaitement vrai, vous pouvez vous abandonner à ma sincérité. Les yeux fermés, bien que je ne prête pas serment. Ne vous attendez pas à du romanesque. D'autres l'ont fait, le font ou le feront. Attendez-vous à écouter mon cœur, mon âme. Je n'ai plus rien à cacher, encore moins à perdre. C'est déjà fait !

L'homme rapprocha son visage de celui de Philippe, adoptant le ton de la confidence.

– Tout commence à Lyon, rue du Pas Étroit. Très longtemps avant, elle s'appelait rue du Pet Étroit. Ça ne s'invente pas ! Parce qu'elle était étroite et qu'il y régnait parait-il une odeur pestilentielle. Joli début. Le décor est posé. Manque l'acteur principal et l'action. L'acteur arrive. J'y suis né, il y a un peu plus de trente-cinq ans. Enfin, si j'ose dire. Mais peu importe et puis j'ai l'éternité pour moi ! Un père qui ne m'aime pas, une mère perpétuellement engrossée et qui ne m'aime pas. Vous, vous appelez ça le destin, moi j'appelle ça un début difficile. Deux femmes qui m'aiment. Une sœur qui ne vivra pas ses dix-huit printemps et notre bonne Marie. La pauvre aussi. Enfin passons ! À chacun ses malheurs. Des études brillantes, mais oui monsieur. Brillantes. Mais un père qui l'était moins, et j'ai dû passer de collège en collège, de séminaire en lycée, de Lyon à Saint-Chamond, puis de nouveau à Lyon, puis à Chambéry qui ne m'a laissé comme souvenir que son cachot, et encore à Lyon. Mais quel que fut l'endroit, je me suis fait tout seul. Sans morale. À douze ans, je lisais Helvétius, Diderot, Volney et Rousseau. Je ne vous parle pas de Voltaire, que je méprise. Ce serait trop long à vous expliquer. Je ne sais pas pourquoi je dis ça, nous avons tout le temps. Enfin surtout moi ! Je vous passe les détails. D'ailleurs, j'ai écrit quelques Mémoires à ce sujet, qui, sans me vanter, valent le détour. Si vous en avez le loisir, ou mieux le temps, mais je n'en suis plus certain, vous m'honoreriez en les lisant. Mais où en étais-je ?

– Retour à Lyon, via Chambéry. Deux villes que je connais un peu.

– On aurait presque pu se croiser. Je plaisante ! Et puis pour vous, c'est… non. Décidément, je suis incorrigible. Bon, pour résumer, j'ai très vite compris que je ne pouvais compter que sur moi. Que la justice n'existait pas, que l'égoïsme des hommes n'avait pas de limite, que la loi était celle du plus fort, du plus riche, du mieux habillé, du plus beau. Que les pauvres le resteraient, méprisés de leurs maîtres et de la société. Quant à Dieu, je me suis assez rapidement forgé une idée. Ou tout au moins, une ligne de conduite. J'ai lu l'*Évangile* et les *Pères de l'Église*. Mais quoi qu'il en soit, qu'il y en ait un ou pas, cela ne changerait rien à ma vie. Sauf que m'intéresser un temps à la religion réformée, que pourtant je n'avais aucune envie d'embrasser, pas plus celle-là qu'une autre, me valut d'être renvoyé d'un collège, et le déplaisir d'en connaître un autre, encore pire. Celui d'Alix, près de Lyon. Quelle horreur ! Et là oui, j'ai pensé au suicide. Dix fois au moins. Mais pas une seule fois de plus. Je n'avais encore rien connu, rien vécu, alors pas question qu'on me prive de la vie ! L'idée ne m'est jamais revenue. Même la veille de monter les marches.

– Les marches ?

– Plus tard ! Je vous l'ai dit, ne m'interrompez-pas, vous me faites perdre le fil de mes idées. Il y a si longtemps que je n'ai pas pu… Arrêtez ! Vous allez me rendre nostalgique et je crains de pleurer, si je le pouvais. Mais le puis-je ? Ce serait bien temps, pourtant. Mais passons. Alix donc. Un endroit triste. Des professeurs tristes, atrabilaires, des élèves tristes, stupides. Une éducation qui n'a fait que m'éloigner de la religion, à force de messes, d'offices, de méditations et autres sermons vengeurs. J'en suis tombé quasi malade, pâle et chétif au bout de quelques mois. Révolté aussi, contre ce collège qui n'était finalement qu'une maison de redressement, une école de Satan. École de la solitude aussi, je n'ai dû parler qu'à quatre ou cinq de mes condisciples pendant toute cette période, les autres cafards m'ayant déclaré suppôt de Lucifer. Un seul professeur m'a marqué de l'intérêt, le pauvre. S'il me voyait aujourd'hui.

– Qui verrait-il ?

– Sûrement pas l'homme que vous imaginez. C'est le seul être qui m'ait peut-être considéré, le seul qui m'ait peut-être aimé.

L'homme s'arrêta un instant pour respirer profondément. Que cherchait-il ? Des souvenirs ? Philippe pensa aussi — des nouveaux mensonges ? Une suite à son délire ? Mais qui délire en ce moment ? Lui ? Ou moi ?

– Mais vous aussi, vous m'aimerez, vous verrez. Laissez tomber vos préjugés. Parce que vous en avez bien ? Dès que vous m'avez vu, n'est-ce pas ? Catalogué tout de suite. Antipathique. Vaniteux, sûr de lui. Se méfier. À éviter. Oui, sans doute, certains auraient dû. Mais vous. Vous ne risquez rien.

– Vous en êtes sûr ?

L'homme ne répondit pas, replongé de nouveau dans ses pensées.

– Où en étais-je ? Je vous avais bien dit de ne pas m'interrompre. Et puis il ne faut pas me contrarier. Sinon…

– Sinon ?

– Sinon rien. Je continue. Alors où en étais-je ?

– Alix. Et ses murs sordides, ses têtes tristes, votre rejet de la religion. Votre protecteur.

– Oui. Après. Oh je vous passe les détails sur mes renvois successifs, sur mon apprentissage de l'amour, sur…

– Vous avez aimé ?

L'homme éclata de rire.

– Décidément, pour vous, je n'ai une tête à rien ! Il faudra que je vous parle de ma tête, d'ailleurs. Oui, l'amour, le vrai. Avant, je n'avais connu qu'un bien banal déniaisage à Pont-de-Beauvoisin par une fille d'auberge, et des amours tarifés. Vous voyez ce que je veux dire. Puis le vrai, qui dura cinq ans, même s'il m'arrivait de participer à quelques orgies entre amis. Puis un autre, qui dura peu de jours. Il fut intense jusqu'à ce que je surprenne, dans le lit de la belle grisette, un inconnu qui enlevait avant moi le fruit que je désirais tant. Bonne affaire, qui me détourna définitivement de ces penchants intellectuels bien naïfs et bien inutiles. Depuis, je me contentais d'assouvir, en vrai satyre, mes penchants avec des créatures dont les charmes étaient cotés comme une marchandise, mais qui me laisseraient toute ma liberté.

– Analyse bien cruelle des rapports amoureux.

– Cruelle ? Non ! Réaliste. Et salutaire. Cela vous évite somme toute bien des dépenses, et les affres de la conquête. Mais ne plus aimer une femme ne signifie pas ne pas aimer les femmes. J'aime les femmes. Qui me l'ont bien rendu d'ailleurs. J'aime leur sensibilité. Alors qu'elles me pardonnent. Si je suis devenu insensible à leurs charmes. J'ai su rendre justice à leurs cœurs. Vous voyez, je ne suis pas si déplaisant que cela.

– Je n'ai jamais dit ça.

– Mais vous l'avez pensé. Allons. Écoutez la suite. Vous ne serez pas déçu.

À ce moment de cet entretien, Philippe se demandait s'il avait eu bien raison. Il pensait encore qu'il avait le choix. Le choix de parler, ou de se taire. Et puis, surtout, Philippe s'interrogeait. Qu'est ce qui n'allait plus dans cet avion ? Comment pouvait-on rencontrer un écrivain américain mort, une vieille écossaise morte, un steward mort, et ce type qui lui racontait lui aussi sa vie, et qui d'emblée presque lui avait dit aussi, Philippe s'en souvenait mots pour mots, « parce que je suis mort évidemment ». Mais ça, vous le savez ! Et puis Calixte qui n'avait pas pu, ou pas voulu répondre à sa question. « Calixte. Est-ce que je suis mort ? »

Il fut de nouveau interrompu dans ses réflexions.

– Après toutes ces brillantes mais pénibles études au cours desquelles malgré tout j'ai appris beaucoup de choses, il me restait à décider de l'orientation que je voulais donner à ma vie. J'aurai finalement bien opté pour le barreau. J'avais l'intelligence, l'éloquence, il me manquait la robe et la toque. Mon père s'y opposa. Je mis cela sur le peu d'amour qu'il me portait. En fait, et je l'appris plus tard, il était dans les difficultés financières. Il me fit rentrer chez un avoué où je restais un an, puis chez un notaire pour six mois avant de rentrer dans une maison de banque où j'ai végété pendant près de deux ans et où je fus accusé d'avoir détourné deux mille francs.

– Ce qui était vrai ? Ou pas ?

– Coupable ! Coupable ! Vous voyez, vous ne me laissez aucune chance, même pas le bénéfice du doute. Non, innocent. J'avais bien déposé ces deux billets au bureau de poste où j'avais mission de les porter. D'ailleurs, les banquiers n'ont pas porté plainte. Mais j'ai préféré partir. J'ai tâté de la littérature, un peu du vaudeville, un peu de la politique. Sans succès. J'ai fini par m'engager dans l'armée, sous un faux nom, et par déserter à la suite de quelques mauvaises affaires.

– Quelles mauvaises affaires ?

– Rien de bien important. Mais la vie militaire n'était pas faite pour moi. Je ne suis pas homme à abandonner mon avenir, je n'ai pas dit mon destin, à d'autres. Je hais l'autorité. Je suis revenu à Lyon, j'ai fait un temps le vendeur de liqueurs, puis je suis parti à Paris. J'ai joué, fait un peu fructifier mon pécule, emprunté de l'argent à une tante qui avait de l'affection pour moi. Et puis je me suis lancé.

– Encore un nouveau métier ?

– Si l'on peut dire. Je me suis lancé dans la fausse lettre de change. Pour au moins dix mille francs, et avec l'aide, un peu forcée je dois le dire, de mon frère. Il me devait bien ça. Quelques années auparavant il m'obligeait à voler dans le portefeuille de notre père, pour son compte unique. L'argent ramassé, je quittai la France pour la Suisse, histoire de mettre un peu de distance entre d'éventuels poursuivants et moi, bien que rien ne pût me rattacher à cette petite escroquerie.

– Petite…

– Oui, petite. Un galop d'essai en quelque sorte.

– Vous me faites peur. Qui êtes-vous ?

– Vous ne l'avez pas encore deviné, je suis un peu déçu. Mais il est vrai aussi que je ne vous ai encore presque rien raconté. Vous n'êtes pas au bout de vos surprises.

– Je ne vous ai rien demandé, je vous le rappelle.

– Le vilain menteur. Vous en mourez d'envie. Mourez ! Je ne devrais peut-être pas employer ce mot. Je vous sens inquiet. Pourtant je vous l'ai dit, je suis votre ami. Regardez, je me confie à vous.

– Parce que vous aimez bien parler. Et qu'on vous écoute. Et qu'on vous regarde.

L'homme marqua un temps d'arrêt.

– Ce n'est pas faux. Et puis il y a si longtemps. Alors, la Suisse. J'y suis resté un peu de temps, le temps justement de respirer. J'y fis la connaissance d'un Suisse, de Genève, homme charmant avec lequel je me liai rapidement d'amitié. Je sus le convaincre d'accepter mon courrier à son hôtel, sous le couvert de son nom. Je voulais être informé de ce qui pouvait se dire sur moi en France, et j'avais chargé un bon ami de m'écrire si nécessaire sur ce sujet. Une lettre arriva, l'imbécile l'ouvrit, la croyant pour lui, la lut tout en entier, ne m'en dit rien, et sentant bien que j'avais des démêlés avec la justice de mon pays, alla me dénoncer. Je m'étais déjà fait des relations, j'en fus averti. Le soir même, sans rien montrer, je l'invitai à dîner un peu en dehors de la bourgade. Je m'étais muni de deux pistolets.

– Arrêtez, je ne suis pas sûr de vouloir entendre la suite.

– Allons, allons, Philippe, vous êtes bien sensible. Dans la vie, « vie », j'adore ce mot, il faut être prêt à tout entendre. Deux pistolets, disais-je. De poche, un chargé, l'autre pas. À la fin du repas, sous prétexte de digérer et prendre l'air, je lui proposais une promenade dans les bois tout proches. Et là, je l'informai de la connaissance que j'avais de sa trahison, de mon indignation. Je lui avais rendu de menus services, d'argent, et d'autres natures. Il protesta de son innocence, reconnut finalement qu'il m'avait bien dénoncé, que c'était sur les conseils du propriétaire de l'hôtel, avec lequel il avait parlé, qu'il l'avait fait, qu'il regrettait. Je tendis vers lui les deux armes, prenant bien soin de garder pour moi celle que j'avais repérée comme étant armée. Je lui proposai un duel.

– Taisez-vous, vous êtes ignoble.

L'homme se mit à crier.

– Assez ! Ne m'interrompez pas, je vous l'ai dit. Plus personne ne peut me faire taire. On ne fait pas taire les morts !

L'homme se calma en respirant profondément. Puis il fit un large sourire à Philippe.

– Il a pali. J'ai vu dans ses yeux la terreur. Non ! Non ! disait-il : « Je refuse ce semblant de duel, c'est un assassinat. » J'ai tendu le pistolet chargé vers sa tête. J'ai répété ma proposition. Une fois. Deux fois. Trois fois. À chaque fois, il a dit non. Alors j'ai lâché le coup. En plein visage. Ça ne m'a strictement rien fait. Voilà, vous connaissez mes débuts. Peu de place au destin, vous en conviendrez.

Philippe inspira profondément. À quoi bon répondre, sinon pour donner du plaisir à cet homme en recherche d'auditoire. À quoi bon exprimer son aversion, son horreur, encore plus inutile, sa réprobation. Philippe avait compris qu'il devrait subir ce nouvel entretien jusqu'à son terme, sans pouvoir y échapper. Et puis il continuait à se poser des questions, toujours les mêmes, et sans trouver l'explication ou la solution. Sans doute espérait-il aussi que cette dernière rencontre lui en apprendrait plus.

L'homme s'était tu. Comme pour apprécier l'effet produit par son récit. Alors qu'il avait fait tout son discours presque penché sur Philippe, il se redressa et s'assit plus profondément dans son fauteuil, regardant devant lui. Presque calmé.

Cet apaisement dura peu de temps. Il se mit de nouveau à s'agiter, à croiser et décroiser les jambes, à faire toutes sortes de mimiques. Il finit par se tourner de nouveau vers Philippe.

– Alors ? Qu'en pensez-vous ?

– Que voulez-vous que j'en pense ? Que voulez-vous que je vous dise ? Que c'est horrible, que vous êtes méprisable, que ce simulacre de duel ne constituait qu'un crime déguisé ? Vous n'êtes pas homme à vous laisser convaincre. Vous venez de me raconter vos débuts, c'est vous qui venez de le dire. Il y a donc une suite je suppose.

– À la bonne heure ! Je ne vous suis pas indifférent ! Oui, bien sûr, il y a une suite. À peine ce crime, je garde le terme puisque vous souhaitez l'utiliser, à peine ce crime commis, je me rendis de nouveau à Lyon. J'avais besoin d'argent. Et oui, que voulez-vous, j'en ai toujours eu la nécessité. Il est vrai qu'on ne fait pas grand-chose sans. Je suis allé voir mon père, peu enclin à m'en donner, et ma mère qui était devenue mieux disposée à mon égard. Affection un peu tardive, mais bien sincère, il faut le lui rendre. Pauvre mère.

– Je compatis.

– Elle me donna cent écus. Ce fut la dernière fois que je la vis. Cent écus que, comme d'habitude, je dépensai rapidement à Grenoble avec quelques étudiants. J'aime la compagnie, et je suis généreux. Enfin. J'avais contracté quelques dettes auprès d'amis. Il fallait que je rembourse. Je suis un homme d'honneur. De retour à Lyon, mon père me fit savoir par mon frère, qui depuis quelque temps servait d'intermédiaire, qu'il ne consentirait à m'en donner qu'au vu d'un engagement en bonne et due forme dans l'armée.

– Vous n'auriez pas été à un faux près, je pense.

– Je m'attendais à une remarque de ce genre ! C'est bien, vous commencez à me connaître.

Philippe préféra une fois de plus, ne pas répondre.

– À quoi bon un faux. Cela me fut facile, mon précédent engagement, vous vous en souvenez, avait été fait sous un nom d'emprunt. Je choisis un régiment en partance pour l'expédition de Morée, stationné à Montpellier, attendant l'embarquement non pas pour Cythère, mais presque, en fait pour le Péloponnèse, afin d'y libérer quelques Grecs sous le joug des Turcs, quelque-chose comme ça. On se demande un peu.

– La vocation était vénale, vous l'avez dit, mais drôle d'idée quand même d'intégrer un corps d'armée pour une cause qui ne vous concernait apparemment pas beaucoup. Et puis, je ne vous vois pas bien en militaire.

Philippe s'étonna de sa propre remarque. Alors qu'il avait, pratiquement, décidé de ne pas participer à cette conversation, mais à la subir seulement, il venait là de montrer son intérêt. Intérêt pour le discours. Et peut-être aussi, intérêt pour le personnage. Il le regretta presque instantanément. Mais cela n'avait pas échappé à son voisin.

– Respect de la parole donnée ! Je sens bien que ça vous étonne. Je suis comme ça. Mon père voulait que je parte loin et longtemps. Moi, je trouvais la situation pas pire qu'une autre. Je partais sans conviction certes, sans la moindre attirance pour l'Armée vous avez raison, et encore moins pour l'autorité, mais avec la certitude de pouvoir attendre tranquillement la mort de mon père qui me mettrait à l'abri de tout. Et me permettrait enfin de vivre ma vie.

– Quel cynisme ! Vous êtes odieux.

– Allons ! Ne recommencez pas. Si vous n'étiez pas mon ami, je me fâcherais. Donc Montpellier. Que je rejoignis à pied, en plein mois d'août, sous les chaleurs du Languedoc. Affecté au 3e d'infanterie, je suis nommé fourrier, et vois sans regret partir pour Toulon mes éphémères compagnons des deux premiers bataillons. Adieu la Cybèle, c'était le vaisseau qui devait m'emporter, la Grèce, les Grecs et les Turcs. Et ce qui devait arriver arriva. Victime d'une injustice. Oui ! D'une injustice. On m'accusa de ne pas faire mon travail à temps : je fus condamné pour insubordination, j'avais dénoncé mon supérieur coupable de minables et petites malversations, à quinze jours de cachot, et un mois de salle de police. De quoi me dégoûter définitivement de la chose militaire. Mon régiment quitta Montpellier pour Grenoble. Je m'y résolus, je désertai. Point de destin dans tout ça, j'avais pris, et cette fois-ci définitivement, ma vie en main.

– Pour ce que vous en faites !

– Facile pour vous de dire tout ça ! Moi, j'ai été rejeté par la société, par ma famille, par l'Armée, par les institutions. Il a fallu que je me fasse, pour survivre, pour vivre. Pour vivre ma vie. Ma vie ! Pas celle qu'on voulait m'imposer ! Je vous l'ai dit, plus rien ne pouvait m'arrêter.

– Soit ! Vous voilà déserteur. Et j'imagine, sans le sou.

– Oui. Alors, retour à Lyon. Mais pour connaître une belle déconvenue. Plus personne à la maison. Je m'informe. Mon père a fait faillite, toute la famille, frère compris, est partie en Belgique. La banqueroute a ruiné tout le monde. Me voilà sur le pavé. Sans argent avec encore, pour seule fortune, mes habits de troufion. Ma bonne tante me remet quelque argent, j'écris à ma chère mère à Bruxelles qui me fait envoyer cinq cents francs, et je quitte la capitale des Gaules, où je commence à être un peu trop connu, et pars pour Paris, où je le suis moins.

– Pour y continuer votre belle carrière, je suppose ?

– Pour vivre, je vous l'ai dit. J'ai tenté l'Amérique en allant au Havre. Nouvelle déconvenue. On ne va pas en Amérique avec cinq cents francs. Alors j'écris quelques articles, j'ai la plume facile et la culture qu'il faut. Je l'avais déjà fait dans le passé. Personne n'en avait voulu quand je les donnais, personne n'en a voulu quand j'en ai demandé salaire. On me repoussait, j'étais tout près de mourir de faim. Il ne me restait plus qu'un seul avenir. Voleur et assassin. Vous voyez bien que le destin n'a pas sa place. J'ai seul pris la décision. La société ne voulait pas de moi, j'allais le lui faire payer.

Philippe commençait à douter. Non pas qu'il éprouvait à cet instant une quelconque empathie pour son compagnon de vol, mais parce que, petit à petit, l'opinion qu'il en avait devenait un peu différente, plus nuancée. Il savait que cet homme était un voleur, un criminel, et aussi un escroc. Les escrocs sont toujours sympathiques, toujours séduisants, toujours beaux parleurs. Philippe n'en était pas encore à tomber sous le charme, loin de là. Mais il y avait quelque chose de nouveau quand même. Il l'avait bien ressenti. Et comme quelques instants auparavant, Philippe était certain que l'homme s'en était rendu compte.

– Je suis certain que vous me comprenez mieux maintenant. Fléau de la société, voilà quel devait être mon futur métier. Je le revendiquais et j'en étais fier. J'en suis toujours fier. Mais tout ça s'apprend. Un métier vous dis-je. Difficile à exercer en solitaire. Il me fallait des associés. Des bras. J'ai beaucoup lu, je crois vous l'avoir dit, Rousseau, Voltaire, Diderot et tant d'autres. Mais j'ai lu aussi les *Mémoires* de Vidocq. Lus et relus. Prodigieuse source d'inspiration. Oui mais je parle d'un autre temps, je l'avais presque oublié. Ce nom ne vous dit sûrement rien.

– Si, si, Vidocq, bien sûr que ce nom m'est connu. Le personnage a eu une nouvelle heure de gloire, il y a déjà quelques dizaines d'années. Je les ai lus, moi aussi, ses *Mémoires*. J'en ai gardé quelques souvenirs. Eugène François Vidocq. Voleur, déserteur, escroc, bagnard, évadé, indicateur, et finalement chef de la Sûreté. Personnage trouble et troublant. Charmeur et redoutable. Un modèle pour vous, forcément.

– Pas exactement. J'ai surtout retenu de ses écrits la description qu'il a fait de cette classe sociale qu'on appelle la lie. C'est ce monde-là qu'il fallait que je rencontre. Et pour cela, une seule solution. Me faire arrêter.

– Ce n'était pas les motifs qui manquaient.

– Le drôle. Il fait de l'humour. C'est bon signe. Vous allez finir par y arriver. Non, voyons, je n'allais pas me rendre et étaler mes derniers états de service. Il fallait du neuf et du pas trop méchant. Juste de quoi être condamné à une peine légère. Le temps, en quelque sorte, de faire mes universités. Je volais un cabriolet et le revendis avec facture signée à mon nom pour trois cents francs. L'acheteur se rendit rapidement compte de l'origine douteuse du produit, me dénonça. Je fus arrêté au Café de la Bourse, conduit au poste le plus proche, puis enfin au dépôt de la Préfecture de police de Paris. But ultime de ma quête.

L'homme s'arrêta. Rapprocha son visage de celui de Philippe, comme pour juger de l'effet produit par ce qu'il devait considérer comme un haut fait, une sorte d'exploit. Se jeter dans la gueule du loup.

– Pardonnez-moi de vous interrompre…

– Mais vous n'avez plus à vous excuser, vous êtes mon ami maintenant. Que voulez-vous tant savoir ? Je vous écoute. Bien que j'aie un peu ma petite idée.

Philippe hésitait. Oui, il avait plusieurs questions à poser à son interlocuteur, mais curieusement, il n'osait pas. Non pas par peur d'en savoir plus sur cet homme, mais par peur d'en savoir plus sur ce qui se passait dans cet avion. Et pourtant, il le fallait bien. Il se lança. D'une façon qu'il trouva instantanément assez médiocre.

– Je voulais, je voulais juste savoir. Cette histoire, enfin vos histoires. Ça s'est passé quand ?

L'homme se mit à rire une nouvelle fois.

– Allons, Philippe. J'attendais mieux. Enfin. On se contentera de ça. Je vous pardonne. Disons que tout ceci s'est déroulé dans les années trente. Dix-huit cent trente, Philippe. Dix-huit cent trente ! Je suis mort, Philippe ! Pour de vrai. Il faut vous y faire !

L'homme se leva brusquement, se retournant vers les autres sièges que Philippe ne pouvait voir de sa place. Il fit un large geste circulaire de la main droite, un immense sourire au visage.

– Comme tous ceux qui sont dans cet avion Philippe. C'est bien comme ça que ça s'appelle, Philippe ? Un avion. C'est beau. Oui. Tous morts.

Philippe ne répondit pas. Il avait bien compris depuis un bon moment la situation, mais, quelque part, il n'arrivait pas à l'admettre. Il ne rêvait pas, c'était une évidence. Rien dans ce qu'il vivait ne ressemblait à un rêve. Et puis, lors d'un rêve, on se réveille. Philippe ne se réveillait pas. Parce qu'il ne dormait pas. Alors Philippe préféra en savoir encore plus. Jusqu'au bout.

– Vous voilà au dépôt.

– Oui, où je rentrai, l'air entendu, on m'observait, de ceux qui ont l'habitude. Je pris tout de suite une attitude d'homme important, impénétrable. Je payais ma bienvenue en bon argent, montrant d'emblée ma connaissance des usages, ignorant les petits à qui je répondais d'un ton sec, traitant d'égal à égal avec ceux que je repérais plus importants. Je gardais en permanence un air mystérieux au point que certains crurent me reconnaître, m'avoir déjà vu. Vu au bagne. À Toulon. Chaque fois je répondais non, laissant entendre que c'était oui. Je passais rapidement pour un cador. Un mot que j'ai appris là-bas. Comme beaucoup d'autres, cela faisait aussi partie de mon plan. Pas d'argot, pas de voleur, impossible d'introduire le milieu sans ce laissez-passer. Au bout de quelques jours, j'étais déjà très au fait de ce langage, et avais appris nombre de façons de voler. Je ne restais pas. Je fus conduit à la prison de la Force, la Lorcefée, la moins mauvaise du département de la Seine, et installé à la cour de la Magdelaine. Et oui, pas encore assez connu et dangereux pour être affecté à la fosse aux lions, la cour Saint-Bernard. J'en fus un peu meurtri.

– Je me doute que vous avez rapidement progressé. Je commence à vous connaître.

– Et à m'apprécier, j'en suis sûr. Je vous le dis, vous allez finir par m'aimer. Donc la Force. Bel endroit, ancien hôtel ducal, assez confortable, on avait gommé les outrages de la Révolution, pas si horrible que la littérature romancière a bien voulu le décrire. On y avait droit à une livre et demie de pain et une portion de viande et de légumes par jour. Avec un peu d'argent, il était même possible d'améliorer l'ordinaire. L'endroit était agréable, mais je perdais mon temps. N'y traînaient que des contrebandiers, quelques bans rompus, des petits voleurs. Du menu fretin.

– Alors, échec.

– Provisoire. J'attendis mon jugement, j'avais anticipé, le Code à la main, six mois de prison. Je fus trompé, je pris un an, et dut passer par Bicêtre avant d'aller à Poissy. À Bicêtre, le milieu était plus intéressant, mais je restais sur ma faim. Je ne trouvais là que des misérables sans culture, attendant Toulon, Brest ou Rochefort, ou la mort. La plupart abrutis devant le jugement. D'autres, rêveurs imaginant la vie qu'ils pourraient avoir dans quatre, cinq ou six ans. Je ne repérais vraiment que quelques individus, quatre ou cinq tout au plus, ayant la valeur pour me seconder. Sans espoir, ils étaient tous condamnés pour au moins vingt ans. Mon transfert à Poissy n'apporta pas mieux. Bassesse, lâcheté, inertie, tout était dit. Je maudis ma décision de m'être laissé enfermer, mais je fis contre mauvaise fortune, bon cœur. Je m'adonnai à la poésie, avec quelque succès, croyez-moi. Succès tout à fait personnel, et je n'ai rien gardé de mes écrits de l'époque. Écrivez-vous, bel ami ?

– J'essaie. Sans plus de succès que vous, apparemment, mais je persiste. Qui sait ?

– Vous avez raison, l'écriture est un beau refuge. Mais un écrit n'est rien s'il n'est pas lu.

– Toujours cette envie de vous faire reconnaître !

– J'ai cette faiblesse, et vous aussi sans doute. Mais je crois avoir réussi. On m'a vu, et bien vu. Mais revenons à notre récit. Lorsque je fus libéré, je n'avais plus un sou devant moi. Durant ma captivité, ma toujours bonne tante m'avait envoyé tous les mois de quoi améliorer mon ordinaire et même d'en faire profiter quelques compagnons de misère. Et oui, je suis généreux, je l'ai toujours été. À quoi bon l'argent si c'est pour le garder caché ou le dépenser tout seul. Vous ne croyez pas ?

– Il y a du sensé dans ce que vous dites si j'ose dire. Je le porte à votre crédit.

– Bien, et vous le ferez encore, vous verrez. Hélas, deux mois avant mon élargissement, plus de nouvelles de cette chère parente. Plus de nouvelles, plus de subsides. J'appris plus tard qu'elle s'était fait embobiner, pardonnez-moi le terme, par un de vos confrères, coureur de dot, et qui essayera même plus tard de mettre le grappin sur une de mes sœurs, c'est-à-dire sur son héritage. Libéré, mais les poches vides. Trois jours après ma sortie, je mourais de faim.

Philippe préféra rester silencieux.

– Je sonnais à quelques portes pour trouver du travail, mais à chaque fois, j'étais éconduit, bien qu'on ignorât tout de mes récents démêlés avec la justice. Le hasard, et encore lui seul, me mit sur le chemin d'un ancien compagnon de régiment. Il était encore plus dans le besoin que moi, mais me vint en aide matériellement et surtout me donna une idée qui, il faut bien le dire, ne m'était pas venue. Trouver emploi chez les écrivains publics. J'y fis rapidement merveille et argent. Tout le monde avait quelque chose à dire. Au Roi, au gouvernement, à la justice. Pour quémander une décoration, une Croix d'Honneur, pour obtenir un avantage, une indemnité, pour pétitionner, pour dénoncer. On venait de passer la Révolution de Juillet, il traînait un parfum de liberté. Là aussi, vous pouvez me croire, j'en ai vu passer des bassesses, des hypocrisies, des friponneries, des vilenies, des scélératesses. Combien ai-je écrit de lettres anonymes, je ne le sais plus. Je gagnais beaucoup d'argent, mais sans faute.

– D'orthographe? — Pardonnez-moi, c'était facile.

– Sans faute commise, je vous le jure, je me retrouvais peu de temps après de nouveau sur le pavé. Reconnaissez que j'y mettais du mien.

– On peut presque le dire.

– Alors de nouveau la misère, de nouveau la faim. Le hasard, toujours lui, me fit rencontrer un ancien collègue de Poissy. Il m'associa rapidement à un vol qui nous fit gagner, lui, son associé et moi, aisément plus de deux mille francs. De quoi s'installer, meubler mon logement et reprendre un train de vie digne de mes aspirations. Pourtant, j'avais accepté presque à contrecœur. Quand on a le ventre creux, on réfléchit moins, et surtout moins bien. Voler et se faire prendre, pour moi c'était les galères. Ça, je n'en voulais pas. Je voulais mieux, je voulais quelque chose qui ne pouvait que me conduire à l'ultime destination. Je voulais un meurtre. Un acte digne de moi.

– Si je ne savais pas que vous êtes mort, que tout cela est déjà passé, vous me feriez peur.

– Faites comme moi. Je n'ai jamais eu peur, vous m'entendez bien, jamais !

Philippe avala sa salive. Il ne se sentait pas bien. Cet homme l'inquiétait. Autour de lui, sans qu'il puisse vraiment mesurer depuis quand il avait encore regardé sa montre, tout était anormal. Anormale cette situation, anormales ces rencontres, irrationnelles ces conversations. Il avait admis ce fait, sans pouvoir l'expliquer. Alors, que ressentait-il exactement ? De l'angoisse, oui sûrement, de la peur, pas encore.

L'homme s'en rendait compte, mais ne semblait pas ou plus en tirer une quelconque jouissance. Au contraire même, il en paraissait affecté.

– N'ayez pas peur, Philippe. Pas de moi en tout cas. Je ne peux rien contre vous, et je n'en ai nulle envie. Je vous l'ai dit, je suis votre ami. Vous me croyez ? Vous me croyez, Philippe ? Répondez-moi !

Philippe crut qu'il allait étouffer. L'homme avait encore une fois rapproché son visage du sien, et posé sa question non pas sur un ton menaçant, Philippe ne l'avait pas perçu comme tel, mais plutôt sur un ton suppliant. Il était au pied du mur, il fallait répondre.

Philippe chuchota presque.

– Oui. Je vous crois.

– Nous voilà amis, Philippe. Définitivement.

Philippe se demanda s'il avait bien fait de répondre ainsi. L'homme était beau parleur, escroc, voleur, assassin. Combien de personnes avait-il déjà trompées ? Quelle confiance pouvait-on avoir en lui ? En donnant cette réponse, il s'était demandé s'il ne venait pas de pactiser avec le Diable. Il essaya d'atténuer son propos.

– Cela ne m'empêchera pas de dire ce que je pense de vous.

– Mais oui. Comme un ami doit le faire. L'ami n'est pas un flatteur.

L'homme poursuivit son récit. Beaucoup plus calme.

– Notre petite association marchait et, à part mes deux comparses, tout le monde ignorait ma façon de vivre. Elle dura six mois, je commis de nombreux vols. Sur un seul je gagnais six mille sept cents francs. Aucune alerte, aucune inquiétude, j'étais devenu inconnu et invisible. Et je menais joyeuse vie. Mais croyez-moi, je me suis toujours arrangé pour ne voler que les riches.

– Belle excuse qui ne vous rachète pas.

– Personne n'a eu ou n'a l'intention de me racheter vous savez. Mais j'ai fait plus de bien que vous ne le pensez, qu'on ne le sait. J'ai aidé plus de malheureux que vous ne pouvez l'imaginer. Parce que c'était mon choix, parce que l'argent ne m'a pas plus intéressé que ça. Je menais grand train, je vous l'ai dit. J'ai fait la fête, j'ai joué, j'ai beaucoup perdu. Les années qui ont suivi ont été presque monotones. Travail chez un entrepreneur d'écritures, rien de bien enthousiasmant et juste de quoi dépenser, la nuit, l'argent gagné dans la journée, clerc de notaire amateur, c'est-à-dire non rémunéré, écrivain dans la rue, c'est-à-dire misérable.

– Plus de vols, plus de petites escroqueries ?

– De petites, sans plus, une amusante qu'il me plairait de vous raconter.

– Eh bien, amusons-nous. J'ai l'impression que nous n'en aurons plus beaucoup l'occasion.

– Allez ! Ne faites pas cette tête d'enterrement, nous n'y sommes pas encore. Donc amusante, je vous disais. La formule était simple. Avec quelques brigands de ma connaissance, nous nous faisions passer pour des policiers, et nous arrêtions aux Champs-Élysées, en pleine action, quelques hommes assumant leurs vices honteux. Vous voyez ce que je veux dire. S'il n'y en avait pas, nous engagions des traîne-savates, quelques jeunes gens désœuvrés et désargentés, pour les attirer dans nos rets. Une fois la constatation effectuée, ces braves bourgeois, peu désireux de scandale, devenaient en général assez dociles, et plutôt généreux.

– Vous êtes vraiment une crapule.

– Je préférerais artiste, mais vous y viendrez, je vous l'assure. Quoi qu'il en soit, toutes ces médiocres activités ne m'apportaient que peu de satisfaction. Seul le meurtre, accompli, bien réel, pouvait m'apporter ma vengeance sociale. J'essayai une première fois. Ce fut assez lamentable. Avec un ancien de Poissy, un autre, tout récemment libéré, nous avions repéré un homme qui avait pour habitude, tous les soirs, de sortir d'une maison de jeu avec au moins cent mille francs sur lui. Le coup devait être facile. Je réussis même à convaincre mon complice qu'il valait mieux le tuer, ce qui éviterait, vous en conviendrez, que la victime puisse nous reconnaître et nous dénoncer. J'imaginais ainsi, sans le lui dire, lier mon aide au crime, ce qui pourrait lui éviter la tentation de me trahir si nous étions inquiétés.

– Vous êtes vraiment très prévoyant !

– Prévoir, c'est éviter le destin. Le parcours du quidam était toujours le même. Je le suivis plusieurs jours de suite pour bien échafauder le plan, vérifier les horaires, m'imprégner des lieux. Tout se présentait bien, je l'avais même vu un soir rejeter violemment un pauvre bougre qui lui demandait l'aumône. Comment pouvait-il se comporter ainsi, chargé d'argent comme il l'était ? Cela dissipa, si j'en avais eues encore, mes dernières réticences. Le soir prévu, j'avais amené des tire-points effilés, nous le suivîmes sur son chemin du retour vers la Chaussée d'Antin. À la hauteur de la place Ventadour, il s'arrêta, pris d'un besoin urgent. Alors que je devais frapper le premier, et par-derrière, mon associé se précipita sur lui, lui tapa sur l'épaule pour qu'il se retourne et ne fit que le blesser. L'homme cria : « À l'assassin ! » On sortit en criant « À l'assassin ! » et « À la police ! » d'un cabinet littéraire tout proche. Il ne restait plus qu'à s'enfuir. Du sang inutilement versé, pas d'argent et surtout, pas de meurtre. Retour au point de départ. Alors, en attendant une meilleure occasion, je tentais la revente de couverts d'argent chez les restaurateurs. Je gagnais quelques centaines de francs chez les quatre premiers. Le cinquième se méfia, prévint la police en douce, et je fus pris.

– Mais ça ne vous a pas arrêté, si l'on peut dire.

– Non. Plus rien ne pouvait m'arrêter. Ni la Force, où je retournais, ni Poissy où je fus à nouveau incarcéré. J'avais pris treize mois. Treize mois d'inactivité, mais que je mis malgré tout à profit pour écrire quelques chansons.

– Vous voilà chanteur maintenant. Bientôt danseur ?

– Riez, riez. J'intitulais la première, *Pétition d'un voleur à sa Majesté.*

– Chanson politique ?

– Non. Chanson d'esprit. La politique ne m'a jamais intéressé. J'aurais pu être bonapartiste sous Bonaparte, carliste sous Charles X, philippiste sous Louis-Philippe. Pas par opportunisme, pas par intérêt. Non, je méprise assez les politiques. Lorsque je suis arrivé à la Force, j'avais cinquante francs sur moi. Je les ai partagés avec vingt républicains. Aucun ne m'a dit merci. Mais aucun voleur, pas un seul vous dis-je, je vous supplie de me croire, ne m'a demandé un sou. Liberté, égalité. Pouvez-vous me dire quand ces principes ont régné sur terre ? Jamais. Les révolutions ne profitent qu'à certains et font toujours autant de victimes. Et vous voudriez que je respecte la vie de mes semblables. Non, les hommes ne peuvent trouver le bonheur que dans leurs cœurs.

– Pourquoi le crime ? Pourquoi le meurtre ? Vous auriez pu trouver le bonheur autrement.

– Facile à dire. On m'a rejeté. On n'a pas voulu de mes chansons, de mes écrits. Non, c'était décidé. Il fallait que la société paie. Il fallait que j'échappe au destin, je vous l'ai déjà dit. Il fallait que je vive ma vie, que je la fasse, sans rien demander à personne, sans rien devoir à quiconque.

– Alors vous avez continué votre chemin. Inexorablement.

– Ça n'était pas écrit. Je l'ai écrit. À ma sortie de Poissy, je retrouvai un dénommé Avril, que j'avais connu plusieurs années auparavant, mais qui, à l'époque, ne m'avait pas paru prêt au crime. Pas très malin, c'est ce que je voulais, porté sur le vin et la dépense, il fallait le surveiller, mais maintenant bien déterminé. Quelque temps après, j'ajoutais à l'équipe un nommé Bâton, assez fruste lui aussi, je dois bien l'avouer. Mais ma détermination était telle que je me serais bien acoquiné avec n'importe qui pour arriver à mes fins.

– Et vous avez fini par y arriver.

– Vous êtes bien pressé. Eh bien non. Encore une tentative, encore un échec. Cette fois-ci sur une receleuse nommée Javotte, qui un soir où elle était avinée, me menaça de m'envoyer aux galères quand elle voudrait. Je ne pouvais pas la laisser en vie. Sous prétexte de lui montrer de la marchandise, je l'attirais en mon logis, rue du Faubourg Saint-Martin. Un bijou qu'elle portait au cou dévia la lame, elle se défendit, appela au secours. Je dus m'enfuir.

– Décidément, vous n'avez pas de chance. Étiez-vous sûr d'avoir choisi la bonne voie ? C'était peut-être justement le destin qui contrariait vos plans.

– Alors si c'était lui, je l'ai vaincu.

– Je disais ça, mais je m'en doutais bien. Vous avez réellement fini par y arriver ?

– Quand on veut, on peut. J'ai eu un moment d'hésitation, j'ai envisagé un instant d'aller réfléchir à la campagne, d'écrire de la poésie. Ce temps fut bref.

– Vous vous êtes remis à l'ouvrage.

– Pas tout de suite, il fallait un peu d'argent. Pas d'argent, pas d'affaire. C'est terrible. J'ai fait quelques vols à la fausse clef, je l'avoue, souvent au détriment de pauvres gens. Si je dois me reprocher quelque chose, c'est bien ça. Je les ai encore sur la conscience. Même maintenant.

– Vous n'êtes pas si mauvais que ça, finalement.

– Toujours aussi moqueur. Je ne déteste pas. Je vous passe une dernière tentative avortée sur un garçon de recette, rue de Sartine, lieu mal choisi, j'en conviens, qui ne vint pas au rendez-vous fatal.

– Et qui ne saura jamais que le destin n'a pas voulu de lui ce jour-là.

– Je vous laisse le croire.

– Alors, cette ultime tentative? La bonne, si j'ose employer cet horrible terme.

– M'y voilà. J'étais las de vivre. Le suicide n'aurait été qu'une piètre fin indigne de moi. Il me fallait une mort brillante, je ne veux pas dire glorieuse, vous n'accepteriez pas le mot. La société m'avait refusé le pain de mon travail, il fallait qu'elle m'offre ma mort. L'occasion arriva vite, elle s'appelait Chardon. Je le connaissais déjà depuis de nombreuses années, nous nous étions connus en prison, et nous ne nous aimions point. Cela fut d'autant plus facile. Bâton s'était défilé. Un certain François, une fripouille sans valeur, le remplaçait. Chardon vivait avec sa mère, impasse du Cheval-Rouge, et un certain Germain, homme de peu de foi qui aimait bien se vanter, nous affirma avoir vu des pièces d'or chez lui. Peu importe, j'aurais tué pour cinq francs. Ce que je fis. À coups de hache. Vous n'avez pas besoin d'en savoir plus. Je passe aussi sur une tentative de meurtre avortée rue Montorgueil, quinze jours plus tard, et, après quelques misérables vols, je m'enfuis en province. Mes complices, arrêtés, commençaient à bavarder, puis à parler, l'étau se resserrait. Je fus arrêté à Beaune, sous l'identité de

Jacob Lévy, rapidement confondu, et transféré, fers aux pieds et poucettes aux mains, à Paris.

– Pour aboutir à ce suicide par assistance programmée.

– Voilà le médecin qui parle. Vous aussi vous me prenez…

– Pour un malade. Je ne sais pas. À vous entendre, je ne sais plus.

– Allons, cessez, je vous sens triste et affecté. Vous voyez, vous y arrivez. Mais croyez-moi, il n'y a pas de quoi être triste. J'ai eu ce que, non je ne vais pas dire ce que j'avais mérité, j'ai eu ce que j'ai voulu.

– Je trouve toute cette histoire bien lamentable. Quel gâchis ! Vous auriez pu faire autre chose. Vous aviez du talent, je ne parle pas de crime, vous aviez de la culture.

– J'aurais pu faire un honnête homme, un bon père de famille, un petit employé modèle ? Non, je ne crois pas, je n'aurais pas aimé cette vie. Mais je vais aller vite maintenant. Quand je vous ai vu pour la première fois, il y a je ne sais plus combien de temps, j'ai perdu la notion du temps, — quand je vous ai vu, j'ai pensé. — Enfin, quelqu'un à qui parler, un maigre auditoire certes, mais un auditoire tout de même. Et je dois dire que je ne vous imaginais pas ainsi.

Philippe ne répondit pas. Le malaise qu'il ressentait n'avait plus rien à voir avec la peur, ni l'angoisse. Il devait bien le reconnaître, il avait jugé rapidement cet homme. Coupable ! Coupable ! Maintenant, il ne savait plus.

Il regarda son interlocuteur, le trouva presque abattu, comme marqué par la fatigue. Maintenant, il fallait le laisser finir. En finir. Provisoirement pour lui.

– À Paris, j'eus l'honneur d'être interrogé par monsieur Pierre Allard. C'était le successeur de François Vidocq. Un homme droit, honnête, juste, dont je n'ai pas eu à me plaindre. Je l'ai toujours vu venir à moi avec plaisir, et repartir avec regret. Je lui rapportai la tentative de la rue Montorgueil, mais, pour ne pas dénoncer Avril, pas le meurtre de Chardon. J'aurais bien voulu. En faisant ainsi, j'anticipais seulement la perpétuité. Ce n'était pas ce que je voulais, mais je ne me résolvais pas à trahir mon complice. Il n'en valait pourtant pas la peine, mais que voulez-vous, j'avais des principes.

Peu de temps avant, Philippe aurait dit : « Il était bien temps. » Maintenant, il faillit dire : « Qui vous honorent. »

– Avril et François n'eurent pas les mêmes. Ils me dénoncèrent, libérant ma parole. J'avouai le double crime de l'impasse du Cheval-Rouge. J'avais tué la mère aussi. Je fus envoyé de nouveau à la Force, où j'avais mes habitudes. On tenta de m'y assassiner. J'en fus pour un méchant coup sur la tête et le loisir de passer le reste de mon séjour à l'infirmerie. J'y philosophais tranquillement, sans soins et sans soucis. J'y ai vu une marque d'attention de monsieur Allard. Je fus ensuite transféré à la Conciergerie, où j'ai tenu salon, pour y attendre mon procès. De lui je ne dirai pas grand-chose. D'autres l'ont fait pour moi. J'aurais transformé la cour d'assises en théâtre, attiré nombre de femmes comme au spectacle. C'est peut-être un peu vrai. Je m'y suis pourtant profondément ennuyé. J'ai tout avoué, j'en ai même rajouté. On voulait voir la bête, j'allais leur en donner pour leur argent. Le dernier jour, j'étais encore inquiet. J'avais pourtant bien étudié la tête des jurés, observé leurs mimiques, leurs réactions à l'énoncé de mes crimes, j'avoue que je n'étais pas totalement sûr de mon coup. Pas sûr du verdict.

Philippe, pourtant certain de leur décision, retenait son souffle.

– Le jury s'est retiré pour délibérer. Ça n'a pas duré longtemps. Quand ils sont revenus, tout le monde s'est levé. Le Président de la Cour s'est assis, a posé son énorme dossier devant lui et s'est exprimé d'un ton sans âme en appelant mon nom, comme s'il voulait qu'on ne l'entende déjà plus, et puis il a martelé la phrase, disséquant chaque mot. L'homme se mit à chuchoter de nouveau.

« La cour d'assises de la Seine vous condamne à la peine de mort. » Silence absolu dans la salle. Juste le cri d'une femme au bord de l'évanouissement. Puis il a appelé Avril. Même sentence. Et François. La perpétuité et le bagne. La messe était dite. La salle fut évacuée. Une demi-heure après à peine, nous étions de retour à la Conciergerie pour déjeuner, comme après une banale promenade.

Philippe resta silencieux. Il ne savait plus quoi dire. Il ne pouvait plus qu'écouter. Presque religieusement.

– Un pourvoi en cassation déposé par mon avocat m'apporta quelques semaines de répit. Cela me laissa le temps d'écrire encore quelques chansons, de presque terminer mes *Mémoires*. Le temps passa vite. Lebel, le directeur de la Conciergerie, me fit appeler un matin. Un brave homme aussi. Il m'apprit que mon pourvoi était rejeté. J'en fus soulagé. Et que de ce fait, c'était pour bientôt. Le jour même, on vint dans ma cellule pour faire un moulage de ma tête. Elle intéressait, ma tête. Elle intéressait les phrénologistes, soucieux de savoir comment un aussi beau chef avait pu commettre de pareilles horreurs. Il fallait en garder une trace pour pouvoir l'étudier. À tête reposée. Je me suis couché sur mon lit, la tête en arrière, renversée dans un demi-cercle de cuivre. J'ai senti le métal sur mon cou. Le praticien a introduit deux tubes dans mes narines pour que je puisse aspirer l'air, et m'a recouvert de plâtre. J'avais les yeux fermés. L'idée d'arrêter toute respiration et de m'étouffer tout seul m'est venue. Je l'ai vite chassée. J'ai vu quelques secondes Avril, seul sur le dernier trimar, avec ses petits yeux de chat, hurlant de colère de se retrouver seul devant la lucarne. J'ai pensé à votre pauvre confrère qu'on aurait accusé de négligence ou d'incompétence, pire d'assassinat, en me découvrant mort sous le gypse. J'y ai renoncé. Alors le médecin a tiré sur le fil, découpé la coque en deux parties et m'a libéré avec précaution. J'ai pensé à ce moment que le bourreau n'en prendrait pas tant. Il était tout joyeux, il a déposé mes demi-faces sur mon lit, et m'a serré les mains. J'ai regardé le moulage, je me suis vu mort. Vers neuf heures du soir, je me suis couché. Ce serait mentir, et à vous pour la première fois, en disant que mes pensées n'étaient pas tourmentées. À dix heures, le directeur de la Conciergerie est rentré dans mon cachot. Je me suis levé. Il m'a dit : « Il faut vous habiller. On va vous transférer à Bicêtre. » Je lui ai dit : « Tant mieux, il faut que cela finisse. J'espère que c'est pour demain. » Je lui ai demandé l'autorisation d'écrire les dernières lignes de mes *Mémoires*, ce qu'il m'accorda. Je me souviens encore des dernières phrases. Adieu à tous les êtres qui m'ont aimé, et même à ceux qui me maudissent : ils en ont le droit. Et vous qui lirez ces *Mémoires*, où le sang suinte à chaque page, vous qui ne les lirez que quand le bourreau aura essuyé son triangle de fer que j'aurai rougi. Oh ! gardez-moi quelque place dans votre souvenir… Adieu ! Le visage de l'homme s'illumina. Ils resteront inachevés. Pour toujours. Manqueront les dernières pages.

– Non, elles ne manqueront pas. Lisez les dernières feuilles. Celles que jamais personne n'a lues. Celles que jamais personne n'a censurées, celles que jamais personne n'a falsifiées.

– Vous savez donc ?

– Je sais.

– Mais alors on me connaît. Merci, merci mon ami. Vous faites de moi un homme heureux. Vous saviez. Mais depuis quand ?

– Dès le début de notre rencontre, votre allure, votre redingote de velours bleu, vos attitudes, votre façon de vous mettre en avant, tout ça m'interpellait, sans que je puisse mettre un nom sur vous. Le vôtre était passé parmi d'autres, presque inconsciemment, sans que j'y fasse plus attention. Et puis votre crime, il faut bien appeler les choses par leur nom…

– Faites, faites, ne vous arrêtez pas.

– Votre crime, en Suisse, m'a rappelé une histoire entendue. Puis le reste.

– Alors on parle encore de moi ?

– Dans un passé assez récent, oui, un peu moins depuis quelque temps, affaire de mode et d'actualité. Mais il semble que vous n'ayez pas été totalement oublié, oui, je peux vous l'assurer.

– Enfin.

Et à voix basse encore, ses yeux dans les yeux de Philippe.

– Vous serez le seul à les entendre. Vous le voulez bien ?

Philippe hocha de la tête.

– Je vous écoute ami. Ne vous arrêtez pas.

– La dernière nuit d'un condamné. Terrible et sublime. C'est le moment de ne pas se tromper, de ne pas se raconter d'histoires. C'est le moment d'aller vite, le temps est compté, il ne faut pas le perdre. Cette nuit, je l'avais déjà un peu imaginée. Victor Hugo m'y avait aidé. Je me souviens maintenant. Il fait froid dans le cabanon. On m'a laissé une chandelle. J'observe les murs. La moisissure est partout. Pas d'inscriptions, pas de derniers messages, on n'a pas laissé de stylets aux précédents occupants. Une porte de fer. Quatre murs hauts. Au sommet de celui opposé à la porte, une lucarne, très haut perchée. Pas de vue. On est déjà coupés du monde. On m'appelle du dehors. C'est Avril de la cellule contiguë.

– *C'est toi Lacenaire ?*

– *Oui Avril. J'ai oublié de dire quelque chose à Allard, si je le faisais demander ?*

– *Eh bien. Fais-le appeler. Il ne peut être loin.*

– *Ah. Bah ! Ce n'est pas la peine, autant que ce soit fini tout de suite. Avril ! La terre sera bien froide demain !*

– *C'est vrai !*

– *Bonsoir Avril, bonne nuit !*

– *Bonsoir Lacenaire !*

– Pour s'entendre on avait dû crier. L'horloge d'une église sonne un coup. C'est soit une heure, soit la demie d'une autre heure. Je ne suis déjà plus de ce monde, je ne suis déjà plus de ce temps. J'entends un cri, plutôt une plainte. Je crois qu'on m'appelle de nouveau. Avril qui ne trouve pas le sommeil dans son cachot ? L'imbécile, c'est une chouette. Elle se plaint, et pourtant elle est libre, elle. Je l'imagine. Elle est toute proche. Peut-être sur le chemin de ronde, à quelques mètres de moi. Un seul mur nous sépare. Ce n'est rien un mur. Juste la différence entre la liberté et la mort. Elle s'envole, je la suis. On prend la direction de l'ouest, on traverse Orléans, Sceaux, Bièvre. Elle me distance, je n'y arrive plus. J'ai froid. Je suis fatigué. Cinq heures sonnent. Mon Dieu, le temps a passé. Me suis-je endormi ? Dans quatre heures tout au plus, je ne serais plus de ce monde. Je pourrais crier, appeler, me jeter contre les parois de ma geôle, demander ma grâce. Non. Rien de tout ça. Je suis déjà mort. Paris n'aura pas le plaisir de dire : « Lacenaire a demandé sa grâce ». Je regarde la petite fenêtre, il fait encore nuit. Un coup à l'horloge. La demie de cinq heures. J'entends des pas dans le couloir. Le bruit de la clé dans la serrure. Mes jambes fléchissent un instant. Je dois être pâle. On me conduit dans une petite pièce nue. Il n'y a qu'un petit tabouret. Il fait sombre. On me coupe les cheveux, on dégage bien la nuque, on coupe avec des ciseaux le col de ma chemise, on découvre bien le cou. J'arrive dans la cour, je retrouve Avril. Il est laid. Il a peur. Quelle horreur ! Comment ai-je pu m'associer avec lui ? Nous nous sommes haïs. Nous nous sommes perdus l'un par l'autre. Et nous voilà réconciliés au dernier moment. Il n'est jamais trop tard. Je regarde le ciel encore noir, je frissonne. On nous lie les jambes et les poignets. On nous entraîne dans le fourgon tiré par deux chevaux. Ils paraissent pressés de partir. Moi aussi. En janvier, les chemins sont mauvais. On met du temps. On arrive à la Barrière Saint-Jacques. On est en retard. La voiture s'arrête, je descends. Vite. Je ne la vois pas encore. Il paraît que c'est fait exprès. Je suis gelé. Il y a là Canler, le sous-chef de la brigade de Sûreté, et Allard. Un prêtre aussi. Tout autour, la foule, tenue à bonne distance par les soldats, quelques privilégiés avides de sang ont payé pour être au premier rang. Cette multitude, je la vois à peine, je ne l'entends pas. Avril descend lui aussi. Il regarde tout autour de lui. Il me paraît serein maintenant. Il voudrait s'approcher de moi et m'embrasser mais ne le peut, entravé qu'il est. Il me dit : « Adieu mon vieux, je vais ouvrir la marche. » Je ne la vois toujours pas. Mais je sais qu'elle est là. Je me retourne. Elle est bien là. Elle nous attend. Je l'imaginais plus grande. Je vois Sanson, le fils. Il était avec son père pour Marie-Antoinette. Il y a trois aides. On nous entraîne au pied des marches. Avril monte le premier, sans frémir. On l'attache sur la planche. Il a encore le temps de dire : « Lacenaire, mon vieux, allons, du courage ! » Un aide s'approche de moi. Il me prend par les épaules et me force à me retourner pour m'éviter l'horrible spectacle. Je me débats, je me tords le cou. Je vois Avril. Le couteau de fer. Je crie : « Je n'ai pas peur ! Va ! Je n'ai pas peur ! » On me force de nouveau. J'entends le couteau lesté de plomb descendre. Un bruit sourd. Et un autre. C'est la tête d'Avril qui vient de tomber dans la bassine de zinc. Et un autre. C'est celui de son corps qu'on a fait glisser dans le grand panier.

L'homme s'arrêta quelques instants. Respira profondément. Ferma les yeux.

– Maintenant ça va aller vite. On déchire ma chemise pour dégager mes épaules. J'arrive à la mort par la mauvaise route, j'y monte par un escalier. On m'attrape. J'aurais voulu lever la tête. Pour voir le couperet. Ça va trop vite. On m'attache à la planche qui s'arrête à mi-poitrine. Elle est encore gluante du sang d'Avril. On la fait basculer à l'horizontale, on la fait glisser, ma tête passe dans la lucarne. La demi-lune s'abat sur mon cou. Un aide vérifie que ma tête est bien disposée. Le bourreau ne veut pas louper son « coup » avec le mien. Je perçois un petit déclic. C'est Sanson qui vient de tirer le levier et de libérer la lame. Elle descend. Elle s'arrête. L'effrayante machine s'est enrayée. Je tourne la tête. Je la regarde une dernière fois. Un nouveau déclic.

– C'est fini, Lacenaire. C'est fini. N'y pensez plus.

Philippe et Lacenaire restèrent silencieux. L'un à côté de l'autre. Sans bouger, sans se regarder. Philippe était ailleurs, Lacenaire avait les yeux fermés. Il avait posé sa main sur le bras de Philippe.

C'est Philippe qui reprit la parole.

– Lacenaire. Je suis votre ami ?

– Oui, Philippe.

Il inspira profondément, avala sa salive, se tourna vers son voisin qui s'était déjà levé et s'apprêtait à rejoindre son siège.

– Lacenaire. Vous savez ce que je fais ici ?

Pierre-François Lacenaire s'arrêta.

– Oui Philippe. Je sais. Vous êtes dans un tribunal.

V

SARAH

Philippe ne se sentait pas bien. Cette dernière rencontre l'avait laissé dans un état de malaise profond. Il était angoissé, durablement, pour de bon cette fois-ci. Il fallait qu'il bouge, qu'il respire, qu'il sorte. Sortir. Comment peut-on sortir d'un avion en plein vol ?

Il se leva et se rendit à l'office où quelque temps avant, — combien de temps avant ? — il avait rencontré Calixte. Il n'y avait personne. Ni lui, ni les hôtesses qui l'avaient accueilli à son arrivée. Personne. Il écarta discrètement le rideau le séparant de la première classe. Seulement quatre fauteuils. Un seul passager. Un homme dont il entrevit un instant le visage, parce qu'il s'était retourné vers l'allée à ce moment. Plutôt celui d'un homme âgé. Philippe n'osa pas rentrer et referma délicatement le léger voile.

Repartant vers l'arrière, il rejoignit sa section. Philippe regarda les quelques passagers présents et fut étonné de ne pas retrouver ni l'écrivain américain, ni la lady écossaise, ni le romanesque criminel parmi eux.

Il continua dans la travée pour se retrouver à l'entrée de la classe économique. Il s'arrêta devant la tenture un bon moment, prit une profonde inspiration, et l'écarta presque brutalement. Personne. Désert. Tous les rangs vides. Ce n'était pas possible! Rentré dans les premiers comme toujours, il avait vu défiler plusieurs centaines de passagers. Des hommes, des femmes, des enfants. Des jeunes, des vieux, des beaux, des moins beaux. Il les avait observés à leur passage comme il aimait bien le faire, imaginant en quelques secondes, leurs vies, leurs espérances, leurs soucis, leurs joies ou leurs drames. Il n'y avait plus personne.

Il s'avança, d'abord lentement, puis se mit presque à courir, jusqu'au galley de queue. Personne non plus. Pas un seul membre d'équipage. Il se retourna. Sous cet angle, l'avion lui parut encore plus vide. Il regarda par le dernier hublot. Il faisait nuit. Le noir absolu. Il regarda sa montre, elle s'était arrêtée.

Philippe s'assit sur un siège. Pour réfléchir. Mais il avait beau réfléchir, rien ne sortait de ses pensées. De toute façon, rien ne pouvait en sortir, il le savait bien maintenant. Il se releva, repartit vers l'avant et se dirigea vers son siège. Il était occupé. À sa place se tenait une petite fille menue, avec des couettes et une robe de petite fille sage. Elle regardait la nuit au-dehors. Il s'assit à côté d'elle, elle se retourna vers lui, lui sourit.

– Pardon monsieur, j'ai peut-être pris votre place.

Philippe lui rendit son sourire. Elle avait un visage de petit ange.

– Ça n'a pas d'importance, tu as bien fait. Je suis content que tu sois là. Tu t'appelles comment?

– Sarah, monsieur. Et vous?

– C'est joli, Sarah. Moi, c'est Philippe.

– Je peux rester?

– Bien sûr, Sarah. Le temps que tu voudras. Je suis bien aussi ici.

La présence de cette enfant rassura Philippe. Bien qu'il sache qu'elle n'était plus, elle aussi, comme les autres, il s'en trouva apaisé. Avec elle à ses côtés, sans qu'il la connaisse encore, il se sentait à l'abri des dangers.

– Tu es toute seule, Sarah ?

– Oui, monsieur. Depuis longtemps déjà. Depuis très longtemps.

– Tu es arrivée comment, dans cet avion ?

– Je ne sais pas, monsieur.

– Mais tu vas où ?

– Je ne sais pas, monsieur.

– Tu vas bien, Sarah ?

– Oui, je crois. Je suis contente d'être à côté de vous. Vous avez l'air gentil.

– Merci, Sarah. Mais tu peux m'appeler Philippe si tu veux.

– Je n'ose pas monsieur. Ça vous embête ?

– Non, pas du tout, Sarah. Quel âge as-tu ?

– Je vais avoir neuf ans, monsieur. Enfin, je crois que je vais avoir neuf ans.

Philippe fit comme s'il n'avait pas entendu cette dernière phrase.

– C'est bien, Sarah. Tu es grande. Tu as dû faire un long chemin pour arriver ici. Tu veux bien me raconter ?

– Oui. Si vous me racontez des choses vous aussi.

– Moi, tu sais, c'est plus long.

En prononçant cette phrase, Philippe se rendit compte qu'elle n'était pas très heureuse. Il regarda la petite Sarah. Elle ne semblait pas y avoir prêté attention.

– Tu es née où, Sarah ?

– Je suis née à Varsovie, monsieur.

Philippe eut subitement très chaud. Ses tempes se mirent à bourdonner, sa vue se troubla.

– Ça ne va pas, monsieur ?

– Si, si, ça va. Ne t'inquiète pas. Continue, ma petite Sarah. — À Varsovie, tu disais.

– C'était bien, Varsovie, quand j'étais toute petite. Mais je ne me souviens pas de tout. Mon papa était professeur de violon, et ma maman médecin.

– Comme moi, Sarah. C'est un beau métier. Le plus beau métier du monde.

– Avec musicien !

– Avec musicien Sarah, avec musicien !

– Vous aimez la musique, monsieur ?

– J'adore. La grande, comme on dit, je n'aime pas ce terme. La musique classique. Beethoven, Brahms, Mozart, Tchaïkovski. Plein d'autres. Chopin, ton compatriote, bien sûr. Je veux dire, qui est né dans ton pays.

– Brahms. C'est mon préféré. Je sais jouer du violon. Bien je crois. J'ai même donné des concerts.

– Raconte-moi, Sarah. Raconte-moi ton histoire, s'il te plaît.

– Je veux bien.

– Je t'écoute, Sarah. Tu habitais Varsovie ?

– Au début, je ne crois pas. Il me semble que j'ai entendu une fois mes parents dire que je venais de Lwów. Mais qu'on a été obligé de revenir à Varsovie, au début de l'été, je ne sais plus pourquoi, dans un quartier qui s'appelait Muranów. Je m'en souviens bien, de ce nom, parce que Papa disait que c'était comme si on était à Murano, à côté de Venise. Je ne connaissais pas Murano, mais Papa disait que c'était bien. Que là où on était maintenant, il n'y avait plus rien à craindre. Mais moi, je ne savais pas ce qu'il y avait à craindre.

– Tu avais des frères et sœurs Sarah ?

– Oui. Une sœur, Hannah. Et deux frères, les plus grands, des jumeaux. Beaucoup plus grands que moi. Jacob et Nathan. J'étais la dernière.

– La petite dernière. Celle qu'on chouchoute toujours. Tes parents devaient être heureux. Une belle famille.

– Oui. On était toujours tous ensemble. Tout le temps. Même quand Papa nous faisait jouer en descendant le plus vite possible à la cave. Quand il y avait beaucoup d'orage. Ça faisait beaucoup de bruit, j'avais peur. Et puis, il faisait nuit dans la cave.

Philippe a compris.

Il voit Sarah. Les sirènes hurlent. Son père la prend dans ses bras. Sa mère attrape par la main Hannah. Ils sortent de l'appartement. Sa mère est très inquiète. Elle ne sait pas où sont Jacob et Nathan. Ils descendent rapidement les escaliers. On entend déjà les premières explosions. Au rez-de-chaussée, ils retrouvent les deux garçons, qui jouaient dans la rue et arrivent en courant. Tout le monde se précipite vers les caves. Il y a déjà plein de monde, ils sont tous serrés les uns contre les autres. Ils restent assis comme ça, on n'y voit pas grand-chose. Un voisin a descendu une lanterne et allume la bougie. Les visages sont tendus, pour certains dirigés vers le haut, pour d'autres cachés dans les mains. Beaucoup prient, d'autres chantent, il y a des enfants qui pleurent. Sarah n'a pas peur, elle est avec son Papa, et un papa, ça n'a jamais peur. Tout là-haut dans le ciel, les avions avancent sur la ville. Tout là-haut, un homme appuie sur un bouton. Le chapelet de mort descend inexorablement. Quelques dizaines de secondes plus tard, l'immeuble de Sarah se met à trembler. Elle ne sait pas que celui d'à côté n'existe plus, qu'il est en feu, qu'elle ne reverra plus jamais Rebecca. Que si l'homme tout là-haut avait appuyé un quart de seconde plus tard sur le bouton… Le bruit pénètre ses oreilles. Ça fait vraiment beaucoup de bruit, un orage. Varsovie est en flammes.

– C'est maman qui nous faisait l'école. Elle nous avait dit qu'elle ne pouvait plus être médecin. On n'avait plus besoin d'elle à l'hôpital. Je ne sais pas exactement. Elle m'a appris le piano aussi. Depuis le grand orage, on n'avait pas le droit de sortir de l'immeuble tout seuls, seulement avec mes parents. J'avais plein d'amis. Alors on se retrouvait dans les escaliers. Je me souviens bien de notre maison. On habitait au quatrième étage. On pouvait jouer dans la cour intérieure quand il ne pleuvait pas, et quand il ne gelait pas. À la maison aussi il faisait froid souvent. C'est Papa qui ramenait du charbon. Mais il n'y en avait pas toujours chez le marchand. À manger non plus, pas toujours. On avait souvent faim. Mais bon, on était ensemble. C'était bien.

Philippe regardait cette petite fille et l'imaginait encore plus jeune, plus petite, plus fragile. Il savait qu'elle ne lui parlerait pas de destin, ou d'absence de destin, ces mots ne voulaient rien dire pour elle, mais il pressentait que le récit qu'elle lui ferait l'amènerait, comme avec ses précédents interlocuteurs, à peut-être réviser son jugement. Sinon à répondre à ses questions.

– Tu es restée longtemps à Varsovie ? Enfin, je veux dire, tu as habité tout le temps à Varsovie ?

– On dirait que vous avez deviné. Vous êtes trop fort. Un jour Papa, est rentré du travail, j'ai bien vu qu'il y avait quelque chose qui n'allait pas. Il a parlé à Maman dans la cuisine, mais j'ai bien vu que Maman pleurait. Papa m'a aperçue, il est venu vers moi et il m'a dit que ce n'était rien, que Maman était tellement contente qu'elle pleurait. Je ne savais pas qu'on pouvait pleurer quand on est joyeux. Vous saviez, vous ?

– Oui, Sarah. Bien sûr. Quand on apprend une très bonne nouvelle, quand un enfant naît dans une maison, des choses comme ça. Chez toi, ce jour-là, c'était quoi la bonne nouvelle ?

– Je m'en souviens bien aussi. Papa est allé chercher mes frères et sœurs et on s'est tous retrouvés autour du poêle. Papa nous a dit qu'il ne pouvait plus travailler au Conservatoire, mais que ce n'était pas grave, il avait déjà trouvé un autre travail. Alors on a tous été contents. Et Maman s'est remise à pleurer. Et Papa nous a dit qu'on allait partir pour loin d'ici. Dans un pays qui s'appelait la France. Que ce serait long, que nous ne pourrions pas y aller tous ensemble, mais qu'on se retrouverait plus tard. Papa et Maman n'avaient pas l'air d'accord.

Philippe voit Isaac. Il a compris qu'il ne fallait pas rester à Varsovie. Sans imaginer totalement ce qui se trame contre eux, il pressent le danger et le drame. Il sait qu'il doit partir avant que le ghetto ne se transforme en piège. Lui et sa femme n'ont plus le droit de travailler. Ils n'auront bientôt plus le droit de vivre. Il a bien réfléchi mais il a hésité. Partir à l'est, du côté des Soviétiques qui ont poignardé son pays dans le dos, c'est l'inconnu. Il ne sait pas que pourtant il a ses chances. Que d'autres le feront. Que leurs odyssées les mèneront pour certains en Sibérie, en Lituanie, au Japon, en Chine, en Amérique. Certains même en Palestine. Partir à l'ouest, du côté des Allemands, c'est choisir le danger. C'est impossible, ou presque. Il y a une autre solution. La Hongrie ou la Roumanie. Et plus loin, si tout se passe bien, la France où il a de la famille et des amis. La France, engagée dans une drôle de guerre, qu'elle va gagner, il en est sûr. Et puis il parle parfaitement la langue. Alors il a choisi. Ce sera la Roumanie. Il a trouvé un passeur. Il aura des faux papiers. Il sait qu'il faut aller vite, et que sa femme Malka aurait fait l'autre choix, mais qu'elle le suivra.

– Alors, vous avez quitté Varsovie ?

– Oui, moi avec Maman et Hannah. Papa avec Jacob et Nathan. Papa a dit qu'on ne pouvait pas partir ensemble, mais qu'on se retrouverait plus tard.

– Ça a dû être long, et dur.

– Oui, un peu. Nous sommes partis très tôt. D'abord à pied, j'étais fatiguée, j'avais sommeil. Papa portait deux valises, Maman seulement une parce qu'elle me tenait la main. Et après, plus tard, Papa est parti dans une voiture avec mes frères. Moi, Maman et

Hannah, on est montées dans un camion. Il y avait d'autres personnes avec nous, et des enfants aussi. On pouvait pas jouer, on était serrés. Et puis il faisait froid.

Philippe imagine la petite Sarah au début de son exode. Isaac et Malka ont emporté ce qu'ils ont pu. Des vêtements, quelques bijoux, l'argent qu'il leur reste. Ils ont payé cher les deux passeurs dans lesquels ils ont une confiance faible, mais ils n'ont pas le choix. Avant de fermer leur logis, précaution bien inutile, ils savent qu'ils ne reviendront plus jamais, ils ont regardé une dernière fois leur chambre, celles des enfants et la petite cuisine. La vie était dure à Varsovie, déjà depuis plusieurs années. Vexations, brimades, pogroms, assassinats. Malka chassée de l'hôpital, puis Isaac du Conservatoire. Mais c'était chez eux, une relative et fragile sécurité. Mais c'était chez eux. Isaac a fermé la porte. Ils descendent l'escalier de pierre, Sarah regarde la cour intérieure où elle jouait avec les autres enfants. Elle pense à Rebecca, elle la cherche du regard, mais elle ne la voit plus déjà depuis quelques semaines, et puis il est tôt, elle doit encore dormir. Elle se retrouve dans la rue, elle n'y a pas été depuis ce qu'elle a appelé le grand orage. L'immeuble où habitait Rebecca n'est plus qu'un tas de ruines, comme celui d'à côté, et encore celui d'à côté. Il est très tôt mais il y a déjà plein de monde. Des familles entières derrière des chariots remplis de meubles empilés les uns sur les autres, et puis des gens comme elle, comme sa famille, des valises aux bras. D'autres à bicyclette, d'autres en voiture, il y a aussi des camions qui passent, on aperçoit à l'intérieur des hommes, des femmes et des enfants. Ils sont tristes, fatigués, usés. Il y a des enfants qui crient, des enfants qui pleurent.

– Tu sais où tu es partie ?

– Non, j'étais petite. Je sais qu'on a traversé plusieurs pays. On marchait souvent la nuit, on a traversé des forêts, j'avais peur. Vous avez peur dans les forêts ?

– Plus maintenant, Sarah, plus maintenant, mais quand j'étais petit oui. Je me souviens dans ma famille, à la campagne, en Haute-Savoie.

– C'est où, la Haute-Savoie ?

– C'est loin d'ici. En tout cas, aujourd'hui, c'est très loin, peut-être plus que je ne peux l'imaginer. Il y a des montagnes, des champs de blé, des vaches et des lapins.

– Ça doit être beau. Racontez-moi.

– J'étais petit moi aussi. Le soir, avec mon grand frère, on descendait à la fruitière, c'est là qu'on va porter le lait des vaches, après la traite. On descendait par un sentier bordé d'arbres. Il faisait tout noir. Alors, nous aussi, on avait peur, alors on se parlait, on se racontait des histoires et, pour rentrer, on courait très vite.

Sarah se mit à rire. Philippe en fut éperdument heureux. Sarah pouvait rire. Depuis combien de temps ne l'avait-elle fait ?

– Alors tu vois, tout le monde a peur dans la forêt. C'est normal.

– C'est ce que me disait Maman. Alors, je me serrais contre elle, et je continuais à avancer.

– Et puis tu es sortie de la forêt.

– Oui, mais il y en avait beaucoup. Maman disait que c'était mieux. Qu'on était plus tranquilles. Parce que des fois on passait dans des villages, et là, c'était plus dur. Les gens qui étaient là n'étaient pas toujours gentils avec nous. On ne pouvait pas s'arrêter pour se reposer, pour essayer de trouver à manger. Alors on dormait dehors, ou dans des maisons de bois. Une fois, on est restés beaucoup de jours dans une maison de bois. Là aussi, il y avait plein de gens qui attendaient.

– Qui attendaient quoi ?

– Je ne sais pas. Je crois qu'ils étaient là depuis longtemps. Dites, on reparlera de la Haute-Savoie ?

– Oui Sarah, on en reparlera. C'est promis.

– Il y avait plein d'enfants aussi. Je ne comprenais pas toujours ce qu'ils disaient.

– Tu veux dire qu'ils ne parlaient pas la même langue que toi ?

– Oui. Mais c'était bien quand même. On jouait toute la journée. J'avais plein d'amis. C'était bien.

Malka fuit. Avec Sarah et Hannah. Philippe ne peut pas savoir exactement quelle route elle a suivie. Et puis à cette époque, les frontières ne sont pas celles d'aujourd'hui. Peut-être sont-ils passés directement en Roumanie, peut-être ont-ils traversé avant la Hongrie, ou la Slovaquie. Ils n'ont pas été très bien accueillis, ils ont été arrêtés, internés dans des camps de réfugiés, ils ont souffert de la faim, de la soif, de la pluie et de la neige. Du froid. Certains ont été battus, d'autres tués, d'autres renvoyés. Personne ne veut d'eux. L'Europe s'enfonce dans le chaos, ils n'arrivent pas au bon moment. Et puis, ils sont Juifs. Malka et ses deux enfants ont marché sans cesse, dormi à la belle étoile. Peut-on vraiment employer cette expression dans ces circonstances ? Parfois, ils ont trouvé un abri forestier, une ferme où on les a acceptés dans l'écurie, où on leur a peut-être donné à manger. Il n'y a pas que des mauvaises gens sur cette terre. Alors, ils réussissent à atteindre un autre pays. Sans doute la Roumanie, dangereuse aussi pour eux. Ils sont internés, parqués avec d'autres Juifs, des apatrides, des opposants au régime qui s'installe, et glisse lentement vers la collaboration et l'horreur, lui aussi.

– Tu es restée longtemps dans cette maison de bois ?

– Oui. Longtemps. Très longtemps. Jusqu'à ce qu'il fasse moins froid. C'était le moment où les fleurs poussent et j'ai fait un bouquet pour Maman. Et puis, un jour, on a tous été très heureux en voyant arriver Papa, Nathan et Jacob. Maman a pleuré longtemps. Alors pour fêter ça, j'ai joué du violon. Du Brahms. Vous aimez Brahms ?

– J'adore Brahms. Il faudra qu'on parle musique, aussi, Sarah. Ton violon, tu l'avais emmené avec toi ?

– Oui, mon violon et Ruth. C'est tout ce que j'ai pu emporter de Varsovie.

– Ruth ?

– Ma poupée de chiffons. Elle était belle. Elle avait des tresses et une belle robe.

Philippe n'osa pas demander où pouvait bien être passée Ruth. Ce détail l'attrista.

– Et vous, en Haute-Savoie, vous aviez quoi pour jouer ?

Philippe hésita.

– Tu sais, quand j'étais petit, entre garçons, on jouait à la guerre.

– La guerre. Je connais ce nom. Papa et Maman en parlaient souvent. Mais je crois que ce n'est pas un jeu.

Philippe ne savait plus trop quoi dire.

– Tu as raison, Sarah, la guerre, ce n'est pas un jeu. Mais tu sais, toi qui es une fille, les garçons sont bêtes. Dis-moi, Sarah, vous êtes partis de la maison de bois ?

– Oui, un jour, Papa est venu nous dire qu'on partait. Il avait les papiers. Je ne savais pas ce que cela voulait dire. Qu'on partirait en bateau. Qu'il faudrait encore marcher pour aller jusqu'au bord de la mer. Je m'en souviens bien parce qu'il a dit que la mer était noire. Moi je n'avais jamais vu la mer, alors je ne sais pas de quelle couleur elle était.

Philippe voit Isaac se démener. Il a encore dépensé de l'argent pour d'autres papiers, peut-être acheté un fonctionnaire corrompu, payé le transport sur le bateau. Il espère aller en Turquie, et de là en Palestine, la Terre Promise. D'autres l'ont déjà fait. Le passeur, encore un, le lui a assuré. Alors, ils quittent le baraquement. Sarah embrasse ses amis. Et ils repartent sur les routes, vers la mer. Ils marchent et ils marchent. Les chemins sont encombrés de réfugiés qui ne savent plus trop où aller. Ceux qui ont encore un peu d'argent pourront peut-être partir. Les autres resteront. Ils ne savent pas encore qu'ils vont disparaître. Isaac et sa famille atteignent la mer Noire, au port de Constanta. Ils attendront encore plusieurs mois, et encore des mois. Sarah aura d'autres amis. Un autre printemps passera. Enfin, un jour, ça y est. C'est le départ. Ils se rendent au port. Le bateau est là. Il s'appelle le Struma. *Il est vétuste, tout rouillé, la cale n'est séparée de la mer que par la peinture, mais il doit les emmener à Istanbul, où ils espèrent obtenir un visa britannique pour la Palestine. Mais tout s'enraye. Le capitaine ne les accepte pas à son bord et ils se retrouvent sur le quai, avec leurs valises et leur misère. Isaac et sa famille sont ramenés au camp. Isaac ne sait pas que le destin lui a accordé un avertissement, un délai provisoire. Il ne saura jamais que le* Struma *va errer sur les mers, que les Turcs refuseront le débarquement aux passagers qui vivent à bord dans des conditions épouvantables. Il ne saura pas qu'ils le remorqueront dans la mer que Sarah n'a pas trouvée si noire que cela. Il ne saura pas qu'un sous-marin le coulera et qu'il n'y aura qu'un seul survivant sur les sept cent soixante-huit passagers. Et que celui-ci connaîtra Israël.*

– Papa nous a dit qu'on ne prendrait plus le bateau. Qu'il était trop vieux, et trop sale. Alors qu'on continuerait à marcher et peut-être reprendre un camion, et aussi le train. Moi, ça m'était égal, je voulais juste qu'on ne se quitte plus. J'étais triste un peu aussi quand même, car j'allais encore une fois quitter mes amis. On a attendu encore des jours dans la maison puis, un matin, un camion nous a emmenés, on a même dormi une nuit dedans. Puis on a marché encore, avec encore des forêts, et des lacs, et des montagnes. Je marchais bien. Même quand j'avais faim. On a encore été dans des maisons de bois où il y avait encore plein de gens et d'enfants. Ils parlaient des langues encore différentes. Je me souviens qu'un jour Papa a dit qu'on était en Italie, et que, plus loin, il y avait la France. Et qu'une fois arrivés en France, on serait tranquilles, on n'aurait plus besoin de marcher. Vous connaissez la France ?

– C'est mon pays, Sarah. C'est là qu'il y a la Haute-Savoie. Alors, tu es arrivée en France ?

– Oui, mais ça a été long encore. Papa disait qu'il n'y avait pas de place encore pour nous, mais que c'était pour bientôt. Il avait raison, Papa.

– Les papas ont toujours raison, Sarah.

– C'est drôle ce que vous dites, Papa disait aussi comme vous. On a attendu encore des jours dans une autre grande maison de bois et puis un jour, on est montés dans un grand car qui nous a conduits dans une grande ville. Au bord de la mer. C'était très beau. C'était à Nice. Et là aussi, la mer était bleue.

– À Nice, c'est normal, Sarah, on l'appelle même la Grande Bleue.

– Je pensais bien. Une mer noire, c'est bizarre. Pourtant Papa m'a parlé aussi de la mer Rouge. Vous croyez qu'elle est vraiment rouge celle-là ?

Philippe s'en sortit par un petit mensonge.

– Je ne sais pas, Sarah, je ne l'ai jamais vue. Alors à Nice, qu'est-ce que tu as fait ?

– On est allés à l'hôtel. Une vraie maison. La chambre était petite, mais c'était chez nous. Papa a dit qu'on resterait toujours ensemble maintenant et que tout irait bien. Je n'ai pas bien compris parce que tout allait bien. Et puis Maman a encore pleuré.

– Parce qu'elle était contente, tu vois, je te l'ai dit. On pleure parce qu'on est heureux et ta maman l'était. Vous aviez fait un très grand voyage, très long depuis Varsovie. Maintenant, vous voilà à Nice, et la vie va être plus simple.

Pourquoi Philippe disait-il cela ? Il connaissait l'histoire. Pas celle de Sarah. Mais l'autre, celle avec un grand H. Il savait que la communauté juive, réfugiée de Menton à Marseille, n'avait connu qu'un répit de courte durée.

– C'était bien. Je me suis fait de nouveaux amis. Surtout Esther et Jonathan. Eux, ils venaient d'un autre pays. La Hollande. Et eux aussi, ils avaient fait un grand chemin pour arriver ici. Ils avaient beaucoup marché. Et puis, ce qui était bien à Nice, c'est qu'on avait le droit de sortir, d'aller se promener, alors on allait jouer au parc. Il y avait plein de fleurs, et des arbres que je n'avais jamais vus. Et puis il y avait tout le temps du soleil. Et puis la mer. Je n'avais jamais mis les pieds dans la mer.

– Tu n'allais pas à l'école Sarah ?

– Je ne sais pas ce que c'est, monsieur, l'école.

– Tu n'apprenais pas à écrire, à dessiner ? L'histoire de ton pays ?

– C'est ça, l'école ? Alors si, dans notre chambre, tous les jours, sauf un, le samedi. C'est Maman qui nous apprenait tout. Et Papa, la musique et puis le français. Parce que Papa, un jour, il nous a dit qu'on allait rester dans ce pays longtemps. Alors j'ai appris le français, presque aussi vite que la musique. Et puis Esther et Jonathan aussi. Alors après on pouvait bien discuter tous les trois. Au parc, sous les palmiers, c'est comme ça qu'ils s'appelaient, les arbres que je ne connaissais pas.

Et Sarah continue à parler. Elle est souriante, presque radieuse. Elle raconte à Philippe son bonheur, son insouciance d'enfant.

Philippe l'imagine avec ses deux amis. Elle, toujours avec sa petite poupée Ruth. Dans le parc, ils ne refont pas le monde comme le font parfois les adultes un verre à la main, en regardant les étoiles le soir, l'été. Ils font le leur. Ils se voient déjà grands. Jonathan, le plus âgé, se voit grand professeur de médecine, il soignera des enfants. Esther sera écrivain. Elle a déjà lu plusieurs livres. Elle sera célèbre. Sarah sera violoniste. Une très grande violoniste. Son père lui a dit qu'un jour, elle jouerait à New-York, en Amérique, il lui a montré où c'était sur une carte du monde. Elle jouera dans une grande salle, le Carnegie Hall. Il y aura plein de monde. À la fin du concert, elle aura joué le concerto pour violon et orchestre de Brahms, tout le monde l'applaudira. Et Ruth sera au premier rang avec son papa et sa maman, et Jacob et Nathan et Hannah. Et il y aura aussi Rebecca qu'elle va retrouver. Et ça ne s'arrêtera jamais. Ils rient tous les trois de leurs bêtises. Ils sont heureux. Ils ont raison. L'horizon s'obscurcit sous le soleil du midi. La ligne de démarcation vient d'être franchie par les Allemands, le midi occupé par leur allié italien. Ce ne seront pas les pires pour eux. Ce sera même encore un répit. Peut-être le dernier, ou l'avant-dernier. Il est tard. Ils se lèvent et courent vers l'hôtel. Ils ont encore passé une journée merveilleuse.

– Et puis tu as continué à vivre comme ça, à Nice. Comme avant ?

– Oui. Sauf un jour, j'ai vu Maman qui cousait quelque chose sur nos vêtements. Une étoile jaune. C'était joli. Elle m'a dit que c'était pour qu'on puisse se retrouver, si on se perdait. Moi, je voulais bien, mais alors pourquoi Papa et Maman l'avaient aussi accrochée sur leurs vêtements ?

– Tu sais, parfois, les grandes personnes font des choses que les petits ne peuvent pas comprendre. Plus tard tu… Philippe s'arrêta. Enfin, c'est compliqué. L'essentiel, c'est que vous soyez restés tous ensemble. Tu es restée longtemps à Nice ?

– Longtemps. Des jours et des jours. Et puis, un jour, Papa est arrivé. Il était pas comme d'habitude. Il a discuté avec Maman, mais on était là aussi. Il a dit que les Italiens partaient et que c'était les Allemands qui arrivaient à Nice. Il a dit qu'on ne pourrait plus sortir comme avant, plus tout seuls. J'ai compris que les Allemands n'étaient pas gentils avec nous, parce que nous étions Juifs. Et pourtant, dans l'hôtel, il y avait Hila et Walter. Eux aussi ils étaient allemands, et pourtant ils étaient très gentils. Et je les aimais bien. Alors on sortait avec Papa ou Maman, on allait au parc comme avant, mais on jouait moins longtemps.

Alors, Philippe imagine de nouveau la petite Sarah à Nice. Le temps passe. Quelque part en Allemagne, près de Berlin, au bord du lac de Wannsee, il y a déjà quelque temps, d'autres ont décidé de son destin. Isaac et Malka peuvent bien faire tout ce qu'ils peuvent, la machine est en route. À Nice, comme partout, la vie devient difficile.

Des rafles ont déjà eu lieu, des enfants se sont retrouvés seuls. Le danger est partout.

– Et puis, un jour, on a dû quitter encore une fois notre maison, l'hôtel où on était. Papa et Maman nous ont dit qu'on ne pouvait plus rester. Moi, j'ai été de nouveau triste parce que j'allais encore quitter mes amis. Et puis, on ne pouvait pas partir tous ensemble parce qu'il n'y avait pas assez de place pour nous dans le train.

Malka, Hannah et Sarah partiront au petit matin. Il fait encore nuit. La veille, Sarah a vu sa maman découdre l'étoile jaune sur leurs vêtements. Elle lui a dit que c'était parce qu'ils ne pouvaient plus se perdre maintenant. Ils partent à pied vers la gare. La jeune fille qui les accompagne est inquiète. Ils ont tous des faux papiers, mais leurs fausses identités ne tiendront pas longtemps en cas de contrôle. Et puis, ils ont un accent qui ne trompera personne. En arrivant sur le quai, il y a la Police française. Tout à côté, des soldats allemands, et des hommes en imperméables de cuir. On fait ouvrir les bagages, on inspecte les laissez-passer. La jeune fille est inquiète, mais elle ne semble pas avoir peur. C'est son cinquième voyage, et tout s'est toujours bien passé. Il y a beaucoup de monde, c'est sa chance. Et puis elle est déterminée. Elle a la foi. La vraie. Un policier l'arrête. Elle montre ses papiers. Malka fait pareil sans un mot. Le policier la regarde. La jeune fille croise ses yeux. Elle sait que l'agent a compris. Il se passe de longues secondes. Il les laisse passer. Encore un répit du destin.

– Et ce train, où allait-il ?

– Je ne sais pas. Dans une grande ville. La dame qui était avec nous était très gentille aussi. Elle nous a amenés dans une maison. Une vraie maison, en pierre, avec des fenêtres et un jardin. Mais elle nous a dit de ne pas sortir, et de ne pas ouvrir les volets. C'était dommage, parce que c'était très beau dehors, avec des arbres et des fleurs. Mais Maman nous a dit de faire ce qu'elle avait demandé. Et puis, la dame nous a dit qu'elle reviendrait après la nuit et qu'on repartirait encore pour une autre maison. J'en aurai vu, des maisons, vous savez, monsieur.

– Je te crois, ma petite Sarah. Alors le lendemain, la dame est revenue ?

– Non. Ni le lendemain, ni l'autre jour après le lendemain. C'est dommage parce que je l'aimais bien. Elle nous avait laissé à manger dans la maison. C'était pas facile pour manger, parce qu'on était presque dans le noir. Mais c'était bon.

– Mais cette dame, tu ne l'as plus jamais revue ?

– Non. Jamais. On est restés plusieurs jours tous les trois. Et puis un matin, on a frappé très fort à la porte. Moi j'ai cru que c'était la dame qui revenait. Mais c'était pas la dame.

– C'étaient des soldats, Sarah.

– Vous devinez tout ! Maman et Papa nous avait expliqué ce que c'était, des soldats. Et pourquoi ils avaient des fusils. Pour se défendre, disait Papa. Mais eux, ils étaient pas gentils. Ils criaient très fort. Et ça faisait pleurer Hannah.

L'esprit de Philippe retourne plus de soixante-dix ans en arrière. Malka ne dort pas. Cela fait plusieurs jours qu'elle est seule avec ses deux filles dans cette grande maison vide aux volets fermés. Elle ne sait rien des occupants précédents. C'est une maison qui a vécu, rien n'a bougé, il y a des photos de famille sur le buffet. Les grands parents, les parents le jour de leur mariage, un poilu, un enfant habillé en petit marin à côté de son cheval de bois. Le temps semble s'être arrêté. Ça sent le bonheur passé. Ne passe qu'une faible lumière à travers les persiennes et elle ne peut pas allumer, la jeune femme le lui a bien dit. Elle devrait déjà être revenue. Malka a un mauvais pressentiment. C'est le troisième matin, on cogne à la porte. Coups de poing, coups de pied, elle entend crier en allemand. On enfonce la porte. Les soldats surgissent dans l'entrée, face à Malka qui est descendue. Le premier la bouscule et monte l'escalier, puis les autres à sa suite. Un officier les suit. Puis deux civils, en imperméables de cuir noir et chapeaux.

Malka sait ce que cela veut dire. Elle tend à l'officier ses papiers et ceux de ses enfants. Pauvre Malka. Geste dérisoire qui fait rire le soldat qui les examine. Il crie « Jude » et donne des ordres à la troupe qui a investi et fouille la maison. L'officier semble être déçu. Peut-être espérait-il qu'il y ait plus de monde. On les emmène sans ménagement. Hannah pleure, Sarah se colle contre sa maman. Un soldat lui arrache Ruth des mains et la jette par terre en criant. Sarah ne comprend pas ce qu'il a dit. Tant mieux. Il a dit : « Là où tu vas, tu n'en auras pas besoin. » On les fait monter dans un camion. Malka est terrorisée, elle serre ses deux enfants contre elle. Elle pense à Isaac, à Nathan et Jacob. Elle ignore où ils sont. Elle sait à cet instant qu'elle ne les reverra plus jamais. En démarrant, le camion passe devant une Traction noire. À l'arrière, il y a la jeune fille. Elle a le visage tuméfié, la tête qui penche presque par la fenêtre, le regard vide. Malka pense qu'elle les a trahies. Et pourtant non, Malka, mais tu ne le sauras jamais, et Philippe ne pourra jamais l'imaginer. Elle n'a pas parlé. Elle a été arrêtée, interrogée, battue, torturée. Mais elle n'a pas parlé. C'est un voisin de la maison qui les a données. Tout simplement. La Traction va repartir. Elle va s'arrêter plus loin, on ouvrira la portière et on jettera la jeune fille dans le fossé. Laissée pour morte. Mais elle n'est pas morte. Elle sera recueillie par des paysans, cachée et soignée dans une ferme. Plus tard, elle rejoindra le maquis. Qui la prendra pour une espionne. Et la fusillera. Elle s'appelait Pauline. Elle avait vingt-cinq ans. Elle était étudiante en médecine. Le destin est implacable.

Philippe ne savait plus bien comment poursuivre la conversation. Sarah paraissait heureuse de raconter sa vie, d'avoir quelqu'un qui l'écoutait, quelqu'un de gentil à côté d'elle, comme elle disait. Mais Philippe craignait l'issue de son récit. Comment la fin pouvait-elle être heureuse ?

– Tu veux qu'on parle de la Haute-Savoie ?

– Je finis mon histoire, si vous voulez bien. Vous voulez bien ?

– Oui, Sarah, bien sûr. Continue. On parlera de mon pays après. Continue. Les soldats vous ont emmenées.

– Dans une grande maison. Il y avait beaucoup de gens, beaucoup de soldats, des camions qui entraient et qui sortaient dans la cour. On n'est pas restées longtemps, on nous a encore fait monter dans un camion, puis on a été dans un train. J'étais fatiguée, on est restées debout pendant tout le voyage.

Philippe demanda timidement.

– Et ce train, il vous a emmenées où ?

– Je ne sais pas exactement. Mais j'entendais les grandes personnes qui parlaient autour de nous. Et j'ai entendu « Paris ». Vous connaissez Paris ?

– Oui, Sarah, bien sûr. C'est une très grande et très belle ville.

– Ah bon ? Parce que là où on est allées, c'était pas très beau. Une très grande maison de pierre. Il y avait plein de monde, là aussi. On est restées plusieurs jours. Et j'avais faim.

Philippe sait où arrive la petite Sarah. Du moins, il l'imagine. Ce n'est pas Paris. Mais Drancy. Et sûrement, ce n'est pas très beau. Ils sont entassés, Juifs errants de toute l'Europe. C'est l'antichambre de la mort. Une nasse d'où personne ne peut sortir. D'où personne ne doit sortir. Les barbelés, les gendarmes et les SS y veillent. Philippe voit Malka. Elle est affolée. Avec ses enfants, elle parcourt les étages du bâtiment, espérant encore retrouver son mari et ses deux fils. Ou quelqu'un qui pourrait lui donner des nouvelles. Qui les aurait vus. Mais elle a beau courir dans cette foule entassée, apeurée, interroger à la volée, elle n'apprendra rien. Elle est désespérée. Malka baisse les bras. Et pourtant elle trouve encore une fois la force qu'il faut pour se ressaisir. Pour ses deux filles. Pour leur expliquer qu'elles ne resteront pas là, qu'on leur donnera à manger, qu'elles partiront d'ici, que la famille sera bientôt réunie. Malka n'y croit plus, mais il faut sourire à Hannah et Sarah.

Philippe n'osait plus parler. Il n'osait plus poser de questions. Et pourtant Sarah voulait poursuivre son histoire. Elle vit son malaise dans ses yeux.

– Ça va, monsieur ? Vous avez l'air triste.

– Ça va, Sarah. Je suis juste un peu fatigué.

– C'est ma faute. Vous vouliez peut-être dormir ? Je vous embête ?

– Non, Sarah, tu ne m'embêtes pas. Surtout pas. Tu as envie de continuer. Continue, Sarah. Je t'écoute.

– C'est gentil. Eh bien Maman avait raison. On est parties vite. Très vite. On est montées encore dans un train, mais là, c'était vraiment pas bien. Tout le monde était debout. Il n'y avait rien pour s'asseoir. On n'avait rien à manger. Rien à boire. Maman nous a dit que c'était parce qu'il y avait trop de monde, alors il fallait qu'on soit tous dans le même wagon. Que ceux qui nous emmenaient dans une autre maison ne pouvaient pas faire autrement. Mais moi j'avais faim, et puis, maintenant, j'avais froid.

Philippe est horrifié. Il avait espéré sans y croire une autre fin. Mais le destin ne laisse décidément aucune chance à la petite Sarah. Tout s'est joué au bord du lac.

Il la voit encore la petite Sarah. Bousculée sans ménagement avec sa mère et sa sœur. Les soldats allemands sont sur le quai, avec leurs chiens qui aboient et mordent. Ceux qui sont déjà dans les wagons les aident à monter. On les remplit autant qu'on peut. On entend le claquement des portes que l'on fait glisser et que l'on verrouille. Puis un coup de sifflet qui marque la fin définitive de l'espoir comme s'il pouvait en rester encore un.

Philippe ne parle plus. Il a de nouveau la gorge sèche, les yeux fixés sur le sourire de Sarah. Il ne peut plus l'entendre. Il ne peut plus la laisser parler. Alors il lui parle de montagnes, de lacs, de fleurs et de papillons. Il lui parle de la Haute-Savoie de son enfance et puis de sa Savoie toute proche. Il lui parle de neige, de prairies, de vaches et de poules. La petite Sarah ne se rend pas compte que Philippe lui vole la fin de son histoire. Mais Philippe n'en peut plus. Il sait trop comment se termine son histoire, il ne veut pas l'entendre.

Mais l'esprit est plus fort que la volonté. Il n'y a rien à faire, et les images terribles et obsédantes s'imposent à son cerveau.

Le trajet sera long. Trois jours et trois nuits. Avec des arrêts dus aux bombardements, aux ravitaillements en eau et en charbon pour les machines. Trois jours sans manger, trois jours sans boire. Impossible d'être tous assis en même temps. Au bout de trois jours, l'odeur est épouvantable. Certains sont déjà couchés et ne se relèveront plus jamais. Malka a dit à ses filles qu'ils dormaient. Au bout du voyage, l'enfer. Il fait nuit, il fait froid, il neige. Au bout des rails qui se terminent comme s'il n'y avait plus rien après, on les débarque comme des animaux. La vision est apocalyptique. Le cerveau de Philippe ne peut pas s'arrêter. Philippe les voit alignées. Puis on les pousse vers des baraquements, d'autres maisons en bois, aurait dit Sarah, d'où émergent des fantômes rayés. Elles passent la première sélection. La pire. La dernière pour eux. Sarah et Hannah sont collées à leur mère. Les soldats hurlent, les chiens mordent encore. Elles sont toutes les trois. Perdues. Malka est terrorisée, Sarah et Hannah sont ailleurs. Déjà. Un homme crie en yiddish au jeune adolescent qui est à côté d'elles : « Éloigne-toi de la femme et des enfants. » Et lui sauve la vie. Au moins ce jour. Malka et ses deux filles sont dirigées vers l'autre porte. L'autre direction. On les fait déshabiller. Il gèle à pierre fendre. Elles avancent avec tous les autres vers un grand bâtiment de béton. Dans un dernier sursaut, Malka a dû dire à ses filles : Encore une autre maison. Vous verrez, on sera bien. À l'intérieur, la salle est nue, la salle est sombre. Une rumeur enfle. C'est la douche. Pour le typhus et la vermine. Sarah regarde vers le plafond. Elle a peur que l'eau soit froide. C'est terminé.

– Pourquoi vous pleurez, monsieur ?

– Parce que je suis heureux de t'avoir rencontrée, ma petite Sarah. Je te l'ai dit, les adultes pleurent parfois parce qu'ils sont heureux. C'est curieux.

– Moi aussi, je suis heureuse de vous avoir rencontré et de vous écouter parler de votre pays. Et pourtant, je ne pleure pas.

– Parce que tu es une petite fille Sarah. Parce que tu es une petite fille. Et les filles, contrairement à ce que disent les garçons, ça ne pleure pas pour un oui ou pour un non.

– Je ne vous ai pas raconté la fin de mon histoire. Ça ne fait rien. C'était plus beau les montagnes, et puis les vaches, et surtout les papillons. Mais, maintenant, il faut que je parte, monsieur.

Philippe marqua un temps d'arrêt.

– Que tu partes. Mais pour aller où, Sarah ?

– Ben, pour rejoindre ma famille. Ils doivent se demander où je suis passée.

– Ta famille ? Mais elle est où, ta famille ? Tu m'avais dit que tu étais seule.

– Ah bon ? Je ne me souviens plus. Ils sont plus loin à l'arrière. Il y a Papa et Maman, et aussi Hannah, et Jacob et Nathan.

– Alors va vite, Sarah. Ils doivent être inquiets. Sarah. Je peux te poser une question ?

– Bien sûr monsieur.

– Sarah. Est-ce que tu sais ce que je fais ici ?

– Je ne sais pas, monsieur. Mais je ne comprends pas trop votre question. Vous devez bien le savoir, ce que vous faites ici. Décidément, vous posez de drôles de questions, vous, les grandes personnes.

La petite fille se leva et se dirigea vers l'arrière. Elle s'arrêta, revint vers Philippe.

– Monsieur. Je peux vous embrasser ?

Philippe se remit à sourire.

– Bien sûr Sarah. J'en serais très heureux, et très fier.

– Alors je vous embrasse. Mais vous n'allez pas pleurer, dites.

– Non, c'est promis.

– Et puis on reparlera de la Haute-Savoie la prochaine fois.

– Oui, Sarah. C'est promis.

Et la petite Sarah déposa un bisou sur le front de Philippe, et partit en courant. Philippe regarda sa montre. Les aiguilles n'avaient pas bougé. Elle était toujours arrêtée. Philippe se pencha vers le hublot. La nuit était toujours noire. Son cœur se mit à battre très fort.

VI

UNE FEMME SIMPLE

Philippe ressentit le même malaise qu'après le départ de Lacenaire. Pourtant la rencontre avec la petite Sarah n'avait pas laissé à Philippe la même impression. Les deux personnages n'étaient en aucun point comparables, et bien que la fin de la petite Juive fût tout aussi tragique que celle du criminel, Philippe en était ressorti différemment. L'innocence, La spontanéité de l'enfant, avaient atténué l'horreur du récit.

Le malaise qui l'oppressait à nouveau n'avait rien à voir avec sa dernière entrevue. Philippe, maintenant, savait qu'il parlait à des morts. Tout était passé, tout avait été fait, tout avait été écrit. Il n'y avait plus rien à dire, plus rien à changer. Pour certains plus rien à espérer. Non, ce qui gênait Philippe, c'était de ne pas savoir le pourquoi. Pourquoi était-il ici, dans cet avion, à discuter avec des ombres ? Pourquoi Lacenaire lui avait-il parlé d'un tribunal ? De quoi pouvait-il être accusé ? Et par qui ?

Le cerveau de Philippe fonctionnait trop vite. Il se mit à respirer rapidement. Ces symptômes, il les connaissait bien. L'angoisse.

L'épouvantable angoisse, qui vous terrifie, qui vous coupe les jambes, qui vous paralyse. Celle qu'il avait vue si souvent dans le regard de certains de ses patients. Voilà, maintenant, c'était pour lui.

Philippe ferma les yeux, essaya de se vider l'esprit, de ne plus rien entendre autour de lui. Ce fut presque facile. Il n'y avait aucun son. Philippe ne l'avait pas encore vraiment perçu, mais il régnait dans cet avion un silence absolu. Même pas le bruit régulier des réacteurs.

On ne peut empêcher son cerveau de penser, de parler. Celui de Philippe prononça — silence de mort. Philippe chassa ce mot, se mit à respirer plus lentement, agita ses doigts dans ses paumes comme pour évacuer la moiteur de ses mains, allongea en les tendant au maximum ses jambes, ouvrit les yeux. La crise était passée.

– Bonjour, Docteur.

Philippe sursauta. Il ne s'était pas rendu compte d'une nouvelle présence à ses côtés. Une femme. Âgée elle aussi, comme Lady Elgin, mais bien différente. Il avait d'abord reconnu la voix. Sans être familière, il la connaissait. Et puis ensuite la personne, et son habituel sourire bienveillant.

Il faillit lui dire : que faites-vous là ? Mais se contenta d'un : « Bonjour madame Tisse, je suis heureux de vous rencontrer ici. »

Philippe se leva, lui proposa le siège voisin.

– Et moi donc. Vous m'avez manqué, vous savez. Depuis que l'on s'est quittés.

– Moi aussi, vous me manquez. Ça fera combien de temps ?

– Je ne sais plus, j'ai un peu perdu la notion du temps.

– Au moins dix ans, je pense. Dix ans. C'est long.

– Je ne me rends plus bien compte, vous savez.

Oui, dix ans, cela devait faire à peu près dix ans. Dix ans qu'il avait signé, pour madame Tisse, sa patiente, son certificat de décès. Cette fois-ci, il n'avait plus aucun doute. Dans cet avion, à part lui, et il en restait persuadé, tout le monde était mort. Et cette constatation définitive ne déclencha chez lui aucune réaction particulière.

– Je suis heureux de vous voir, madame.

– Et moi donc ! Mais Docteur, il y a quelque chose qui me ferait très plaisir. Que vous n'avez jamais fait. J'aimerais bien que vous m'appeliez par mon prénom.

– Yvonne.

– Vous vous en souvenez !

– Bien sûr. Moi, c'est Philippe, vous savez.

Philippe, par mimétisme se mettait à parler un peu comme sa patiente, qui ponctuait souvent ses phrases de « Vous savez ».

– Non. Ne le prenez pas mal, mais vous serez toujours mon docteur.

– Soit Yvonne. Laissons docteur. Est-ce qu'on peut dire. Comment allez-vous ?

Alors Philippe et Yvonne, puisqu'elle voulait qu'il l'appelle ainsi, partirent dans une conversation que tout auditeur proche et indiscret aurait considérée comme anodine. Elle n'avait pas vraiment répondu à sa question. À peine un, — Vous savez, c'est difficile à dire. — aussi énigmatique qu'imprécis. Elle s'était plutôt intéressée à son docteur. Comment allez-vous ? Toujours aux quatre coins du monde ? Et vos enfants ? Vous m'avez écoutée, vous vous reposez un peu ? La conversation qu'ils auraient eue un jour ordinaire, comme quand il lui rendait visite. Comme quand elle était vivante. Philippe en était touché, il la voyait telle qu'elle était. Enfin, avant.

Sauf que le regard qu'elle lui portait était différent. Plus malicieux. Beaucoup plus malicieux. Comme si elle prenait un plaisir à le voir gêné, car il l'était. Comme si elle se rendait compte que la situation, évidemment anormale, mettait Philippe mal à l'aise. Anxieux. Ou pire. Angoissé.

Elle se trompait un peu. Si Philippe avait été déstabilisé dès qu'il s'était rendu compte que, de toute évidence, il parlait à des morts, s'il avait effectivement traversé des phases d'anxiété et même d'angoisse, ses symptômes avaient disparu. Ses rencontres, avec la petite Sarah puis, maintenant, avec sa patiente, l'avaient finalement rassuré. Il ne pouvait pas imaginer que l'une ou l'autre puisse lui vouloir du mal. Et s'il n'avait pas osé vraiment interroger l'enfant, il était bien décidé à en savoir plus cette fois-ci.

– Yvonne. Je n'irai pas par quatre chemins. Est-ce que vous savez ce que je fais ici ?

– Je crois que vous prenez l'avion !

Madame Tisse eut un petit rire étouffé, un large sourire aux lèvres.

– Pardonnez-moi, Docteur. Vous savez que je vous aime bien, mais vous voilà maintenant un peu à ma place il y a quelques années. J'en avais des questions à vous poser, des choses à vous raconter. Mais vous étiez toujours pressé. Je ne vous fais pas de reproches, vous m'avez très bien soignée, et je sais que vous étiez très occupé. Votre cabinet, votre travail aux urgences, vos voyages dans le monde entier. Pourtant, j'aurais aimé parler plus longtemps avec vous, vous savez.

– Alors c'est moi qui suis désolé et dois vous demander pardon. Et il n'est pas trop tard si je comprends bien, puisque nous voilà de nouveau réunis. Alors, savez-vous ce que je fais ici ?

– Vous voyez, vous recommencez. Allons Docteur, pour une fois, prenez votre temps, et écoutez-moi. Et peut-être pourrai-je vous dire ce que vous faites ici.

Philippe ne répondit pas. Il ne savait pas quoi penser. Madame Tisse voulait-elle parler pour rattraper le temps perdu, ou devait-elle parler comme l'avaient fait avant elle cet Américain qui se disait Jack London, Lady Elgin, Calixte, Lacenaire et la petite Sarah ? Pourquoi étaient-ils dans cet avion, défilant les uns après les autres devant lui, racontant leurs histoires, leurs vies, leurs destins ? Philippe savait pourtant qu'il n'aurait pas les réponses à ces questions, mais comme une obsession, elles revenaient sans cesse. Et il se rappelait aussi la phrase de François Lacenaire. — Oui Philippe. Je sais. Vous êtes dans un tribunal.

Mais quel tribunal ? Et pour être jugé de quoi ?

En sorte résigné, mais totalement calme, Philippe se pencha vers sa voisine, comme pour recueillir une confidence. Ou une confession.

– Je ne vous ai jamais raconté ma vie Docteur, et pourtant elle en vaut la peine. Vous voulez bien m'écouter ?

Madame Tisse regarda Philippe dans les yeux.

– Je vous dois bien ça Yvonne. Je vous écoute.

Madame Tisse regarda encore Philippe, et lui fit un large sourire.

– C'est bien loin, très loin, mais je me souviens de tout. Je suis née en 1920, mais ma vie, elle a commencé à quatre cinq ans, comme tout le monde. Je veux dire par là, qu'avant je n'ai pas de souvenirs. Elle a commencé à Paris, sur les escaliers de Montmartre, entre la place du Tertre, le Sacré-Cœur et Pigalle. Sur la butte. Nous habitions au 17 passage de l'Élysée des Beaux-Arts dans un petit immeuble, mais mon existence, c'était la rue, les deux cent vingt-deux marches de la rue Foyatier, la place Blanche, la rue Lepic. Mes parents se sont peu occupés de moi. Mon père, je ne sais pas exactement ce qu'il faisait, je crois qu'il était dans la mode, mais sa paie ne rentrait jamais à la maison. Sa vie à lui, c'était le jeu, les courses, les femmes et les chevaux, et les boîtes de nuit. Ma mère, comment dire, disons que, elle…

– Elle tenait commerce…

– Oui, c'est ça, c'est exactement ça. Elle partait le matin, et revenait le soir, et ramenait l'argent à la maison.

– Drôle de vie. Pas forcément le meilleur début.

– Non, ne croyez pas cela. Je n'étais pas malheureuse. Mon père était absent, ma mère ne m'aimait pas, mais je n'étais pas malheureuse à ce moment-là. J'étais libre, et j'ai eu raison d'en profiter. J'allais à l'école chez les sœurs, mais mon éducation, je l'ai faite dans les faubourgs, toute seule. J'ai appris à lire, à compter et à écrire. Et avec les sœurs, à prier. À l'époque, il n'en fallait pas beaucoup plus. Pour compléter les revenus du ménage, ma mère louait au cirque Médrano un petit appartement au sommet de l'immeuble. Des artistes y passaient régulièrement, et je me souviens surtout des clowns, surtout trois, trois frères, enfin je crois qu'ils étaient frères, en tout cas c'est comme ça qu'on les appelait, les Fratellini. Alors j'allais au cirque sans payer. Le rêve. Voilà pourquoi je n'étais pas malheureuse.

– Et tout ça a duré combien de temps ?

– Jusqu'à l'adolescence, jusqu'à ce que je passe mon certificat d'études. En ce temps-là, ça valait quelque chose. Mais vous allez trop vite, je n'ai pas fini de vous raconter mon enfance, le début de tout.

– Pardonnez-moi encore, j'allais oublier que nous avions le temps. Enfin, je crois.

– Bien, vous devenez raisonnable. Comme je vous l'ai dit, ma vie c'était la rue, ou plutôt les escaliers, que l'on grimpait et descendait à longueur de journée. J'en ai usé, des rampes, et des vêtements. Je rentrais le soir, sale et toute trouée. Alors c'était la raclée. Mais je n'en avais rien à faire. J'avais le cuir dur. Pour moi, ma mère était une étrangère qui ne comptait pas. Ma grand-mère, que j'ai un peu connue, mais qui était tout aussi absente, me disait : « Ta mère est une garce ». Enceinte de moi, si elle avait pu me faire passer, comme on disait, elle l'aurait fait. Elle voulait un garçon. Je ne sais pas bien ce qu'elle en aurait fait, mais bon, j'ai été la déception de sa vie. Plus tard, quand j'ai lu *Vipère au poing*, j'ai pensé à ma mère. Voilà pour le décor familial.

– Vous étiez courageuse.

– Déterminée surtout. Et puis vous savez, la rue, si vous en sortez, c'est la meilleure des écoles. Elle vous apprend à vivre, à vous défendre, à résister, à vous faire respecter. J'étais encore trop petite pour tout ça, mais ça laisse des traces. Et puis quand j'avais du chagrin, j'allais rêver.

– Dans ce monde de brutes, vous aviez un endroit pour rêver.

– Oui, le paradis, le Casino de Paris.

– Le Casino de Paris ! Mais à quel âge ?

– Ben j'avais cinq ans, et je traînais dans les coulisses et les loges. Je passais partout, tout le monde me connaissait. Je me souviens, j'entendais Mistinguett, vous savez, avec sa voix particulière, dire à Chevalier : « Momo, va voir la môme ». Et, devant elle, je chantais. On dit que j'ai de belles gambettes, c'est vrai. Maurice Chevalier esquissait quelques pas, et tout le monde riait. Et je rentrais le soir avec mes rêves, et j'étais heureuse, et le reste n'avait pas d'importance. Même quand mon père rentrait certains soirs, saoul comme toujours, et qu'en me voyant prier il disait : « Tu vas nous porter la poisse avec tes prières. » Il avait peut-être raison. Plus tard, j'avais douze ans, pour assouvir ses passions et ses penchants, il a fini par piquer dans la caisse, et se faire virer. À l'époque, c'était vite fait. Comme d'autres arrosent leur premier emploi, lui il a arrosé son congé. Et ça s'est terminé dans le canal Saint-Martin. Je crois que personne ne l'a pleuré, à part peut-être les chevaux. Et pour nous, ça n'a rien changé. Ma mère rentrait juste un peu plus tard, et j'ai vu défiler les bonshommes à la maison.

– Triste sortie de l'enfance malgré tout.

– Vous savez, l'époque était rude, on abordait la crise, d'autres étaient plus malheureux que moi, j'ai appris à ne jamais me plaindre.

– Je sais. Je l'ai vu plus tard. Alors, et après ?

– Je suis tombée malade. J'étais fatiguée, essoufflée. Un jour ma mère m'a dit, je me demande maintenant si elle n'avait pas le sourire en le disant : « Tu es pâle comme la mort, je vais t'emmener chez le médecin. » C'était la première fois que je voyais un médecin. Je m'en souviens encore très bien. Son cabinet était tout proche de chez nous, rue des Abbesses. Au quatrième étage. J'ai cru mourir en y montant. On a attendu longtemps, la salle d'attente était pleine. Il nous a fait rentrer dans son bureau. Il avait l'air sévère, avec son nœud papillon et ses grosses lunettes. Au mur il y avait trois portraits de Napoléon, ça m'avait marquée. Il m'a examinée sans dire un mot, il s'est tourné vers ma mère et a dit : « Anémie. »

– Anémie. Mais encore.

– Non. Anémie. C'est tout. Et il a écrit quelque chose sur une ordonnance. Nous sommes rentrées à la maison, et le lendemain, comme tous les jours après pendant au moins un mois, ma mère m'a emmenée à l'abattoir.

– À l'abattoir ? Vous me faites peur.

– Oui, à l'abattoir. Pour y boire du sang de veau chaud. C'était le traitement de l'époque. En tout cas, celui du Docteur Saint-Paul. Et un mois après, je pétais la forme. Alors je suis devenue rebelle.

– Rebelle à quoi ?

– À ma mère. En ce temps-là, la majorité, c'était vingt et un ans. Pas moyen de faire quoi que ce soit, avant, sans l'autorisation des parents, donc d'elle. Et j'avais des projets. Fuir la maison, et voyager. Alors j'ai attendu. Ma mère m'a fait travailler dans une fabrique de cartons, engagée à la journée. Le soir, je ramenais ma paie et je devenais sa boniche.

– Et vous avez attendu combien de temps comme ça ?

– Eh bien jusqu'à ma majorité. Je me suis mariée. Avec le premier venu. Je devrais plutôt dire le dernier. Mais aucun intérêt de vous en parler. J'étais la boniche de ma mère, je suis devenue la boniche de mon mari.

– Raté !

– Un peu. Mais j'ai vite divorcé. Et je me suis retrouvée libre, sans un sou, et à la rue.

– Mais déterminée comme je vous connais, vous n'y êtes pas restée longtemps.

– Non. Je ne voulais pas finir comme ma mère, à grimper et descendre les escaliers des hôtels du quartier. Parce que c'était ça qui m'attendait. La prostitution. Et puis je savais ce que je voulais faire.

– C'est-à-dire ?

– J'avais une amie, Louise, dont la mère était gravement malade. Un jour, elle m'a demandé de l'accompagner à l'hôpital. À Cochin. Sa mère allait mourir, elle ne supportait plus d'y aller toute seule. Nous sommes rentrées dans une grande salle commune avec un plafond très haut. De très grandes fenêtres et un poêle à bois au milieu. On aurait dit une église. Il y avait des dizaines de lits blancs, en métal, et dans chaque lit une vieille femme, démente ou mourante. Des infirmières passaient de lit en lit apporter des soins, un peu de réconfort, d'apaisement. J'ai vu un jeune médecin constater un décès, mal caché par un paravent. C'était la première fois que je voyais cela. C'était horrible. En sortant du vieux bâtiment, j'ai regardé le soleil, j'ai respiré un grand coup, j'ai pleuré. Louise aussi. Mais je savais ce que je voulais faire. Je voulais être infirmière.

– C'est comme ça que je vous ai connue, infirmière, mais déjà à la retraite.

– Oui, vous vous en souvenez, bien sûr. Mais ça ne s'est pas fait tout seul. On était en 1940. C'était la guerre et Paris était occupé par les Boches. Louise m'a logée un moment chez elle, sa mère était morte. Une septicémie. À l'époque, ça ne pardonnait pas, vous savez. Et puis Louise s'est trouvée comme moi dans les difficultés financières. Elle devait déménager, et ne pourrait plus m'accueillir. Alors le destin a frappé à la porte.

– Tiens, encore lui. Vous y croyez ?

– Évidemment. Sans lui, pour moi, c'était le trottoir et la vérole. À l'enterrement de la mère de Louise, j'ai rencontré son oncle, propriétaire d'un laboratoire pharmaceutique à Lyon, qui cherchait des employés. Alors me voilà, avec une valise, toute ma fortune, à la Gare de Lyon, partie pour une nouvelle vie. Il était très introduit dans les milieux médicaux et m'a fait rentrer à l'école d'infirmières. Et les heures et les jours de congés que j'avais, je les passais à remplir des ampoules de solutés pour les hôpitaux. Je logeais sous les toits dans une toute petite chambre, tout près de Lyon, à Caluire, montée des Soldats. C'était la guerre, les restrictions, j'avais faim souvent, froid tout le temps l'hiver. Un jour, j'ai croisé un homme, rue du Mail. Il avait un pain sous le bras. J'ai eu envie de lui arracher. C'était dur.

– Mais vous ne l'avez pas fait.

– Non, bien sûr.

– Mais vous étiez toujours aussi déterminée.

– Oui. Je voulais y arriver. Et j'y suis arrivée. J'ai réussi mon diplôme. Et je suis entrée à l'hôpital pour mon premier poste d'infirmière. À Grange Blanche. Vous connaissez, bien sûr. On était en 1943, et à Lyon, ça devenait très difficile.

– Je sais.

– Votre maman.

– Oui.

– Vous m'en parliez souvent. Elle aussi, elle a connu tout ça. Oui, c'était dur, on n'avait rien à manger, rien pour se chauffer. Les files d'attente pour rien, les tickets de rationnement.

– Et en plus les Allemands.

– Oui, les Allemands. Un soir, je suis rentrée tard, après le couvre-feu, et j'avais oublié mes papiers. Je me suis fait arrêter par une patrouille. Ils étaient deux, je m'en souviens comme si c'était hier. Il y avait un jeune et un vieux. Enfin, un plus âgé. Le jeune m'a attrapée par le bras et a voulu m'embarquer à la Kommandantur. Le vieux lui a parlé assez sèchement. Je ne comprenais pas ce qu'il disait, mais en gros il devait lui dire de me ficher la paix. Le destin. Encore le destin, Docteur. Ils m'ont laissée partir. Quand je suis arrivée chez moi, je tremblais encore. On était en hiver, mais ce n'était pas de froid.

– Et vous avez fini la guerre à Lyon ?

– Pas vraiment. Un jour, le médecin-chef de service m'a fait appeler dans son bureau. J'y suis allée en tremblant. Je tremblais beaucoup à l'époque. Autrefois, le médecin-chef, c'était Dieu le Père, vous savez. On avait des rapports avec la surveillante, avec les externes et les internes, les chefs de clinique. Mais pas le Grand Patron.

– Vous aviez fait une ânerie ?

– Je ne voyais pas trop, mais c'est ce que j'ai cru. J'ai confié mon patient à une collègue, j'ai rajusté ma tenue et ma coiffe. Devant la grande porte de bois de son bureau, j'ai pris une grande inspiration, et j'ai frappé. Une voix douce m'a répondu « Entrez ».

– Et alors ?

– Je suis rentrée timidement. Son bureau m'a fait penser à celui du Docteur Saint-Paul. En beaucoup plus grand. Il n'y avait pas de portraits de Napoléon, mais de vieux messieurs l'air sérieux. Et puis des livres et des livres. Et puis la surveillante. Je me suis dit — pas bon signe. Ils étaient tous les deux debout, je suis restée debout. Elle avait le sourire, j'ai regardé le Patron, il avait le sourire. Il s'est dirigé vers moi, et m'a serré la main. Il avait le sourire, la surveillante aussi. Je me suis dit — peut-être bon signe.

– Ça sentait la promotion.

– Pas vraiment. Enfin pas tout à fait.

– Vous m'intriguez.

– Il m'a interrogée sur mon parcours, sur ma vie, sur mon enfance. Mon travail au laboratoire avant que je rentre à Grange Blanche. En me demandant beaucoup de détails. Si j'avais de la famille à Lyon, des copines, un petit ami. J'ai trouvé ça un peu curieux, mais j'ai répondu, bien sûr. Sans trop savoir où il voulait en venir. Et puis nous avons parlé de Lyon, de la guerre, et des Allemands. Il avait toujours le sourire. La surveillante n'avait pas dit un mot. Et puis il a lâché : « Et le Maréchal, vous en pensez quoi ? »

– Question dangereuse.

– Oui. Je ne savais plus trop où me mettre. J'ai regardé le Grand Patron. J'ai regardé la surveillante, toujours aussi silencieuse. Elle m'a regardée dans les yeux et m'a dit : « Vous n'avez rien à craindre, Yvonne. Vous pouvez parler. » Je me suis tournée vers le Professeur et je lui ai dit. Mot pour mot. Impossible d'oublier : « Je n'ai jamais aimé l'eau de Vichy. Et je préfère le Général au Maréchal. » Et le Grand Patron a fait quelque chose que je ne lui avais jamais vu faire, il s'est mis à rire et m'a demandé de m'asseoir. Il a continué : « Si on vous demandait de transporter quelque chose, sans savoir ce que c'est et sans savoir à qui vous le remettez, mais si on vous dit seulement que c'est pour Londres que vous le faites, et que vous ne devez jamais en parler à qui que ce soit, est-ce que vous êtes partante ? » Voilà comment je suis rentrée dans la Résistance, comment je me suis fait appeler Renée. Comment ma vie a encore changé.

– Qu'est-ce que vous faisiez exactement ?

– Au tout début, des petites choses. Mon agent de liaison, c'était la surveillante. Elle me confiait un pli. Je le portais à une adresse à Lyon ou dans la région lyonnaise. Je le déposais dans une boîte aux lettres. Je ne voyais personne. C'était tout. Il était convenu que je n'avais pas de questions à poser. Je n'en posais pas. La surveillante arrangeait mes horaires pour que je puisse effectuer ces transports. Parfois, c'était un colis. Au poids, j'essayais d'imaginer ce que c'était. Des papiers, une arme, de l'argent, je ne savais pas.

– Vous n'aviez pas peur, vous qui trembliez si facilement ?

– Au début non. Et puis Marthe, enfin la surveillante, son nom dans la Résistance, m'avait inculqué quelques techniques pour ne pas être suivie. Au cas où. C'était presque un jeu. Je ne pensais pas aux risques.

– Vous voyiez le Grand Patron de temps en temps ?

– Je comprends le sens de votre question. Non. Seulement dans le service et pour raison de service. Personne ne pouvait imaginer le lien qui nous réunissait, lui, la surveillante et moi. Et puis un jour, Marthe m'a demandé de transporter des valises. Cette fois-ci, c'était plus dangereux. Elle m'en a montré une et l'a ouverte devant moi. Un poste radio et tout ce qu'il fallait à un agent pour communiquer avec Londres. Il fallait réceptionner la valise en mains propres à un endroit précis, et la remettre à un autre agent à un autre endroit. La plupart du temps, assez loin de Lyon. Il fallait prendre le bus, le car ou le train.

– Avec des risques de contrôle beaucoup plus marqués, cette fois-ci.

– Je ne m'en rendais pas compte. Sauf le jour où Marthe m'a remis une ampoule de cyanure. Au cas où. Mais je ne l'aurai jamais utilisée.

– Vous n'avez jamais eu de problèmes.

– Non. Dans les gares, quand il y avait des contrôles, — Au faciès, au hasard, à l'instinct, — il fallait avoir l'air détendu, serein.

Mais c'est toujours passé. Et puis lors des contacts. À la réception de la valise, à sa livraison. À chaque fois avec un ou une inconnue. Toujours en silence. Avec toujours le risque de la trahison. Alors parfois, oui, la peur.

– Mais vous avez continué.

– Oui. Chaque fois plus loin. En ayant chaque fois plus peur. Et puis un matin, après le service, Marthe m'a parlé du Grand Patron. Elle m'a dit toute l'admiration qu'elle avait pour lui. Elle était sûrement amoureuse de lui. Elle m'a demandé de faire une mission à sa demande. Descendre à Nice réceptionner une famille juive et les mettre à l'abri dans l'Ain, en remontant en train. Je n'avais jamais fait ça. J'ai hésité et j'ai accepté. Marthe m'a fourni tous les faux papiers, j'ai appris toutes les instructions par cœur. Marthe m'a donné rendez-vous place Bellecour, dans un café, pour me donner les dernières directives, les horaires, les dates. Je m'y suis rendue comme convenu. Marthe est arrivée quelques minutes après. Elle m'a dit que ma mission était annulée. Par Félix, le Grand Patron. Elle ne m'a donné aucune raison. C'était comme ça, il n'y avait pas à discuter. Je ne l'ai pas fait. De toute façon, ça n'était pas le lieu. À Lyon, même les murs avaient des oreilles. Et puis c'était la règle. Alors on a bavardé, comme si de rien n'était, des banalités. Et on s'est séparées. Je n'ai revu Marthe que deux ans après. À l'hôtel Lutetia à Paris, en 1945, de retour de déportation.

– Je me doutais que cette histoire allait mal se terminer. Enfin plus ou moins, puisque vous êtes revenue. Qu'est-ce qui est arrivé ?

– Deux jours après, je suis rentrée chez moi. La Gestapo m'y attendait. J'ai été transférée à la prison de Montluc. J'ai été interrogée, emprisonnée et déportée. En camp de concentration, à Zwodau, quelque part en Tchécoslovaquie. Je suis rentrée en 1945. Je pesais moins de 40 kilos. Mais je ne vous parlerai pas de ça si vous le voulez bien.

– Je comprends.

– Mais je vous parlerai du destin. Encore lui. Vous allez finir par y croire. Comme je vous l'ai dit, le hasard m'a fait retrouver Marthe à Paris après la victoire. Elle aussi avait été arrêtée, torturée, déportée à Ravensbrück. Mais elle avait survécu. Elle m'a donné des nouvelles du Grand Patron, qui avait fui de son bureau à Grange Blanche quelques minutes avant son arrestation et échappé sans doute à la mort. Il a rejoint Londres. Le réseau avait été trahi. On n'a jamais su comment. On a parlé de ma dernière mission, celle que je n'avais pas faite. À la dernière minute, le Grand Patron a hésité, il ne m'a pas sentie encore assez forte et expérimentée pour la faire. Il a envoyé un autre agent, qui avait déjà fait ce genre de transfert. C'était une femme. Elle a été arrêtée. Torturée, laissée pour morte par les Allemands, soignée par des paysans, elle a rejoint le maquis.

Madame Tisse fit une pause, inspira comme si elle hésitait à aller plus loin.

– Elle a été prise pour une espionne et fusillée. Elle avait pris ma place. Le destin m'a sauvée, le destin l'a tuée. Elle s'appelait Pauline. C'était une externe du service. Elle avait vingt-cinq ans. Elle était belle comme un cœur.

Un long silence s'ensuivit que Philippe respecta. Ses pensées s'envolèrent vers cette période, vers Pauline, vers sa patiente, vers Renée et son patron. Vers son père, déporté en Poméranie orientale, vers sa mère dont il se rappelait les souffrances durant l'Occupation. Il repensa à Sarah. Oui, le destin, si c'était lui, en avait bouleversé ou brisé, des vies. Mais était-ce le destin, ou la folie des hommes ? Tout était-il écrit, ou façonnaient-ils leur avenir et celui des autres au gré de leur volonté ?

C'est Philippe qui mit fin au silence.

– Et après tout ce tumulte Yvonne. Qu'êtes-vous devenue ?

Yvonne regarda vers le haut, comme si elle regardait vers le ciel.

– Je ne suis restée que quelques jours au Lutetia, et c'était tant mieux. L'accueil n'a pas été merveilleux, il faut bien le dire. Paris était libéré depuis plus d'un an, les Français voulaient penser à autre chose, et passer à autre chose. Nous arrivions trop tard, plus personne ne nous attendait. Interrogées, déshabillées, désinfectées, radiographiées, entassées dans les chambres de l'hôtel transformées en dortoir, on aurait presque pu croire que le cauchemar continuait. Les Allemands en moins.

– J'ignorais tout cela, ça n'a pas dû être agréable.

– Non, mais vous savez, ce que j'avais vécu m'avait endurcie, et ça ne m'a pas plus attristée que ça. Au bout de trois jours, on donnait un pécule à celles ou ceux qui pouvaient repartir. Moi, on m'a transférée à Bichat où je suis restée deux mois pour y être soignée, puis envoyée à Moissac en maison de repos. En avril 1946, je me retrouvai à Paris, à la Gare de Lyon, avec une valise, une médaille, le fameux pécule, pas de logement et pas de travail.

– Un peu « retour à la case départ » en quelque sorte.

– Oui. Mais la France avait changé, et moi aussi. Je ne me voyais plus reprendre mon travail d'infirmière dans un hôpital. La vie que j'avais menée avait été dangereuse, exaltante, j'avais envie d'autres choses. Je voulais être utile. Autrement. J'ai compris qu'il fallait que je quitte ce pays.

– Pour aller où ? Sans argent si j'ai bien compris.

– Nous étions en 1947, l'insurrection en Indochine avait commencé en décembre de l'année précédente à Hanoï. C'était le début de la guerre. Encore une. J'ai postulé pour l'Armée qui commençait à accepter plus largement des femmes. Visite médicale. Radiographie. Refusée.

– Les séquelles de la déportation ?

– Oui. Rien à faire. Il fallait que je trouve autre chose.

– Toujours déterminée, Yvonne.

– Oui, impossible de m'arrêter. Alors j'ai écrit à mon ancien patron, qui avait récupéré son service à Grange Blanche, et il m'a trouvé un poste à l'hôpital. À Hanoï. Et me voilà quinze jours plus tard. Avec ma valise. À Marseille.

– Partie pour une nouvelle aventure.

– D'abord pour une longue croisière. Quinze à vingt jours normalement. Sur le Pasteur. J'avais eu l'accord d'embarquer avec le Corps expéditionnaire, avec des ambulancières, des infirmières, des convoyeuses de l'Air et des femmes de coloniaux. Quarante femmes au total. Une toute petite, très petite partie du bateau nous était réservée. En première classe ! Comme les officiers. Il y avait plus de quatre mille hommes à bord, entassés dans des conditions rudimentaires, dormant à fond de cale, ou pour certains sur le pont. Je me souviens bien de l'embarquement. Sous les sifflets et les insultes des dockers et des syndicats qui dénonçaient la sale guerre, comme ils disaient. Protégés par les gendarmes.

– Bon début.

– Pas plus impressionnée que ça, vous vous en doutez. Un peu plus confortée dans mon idée de partir. Trois coups de sirène et le bateau s'est éloigné de la cité. J'ai à peine regardé la côte, à l'inverse de beaucoup des soldats présents. Combien se demandaient s'ils la reverraient un jour ? Nous avons longé la Corse et la Sardaigne, traversé le détroit de Messine. Puis le canal de Suez. Je me souviens d'avoir vu la statue de Ferdinand de Lesseps, et Port-Saïd, la première escale. La chaleur commençait à devenir intenable, les hommes aussi parfois. La police militaire mettait de l'ordre comme elle le pouvait dans cet ensemble un peu disparate entre les fantassins, les artilleurs, les aviateurs, les légionnaires, sans oublier les goumiers et les tabors. Le voyage s'est poursuivi, nous avons débouché sur la mer Rouge qui était d'un bleu magnifique.

Philippe eut une pensée pour la petite Sarah.

– Et ce fut l'escale à Djibouti. Pour moi, le dépaysement était total, c'était vraiment la porte de l'Orient. Un officier et des hommes de troupe nous ont accompagnées. Je n'avais jamais vu ça évidemment. Les souks, les marchands ambulants, une crasse indescriptible, les moutons, les chèvres et les chameaux dans les ruelles. Nous avons fini la journée, épuisées par la chaleur, au Palmier en zinc. Une institution. J'y ai bu une bière, je ne buvais pas d'alcool à l'époque. Maintenant non plus d'ailleurs. Enfin, je voulais dire…

– J'ai compris.

– Ensuite l'océan Indien. J'ai vu des poissons volants et des dauphins accompagner le *Pasteur* pendant des heures. Et puis nous avons essuyé une très forte tempête, la troupe était malade, tout le monde vomissait, mais le bateau était solide et nous avons atteint Colombo. À Ceylan. Nouvelle escale. Puis le détroit de Malacca et Singapour, où nous avons visité le quartier chinois. Et puis nous avons approché du but. Le *Pasteur* a mouillé au large du Cap Saint-Jacques. Son tirant d'eau ne lui permettait pas de remonter jusqu'à Saïgon. Je suis restée à bord. Des troupes sont descendues, transbordées sur de petits cargos. Je me souviens du *Saint Michel*, il paraissait tout minuscule à côté du *Pasteur*. D'autres troupes sont montées à bord et du matériel a été chargé. Puis le bateau est reparti pour longer les côtes du Vietnam, jusqu'à Tourane. Nouvelle escale avant la baie d'Along et le mouillage du Puceron. Un nom pareil, ça ne s'oublie pas. En voyant ce paysage fabuleux, j'avais du mal à penser que la guerre était toute proche. Et pourtant, ce jour-là, j'ai entendu le canon tonner. Et puis Haïphong et enfin, après vingt-trois jours de voyage, et les derniers kilomètres en train, Hanoï. Et le début d'une nouvelle vie.

– Comment s'est passée votre arrivée ?

– Je ne connaissais pas Saïgon qu'on m'avait décrite animée, grouillante, dynamique, alors je n'ai pas été déçue par Hanoï. Et puis je n'étais pas là pour ça. Malgré tout, la ville m'a paru bien morne, presque triste. Son avenir immédiat était derrière elle, elle avait été désertée par beaucoup de ses habitants, les commerces français avaient commencé à être repris par les Chinois ou les

Indiens. Il y avait bien le palais du gouverneur, le Théâtre municipal, une sorte d'Opéra Garnier miniature, les grands boulevards et les belles maisons des coloniaux, mais on sentait bien que le temps était passé et qu'il ne reviendrait pas. Et puis il y avait l'hôpital Lanessan, c'est là que j'allais travailler. Et c'est là que j'ai passé les plus belles années de ma vie.

– Vous êtes restée longtemps ?

Madame Tisse hocha de la tête en regardant Philippe.

– Sept années. Je n'aurais jamais pensé rester si longtemps. De 1947 à 1954. Et je n'ai pas vu le temps s'écouler.

– Toujours à Hanoï ?

– Oui. J'ai été logée à l'hôpital les premières semaines, le temps de trouver un logement, ce qui a été facile, il y avait de la place. Un petit meublé tout près de la Cathédrale Saint-Joseph, rue de la Mission, dans le quartier français. J'allais à l'hôpital à vélo, à deux à trois kilomètres de là, en longeant le lac Hoàn Kiem, et à la messe à pied.

– Vous étiez croyante ? Je pense à l'ampoule de cyanure.

– Je l'ai toujours été. Je priais tous les soirs depuis ma petite enfance. Ça énervait mon père. C'était mon refuge. Ça me mettait à l'abri de ma mère, puis plus tard des difficultés, de la peur, des Allemands, de la peur de nouveau en Indochine. Peur de la misère, de l'hostilité qui montait, et puis de la maladie et de la mort. Parce qu'à Lanessan, c'était ça.

– J'allais vous en parler. C'était comment Lanessan ?

– Le travail était énorme. L'hôpital était réservé aux militaires et aux Français. C'était comme ça à l'époque. Très vite, nous avons vu arriver les blessés des combats tout proches. J'étais en chirurgie. Alors j'en ai vu, des membres arrachés, des crânes défoncés, des grands brûlés. J'en ai vu mourir, des jeunes hommes. Pendant sept ans. Mais c'est loin tout ça.

Le regard de madame Tisse sembla à Philippe parti dans le vague. Peut-être sur les rives du Fleuve rouge ou dans la Baie d'Along où elle se rendait parfois pour s'échapper. Elle avait voulu lui raconter sa vie, elle n'y arrivait plus.

Mais maintenant Philippe avait l'impression qu'elle n'avait plus envie de parler, qu'elle n'avait pas envie de raconter cette guerre, toutes ces peines, tous ces drames. Qu'elle n'avait pas envie de raconter son courage et ses souffrances. Philippe fut obligé de l'imaginer.

On est en mai 51. Yvonne est rentrée tard. Très tard. Et pourtant le téléphone la réveille, c'est l'hôpital qui lui a installé la ligne. Il est une heure du matin. Elle décroche. Elle met un peu de temps à comprendre. Elle s'habille et descend. Le médecin-colonel lui a envoyé sa voiture avec son chauffeur. À cette heure, il ne veut pas qu'elle vienne à vélo, le Viêt-Minh est partout. Le soldat a ouvert la porte, elle monte. Il la met au courant. L'offensive d'hier a été meurtrière, il y a eu des accrochages partout. Bernard, le fils unique de De Lattre, a été tué à Ninh Bình. Les médecins sur le terrain sont débordés, épuisés. L'hôpital est submergé. Tout le personnel militaire et civil est appelé. Quand elle arrive à l'hôpital, il y a des ambulances partout, des brancards dans tous les couloirs. On entend les cris des blessés, pour certains le seul remède sera la morphine. Ça court dans tous les sens, ça meurt dans tous les coins. Elle file au bloc opératoire, s'habille et rentre en salle. Elle sait ce qu'elle a à faire. Quand elle rentrera chez elle, il sera plus de vingt heures. Et elle y retournera le lendemain. Quelques jours après elle sera avec tant d'autres à la Cathédrale Saint-Joseph, la Cathédrale des Martyrs, avec sa foi, pour soutenir De Lattre dans son chagrin.

– Et le destin, Yvonne ? Parce que vous êtes bien venue me parler du destin, n'est-ce pas ?

Madame Tisse retrouva son air malicieux.

– Vous êtes têtu, mais ce que vous voulez savoir, en vrai, c'est ce que vous faites ici, et vous voulez savoir si je le sais. Et vous voulez savoir si je sais ce que je fais ici. Madame Tisse se mit à rire. Je ne sais pas si j'ai été très claire.

– J'ai surtout l'impression que vous ne voulez pas me le dire.

– Non, Docteur, croyez-moi. Je ne sais pas ce que je fais ici. Je ne sais pas pourquoi je suis là, sinon pour vous parler de ma vie et du destin. Et pour répondre tout de suite à votre prochaine question, je ne sais pas comment je suis arrivée là. Ni qui, si qui il y a, m'a envoyée ici.

Philippe resta silencieux. La franchise de madame Tisse l'avait surpris. Elle ne lui avait rien appris de précis et pourtant, sans répondre à ses questions, elle l'avait un peu éclairé. Mais il fallait maintenant qu'elle aille jusqu'au bout de son récit.

– Alors. Ce destin ?

– La guerre a continué. Il y a encore eu d'autres morts, d'autres blessés, d'autres souffrances. Le Corps expéditionnaire s'engluait dans ce conflit, la France nous abandonnait. Cette guerre n'intéressait pas la métropole. Et puis est arrivé le 7 mai 1954, et la chute de Diên Biên Phu. Un désastre. Plus de deux mille morts dans nos rangs, plus de onze mille prisonniers. Trois mille rentreront, décharnés, squelettiques. Nous les accueillerons à Hanoï. Et puis il y a eu les accords de Genève, et le temps du départ. J'allais quitter l'Indochine. Sans regrets, sans tristesse, et sans honte. Il était vraiment temps. Le médecin-colonel m'avait obtenu une place en avion. D'abord pour Saïgon en appareil militaire, puis ensuite sur la ligne. Saïgon, Rangoon, Calcutta, Dehli, Karachi, Le Caire, Tunis et Paris. Il me trouvait épuisée et ne voulait pas que je rentre en bateau. Alors je me suis préparée. La veille du départ, j'ai pris mon vélo et j'ai fait le tour de la ville. Elle était triste, morne, déserte, les Français partaient. J'ai longé le lac Hoan Kiem, jeté un dernier regard sur l'île de la Tortue. J'ai pédalé comme une folle, je voulais revoir toutes les rues, les boulevards, le Grand Théâtre, les hôtels, les bars où j'avais passé tant de moments d'insouciance. Pour oublier le reste. J'ai gardé pour la fin l'hôpital Lanessan. Mon hôpital. Je suis allé embrasser quelques collègues. Quand j'en ai vu une, elle s'appelait Édith, qui devait partir le lendemain aussi, mais par les mers, je me suis dit que je n'avais pas le droit d'être favorisée, qu'elle le méritait mieux que moi. Elle, elle avait connu le feu. Alors, avec l'accord du médecin-chef, je lui ai cédé ma place. Le lendemain, je suis allée prier à la cathédrale et la voiture du colonel m'a emmenée à la gare centrale. Avec ma valise et une malle. Le train a traversé le pont Paul Doumer, encombré de réfugiés, et j'ai regardé une dernière fois le fleuve Rouge, vers le Yunnan, vers la Chine. J'ai pensé à tous ceux qui étaient sur cette rive, et qui ne reviendraient jamais. Et j'ai fait ce que je n'avais jamais fait, même dans les camps, j'ai pleuré.

Madame Tisse s'arrêta un instant. Philippe resta silencieux.

– Je suis arrivée à Haïphong et j'ai embarqué sur le *Maréchal Joffre* qui attendait en baie d'Along. Il y avait des bateaux partout. Nous avons fait une première escale à Saïgon. Je n'ai pas voulu descendre. Pour moi, c'était fini, je ne voulais pas remettre les pieds sur cette terre. Le navire était plus petit que le *Pasteur*. L'ambiance était différente aussi. Il rapatriait surtout des blessés, mais aussi des colons, et des soldats. À l'entrée du fleuve, nous avons croisé l'USS *Saint-Paul*, les Américains arrivaient. On connaît la suite.

– Et vous avez fait le même chemin que sept ans auparavant.

– Oui. Pas avec le même état d'esprit, mais oui, le même. Avec les mêmes relâches. Et puis avec une petite différence.

– Une petite différence ?

– À bord, j'ai remarqué un jeune marin qui construisait une maquette de bateau en laiton. Je me suis intéressé à la maquette. C'était celle du *Triomphant*, sur lequel il avait combattu dans le Pacifique. Et puis je me suis intéressée au marin. Il s'appelait Henri. C'était un ancien des FFL, il avait passé trois ans en Indochine où il avait servi dans les fusiliers marins. Il rentrait sur Marseille pour y être démobilisé. Nous avons sympathisé. Je n'ai pas vu le temps passer. Nous avons franchi Suez et le canal et fait escale à Alger pour y débarquer les blessés dont l'état ne leur permettait pas d'aller beaucoup plus loin. Et des soldats. Je les ai regardés descendre la passerelle, avec leurs bardas et leurs armes, leurs sourires et leur jeunesse, et je me suis demandé combien allait mourir dans les Aurès. Une guerre remplaçait l'autre. Je n'étais décidément plus faite pour ça.

– Henri. C'est comme ça que s'appelait le destin ?

– Oui. Nous nous sommes mariés l'année suivante. Nous nous sommes installés à Chambéry, où j'ai fait votre connaissance. Beaucoup plus tard. Nous avons été très heureux.

Philippe avait craint autre chose. Il voulait savoir.

– Et, et Édith ?

– Je sais à quoi vous avez pensé. Mais pourquoi voulez-vous que le destin soit forcément tragique. Son avion est bien arrivé.

Madame Tisse regarda Philippe avec affection, avec le petit sourire un peu nostalgique que l'on a avant un au revoir, ou un adieu.

– Voilà Philippe, vous savez tout. Il est temps de nous séparer. Je ne sais pas si nous nous reverrons un jour. Mais prenez soin de vous.

– Madame Tisse…

– Oui ?

– Encore une question. Il paraît que je suis dans un tribunal. Si je suis dans un tribunal. De quoi suis-je accusé ?

Madame Tisse regarda Philippe une nouvelle fois dans les yeux.

– Docteur. On peut être dans un tribunal et n'être accusé de rien.

Madame Tisse se leva, se retourna vers l'arrière de l'avion, remarqua un homme encore assez jeune assis tout près d'eux, un chapeau sur la tête, et qui lui sourit. Elle se pencha vers Philippe et lui murmura.

– Je crois que vous avez de la visite Docteur. Adieu.

VII

L'HOMME AU SOURIRE

Philippe ne se retourna pas. Se retourner tout de suite, c'était donner un acquiescement à son nouveau visiteur. Parce que c'était bien ça, on lui imposait ces entretiens. On. Mais qui ça, on ?

Il n'avait pas la réponse, même s'il la cherchait sans cesse. Les mêmes questions se posaient à lui, obsédantes, déclenchant chez lui des phases d'angoisse, puis de sérénité, et de nouveau d'angoisse. Il se redemanda encore s'il était bien vivant. Il se prit le pouls. S'il avait eu un rasoir ou un couteau, il se serait blessé. Pour voir s'il saignait. Mais après tout, dans ce monde, parce que maintenant il était bien persuadé d'être dans un autre monde, sinon l'autre monde, les morts pouvaient peut-être bien saigner, avoir des battements de cœur. Puisqu'ils pouvaient parler, sourire, rire, se fâcher, avoir des émotions, mentir sans doute. Boire aussi. Jack London ne s'en était pas privé, et Calixte avait bu du thé.

Il regarda une fois encore par le hublot. Dans le noir absolu qui régnait au-dehors, il ne vit que le feu de signalisation au bout de l'aile, bien derrière lui. Et puis toujours ce silence. Et sa montre, toujours arrêtée.

– Je peux?

Le rituel semblait être toujours le même, le confirmant dans l'idée qu'il n'avait jamais eu le choix, en tout cas pas celui de dire non.

L'homme était resté debout, signe de politesse. Il attendait une réponse. Positive.

Philippe l'observa. La quarantaine à peine passée sans doute, un magnifique sourire aux lèvres légèrement entrouvertes et découvrant des dents parfaitement blanches. Un visage de charmeur, de séducteur même. Cet homme devait plaire aux femmes. Enfin, il avait dû plaire aux femmes, même s'il y avait chez lui un je-ne-sais-quoi d'efféminé. Souliers vernis aux talons fins, pantalon Prince de Galles, veston avec liseré, pochette et surtout, un magnifique Fédora avec ruban bleu, posé avec élégance sur la tête, soigneusement incliné, comme son sourire. Oui, le prototype du séducteur.

– Je vous en prie. Je crois que la place est libre. Je crois d'ailleurs qu'elle sera toujours libre.

L'homme retira son chapeau. Les cheveux étaient brun ébène, gominés, plaqués en arrière. Il s'exprimait en français avec un accent espagnol très marqué. Extrêmement chantant et charmant. Il s'assit à côté de Philippe.

– Je crois que je ne suis pas le premier à venir parler avec vous. Et je ne serai peut-être pas le dernier.

Philippe nota cette remarque. L'homme savait que d'autres l'avaient précédé, et annonçait déjà des visites suivantes. Cela replongea une fois de plus Philippe dans ses interrogations. À quoi rimait tout ce manège? Qui l'ordonnait? Que savaient véritablement ses interlocuteurs successifs ? Et lui, que faisait-il vraiment ici ? Pourquoi était-il là ? Philippe envisagea une nouvelle fois la possibilité qu'il soit mort. Se retrouvait-il comme Garcin, prisonnier d'un huis clos sartrien et infernal qui durerait l'éternité ? Mais qui dit Enfer, dit condamnation. Et condamnation, faute. Quelle faute impardonnable avait-il pu commettre pour se retrouver là ? Et il se rappela une fois de plus la phrase de Lacenaire. Oui, Philippe, je sais. Vous êtes dans un tribunal.

Et encore une fois, Philippe chassa ces questions dont il savait qu'il n'avait pas les réponses.

Comme s'il avait senti que son voisin était en proie à de terribles pensées, et qu'il n'avait peut-être plus envie de parler, l'homme lança un timide.

– Je ne vous dérange pas ?

Las, Philippe répondit.

– Non. Et puis je vous attendais. Vous, ou un autre, ou une autre. Qu'importe. Il semblerait que je sois condamné.

– Condamné ? Mais qui parle de condamnation ? Et pourquoi seriez-vous condamné ? À moins que…

– À moins que ?

– À moins que vous n'ayez commis quelque chose d'épouvantable ? Non ? Alors abandonnez cette idée. Vous n'êtes condamné à rien.

Philippe ne répondit pas. L'homme venait de lui dire : Vous n'êtes condamné à rien. Cette simple phrase lui parut extraordinaire. Il lui sembla qu'il venait de progresser, un peu, dans la compréhension de ce qu'il lui arrivait. Un peu. Et que cet homme en savait plus que ses prédécesseurs, ou qu'il était disposé à en dire plus. Ou qu'il mentait. Plus, ou mieux que les autres, qui avaient peut-être menti aussi.

– Alors je prends ce que vous dites pour une bonne nouvelle, et non, vous ne me dérangez pas. Parlez, puisque vous êtes là pour ça.

– Allons, ne prenez pas cela pour une corvée, encore moins, comme je vous l'ai dit, pour une punition. Ni vous, ni moi, n'y pouvons rien. Vous n'avez pas choisi de me rencontrer, et moi je n'ai pas choisi d'être ici. Parlons, tout simplement.

– Du destin ?

– Du destin, de la vie, de la mienne, de la vôtre si vous le voulez, de la mort. Puisque finalement c'est de ça dont nous devrons parler. De ça dont vous ne voulez pas parler.

Philippe opta une nouvelle fois pour le silence. Cet homme avait envie de conversation. Lui aussi, comme les autres, sans doute, n'en avait pas eu depuis longtemps.

– Alors je vous écoute.

– Voulez-vous savoir qui je suis ?

– À quoi bon. Célèbre ou inconnu, puissant ou misérable, fort ou faible, le destin semble frapper tout le monde indifféremment. S'il existe.

– Vous n'êtes toujours pas convaincu ?

L'homme regarda Philippe en souriant.

– Vous ne me répondrez pas, je le sens. Peu importe après tout, vous verrez bien.

Une fois de plus Philippe ne répondit pas. Cette phrase, qui aurait pu être interprétée comme une menace, lui apparue plutôt comme une promesse. Promesse d'en savoir encore un peu plus. Imperceptiblement, Philippe avait l'impression d'approcher du but. Ou du terme.

– Continuez. S'il vous plaît.

L'homme s'installa très profondément dans son fauteuil, légèrement tourné vers Philippe. Et commença son récit.

– Vous ne voulez pas savoir mon nom. Prenez au moins mon prénom. Carlos. Et vous, c'est Philippe.

– Vous savez tout.

– Plus que vous ne croyez. Mais c'est autre chose.

Philippe fit comme s'il n'avait pas entendu, en détournant la tête, très maladroitement, et le rictus affiché par son voisin montra que ce dernier n'avait pas été dupe.

– Vous êtes Espagnol ?

– Argentin. Argentin de Toulouse, ou de Tacuarembó. En Uruguay. Ça dépend.

– Ça dépend de quoi ?

– Des possibles destins.

– Je croyais qu'il n'y en avait qu'un seul auquel on ne peut pas échapper. Aurions-nous le choix ? Y aurait-il une petite place pour le libre arbitre ? Vous avez eu le choix vous ? Vous avez eu plusieurs destins ?

– Plusieurs histoires oui, plusieurs vies. Vous voulez que je vous raconte laquelle ?

Philippe ne s'attendait vraiment pas à ça.

– Commencez par la première. Vous m'intriguez.

– La première. Celle qui plaît aux Français ? Eh bien je suis né à Toulouse, à l'hospice Saint-Joseph de la Grave. De père inconnu, comme on disait. Enfin, inconnu de moi, en tout cas. Je m'appelais Charles Romuald et ma mère Berthe. Berthe Gardès. Ou Berta, elle avait déjà vécu en Amérique du Sud. Elle était repasseuse. À deux ans, j'ai quitté la France, à Bordeaux, sur un bateau portugais, pour l'Argentine, je n'en sais pas beaucoup plus. Plus tard, on m'a demandé souvent où j'étais né, alors je répondais à Buenos Aires, à l'âge de deux ans et demi. Pourtant, quand j'étais gosse, dans le quartier de l'Abasto, on m'appelait El Francesito. Et à quatorze ans, j'ai choisi mon premier destin.

– Choisi ?

– Oui, j'ai fugué. Le temps de me faire quelques relations. Pas toujours bonnes. Première garde à vue. Un policier m'a ramené chez ma mère.

– Sinon, vous faisiez quoi ?

– Des petits boulots, et puis je chantais. Dans les restaurants de Buenos Aires. Et puis j'ai dérapé un peu. Avec un copain de rue, j'ai monté une petite escroquerie.

– Précoce !

– À l'époque on vieillissait vite. Surtout dans ces quartiers.

– Quelle époque au fait ?

– La fugue vers 1904, le reste, j'étais plus grand. 1915.

– 1915 ?

– Oui deuxième choix de destin. J'aurais dû me faire recenser au consulat de France pour être enrôlé et rejoindre l'Europe en guerre. Je m'y suis rendu. J'ai regardé longtemps la façade, le drapeau tricolore, le ciel bleu azur, et le soleil qui brillait. Et je me suis dit, — À quoi bon ? Ça vous choque ?

– Il y a prescription. Et puis qu'est-ce que j'aurais fait, moi ?

L'homme observa Philippe comme lorsque l'on veut jauger ou évaluer une personne. Aussi bien moralement que physiquement. De la tête aux pieds.

– Vous ? Vous seriez rentré dans le consulat. Moi, je suis resté dehors.

– Et cette escroquerie ?

– Sans grand intérêt. Le conte de l'oncle, vous ne savez pas ce que c'est, évidemment. Il faut convaincre un gogo de vous aider à toucher un héritage. L'oncle vient de mourir, il est loin, vous n'avez pas d'argent, il vous en faut. Le gogo vous aidera moyennant un pourcentage. Un complice vous aide à emballer le tout. Bien sûr, l'oncle n'existe pas et vous vous tirez avec l'argent. Sauf que là ça n'a pas marché. Je me suis fait arrêter et j'ai dit que j'étais né en Uruguay. Adieu, El Francesito. Bonjour, El Morocho de Abasto. J'ai fait quelques petits séjours en prison, pour d'autres incartades. Des petits boulots. J'ai continué à chanter le créole. J'avais un beau filet de voix, comme on dit. J'ai commencé à avoir un peu de succès. Fin de ma première vie et de mes premiers destins.

– Et maintenant. La deuxième. La dernière ou il y en a d'autres ?

– On ne vit que deux fois, monsieur Voltaire, et c'est déjà bien suffisant. Nous dirons que je suis né à Tacuarembó, en Uruguay, pas la même année. Un peu plus tôt qu'à Toulouse. Ma mère s'appelait toujours Berta. Berta Gardèz. Et que nous nous sommes installés en Argentine. Une enfance sur les trottoirs, mais aussi à l'école où je ne me suis pas mal débrouillé. Pourtant, il fallait bien vivre aussi, et, plus tard, dès neuf ans à peu près, j'ai travaillé au marché pour gagner quelques pesos. Je passais mon temps à pousser la chanson et je me suis rendu compte que j'avais une belle voix, — alors j'ai commencé à traîner dans les bars et les restaurants. Petits succès, petits gains. Et puis j'ai commencé à rencontrer des chanteurs connus, et un jour, je suis allé à l'Opéra. — Ce jour-là, mon destin était fixé. Je serai chanteur. Un chanteur connu, adulé, adoré. Alors j'ai continué, appris à danser le tango, et tous les soirs, j'étais dans les bars, mes doigts sur les cordes de la guitare.

– Alors, quelle est la vraie version ?

– Celle que vous voulez. Qu'importe. Je pourrai même en rajouter et vous dire que je suis né à La Plata, en Argentine. Ce que je veux vous faire comprendre, c'est que quoi que vous fassiez, vous n'échapperez pas à votre destin. Né en France, plus ou moins délinquant, obligé de trafiquer un peu et mon nom et mes pièces d'identité, ou né en Uruguay, avec une enfance normale, sans case prison, ma vie a été la même. Et oui, quoi que j'aie fait, quoique j'aurais voulu faire, c'était écrit, je serai chanteur. Mon seul choix sera pour plus tard, changer de nationalité et de nom. Je serai Argentin. Et pour le nom. Gardès ou Gardèz, j'ai choisi.

– Gardel évidemment. Charles Romuald Gardel. — Carlos Gardel. Et le destin ne va pas vous lâcher.

– Vous saviez. Et bien sûr, pour la suite vous savez. Mais pour le cheminement qui m'y mènera, vous ne savez pas tout. Et il y a quelque chose que vous ignorez. Que tout le monde ignore.

Carlos Gardel regarda Philippe les yeux dans les yeux.

– Que vous ignorez, que tout le monde ignore. Mais que je vais vous dire. Parce que nous avons encore le temps. Vous le voulez bien ?

Philippe savait depuis le début de ce vol qu'il n'avait pas le choix. Le hasard, si hasard il y avait eu, lui avait fait rencontrer des personnages aux vies un peu extraordinaires, pour le moins pas banales. Ça n'était pas déplaisant, même avec Lacenaire qu'il avait fini par trouver presque attachant. Pour son dernier visiteur, s'il l'avait reconnu, il n'en savait pas beaucoup plus sur sa vie. Sinon l'indissociable rattachement de son nom au tango. Et sa mort. Tragique. Et puis Philippe était curieux. De nature. Et le personnage, sympathique. Alors à quoi bon faire une remarque.

– Je vous écoute. Parlez-moi de votre destin.

– Comme souvent. Fait de rencontres, de chances. Comme je vous l'ai dit j'écumais les bars de Buenos Aires. Petit succès, petits gains. J'aurais pu végéter là des années. Et puis j'ai rencontré José, José Razzano, chanteur comme moi. Une tournée en province, et en duo, et pas plus de gloire. Retour à la capitale et à la galère. On chante pour les enfants de bonnes familles qui viennent s'encanailler avec les guapos dans les endroits mal famés. On parle lunfardo, l'argot de la ville, parfois ça castagne, ça joue du couteau. J'y ai pris une balle. Que j'ai toujours, là dans le poumon.

Ils en ont pour leur argent. Et puis un soir, une bande de richards nous emmènent avec eux dans leur virée nocturne, et nous voilà partis en voiture pour la Recoleta. C'est un quartier huppé sur les hauteurs de la cité. Et l'Armenonville.

– L'Armenonville ? Je croyais que c'était à Paris. Au Bois de Boulogne, même.

– Bravo. Mais non, bien en Argentine. Un cabaret, dans le style de Paris, justement. On n'était plus dans le même monde. Grand luxe, clientèle choisie. Femmes superbes. Plus question de guapos et de couteaux. Et miracle, chance ou destin, on nous demande de chanter. C'est comme ça que tout a réellement commencé. Le soir de la Saint-Sylvestre, le dernier jour de 1913.

– Le début du succès ?

– Pas encore complètement, mais le début de la montée. Premier contrat, et puis un jour le Téatro Colón. Le plus beau du monde.

– Un peu chauvin, dites donc.

– On voit que vous ne connaissez pas. Vous imaginez. Passer dans les mêmes lieux que Saint-Saëns et Caruso. Un joli succès, mais ça n'est pas encore ça. Je veux plus, José aussi. En 1917, c'est l'Empire. Le Théâtre Empire. Et je chante *Mi noche triste*. Le tango était fait pour être dansé, le voilà fait pour être chanté. On dira plus tard que, ce jour-là, il est passé des pieds aux lèvres. Les bourgeois n'en reviennent pas et acceptent cette musique et cette danse qui viennent de la rue et des lupanars. Et ma façon de le chanter, mélancolique, mais en abandonnant le sirupeux de mes prédécesseurs. El Francesito, El Morocho de Abasto, c'est fini. Je deviens « El Zorzal ».

– Ce qui signifie ?

– La Grive. Elle chante et elle s'envole. Moi aussi. De plus en plus souvent tout seul. José se détache. Problèmes de voix, et puis il préfère se cantonner à la Criolla. J'enregistre. *Mi noche triste* se vend comme des petits pains. C'est parti. Le public a trouvé son idole. Les immigrants rêvent d'ascension sociale en voyant la mienne. On peut venir des bas-fonds, traîner dans l'Abasto à la quête de petits boulots et grimper sur les sommets. Les bas-fonds, les bourgeois n'ont plus besoin d'y aller. Le tango est accepté par l'élite. J'avais obtenu un passeport uruguayen, je demande la nationalité argentine. Me voilà Argentin. Définitivement.

– La gloire, alors.

– Oui. Sans interruption. Mais encore des rencontres. Avec Alfredo Le Pera qui écrira beaucoup de mes textes et qui ne me quittera jamais. Jamais. Et puis aussi au fil des voyages. D'abord l'Europe, l'Espagne, la France. La France. Vous avez vraiment de la chance. Et Paris. La Tour Eiffel. J'y séjourne plusieurs mois. Pigalle, le Florida, je chante avec Joséphine Baker. Je chante à l'Opéra de Paris. L'Opéra de Paris ! Devant votre Président Gaston Doumergue. Et puis, comment parler de Paris sans parler des femmes ?

– Eh bien parlons-en. Vous en aviez une ?

Philippe vit que son interlocuteur ne s'attendait pas à une telle question, et qu'il pouvait en être gêné. Mais la question était partie comme ça. Il avait conscience de son indiscrétion, mais c'était parti. Trop tard.

Carlos Gardel refit à Philippe son magnifique sourire.

– Ce n'était pas vraiment de ça que je voulais vous parler, mais bon, dans notre situation, nous pouvons tout nous dire. Quand je disais des femmes, je voulais dire les femmes. En dehors du tango et de ma mère, j'ai aimé deux choses. Intensément. Les femmes, et les chevaux. J'ai gagné beaucoup d'argent, beaucoup. J'en ai fait profiter mes amis, beaucoup. Avec plaisir et sans regret. J'ai mené grande vie. Mais rien ne m'a coûté aussi cher que ces deux passions.

– Avec succès ?

– Moyen. J'ai toujours choisi des chevaux lents. J'en ai même acheté un. Lunático. Comment voulez-vous gagner avec un nom pareil. Et choisi des femmes trop légères. Et puis il y a eu Isabel.

– La femme. La vraie. La seule.

– Ma fiancée. Un peu secrète. Pendant onze ans.

– Pour votre public, vous deviez être seul. Pour les femmes, encore.

– Oui. Seul. Désespérément seul. Solitaire et malheureux. C'est aussi comme ça que j'apparaissais au cinéma. Vous avez déjà vu un de mes films ?

Philippe fut un peu embarrassé.

– Franchement. Non. À vrai dire, je ne suis pas sûr que vous ayez laissé votre marque dans ce domaine.

– Ah. C'est vrai que les scénarios de mon ami Alfredo ne pêchaient pas par leur complexité, mais que voulez-vous, à l'époque, ça plaisait. Et c'était un formidable moyen de diffusion des chansons, que nous composions tous les deux, souvent en pleine nuit, la veille du tournage. J'en ai tourné plusieurs à Paris. En alternant des représentations en Amérique du Sud. Avant New York.

– La consécration ultime.

Philippe regretta ce mot à peine prononcé.

– New York ! Concerts, films, interviews, tout s'enchaîne. J'enregistre des dizaines de chansons. Le temps passe. Nous sommes en 1935. Alfred compose *Volver*. J'y chante la nostalgie des émigrants. J'ai le mal du pays. De mon Argentine, où mon public ne m'a pas vu depuis deux ans. De l'Abasto. Mais Alfredo m'a organisé une tournée. Je refuse. Nous nous fâchons. Une journée et une nuit. C'est la première fois. Je ne dors pas. Au petit matin, je sors de ma chambre et me retrouve dans le couloir de l'hôtel. Alfredo vient de faire pareil. Nous nous jetons dans les bras l'un de l'autre. J'accepte la tournée. Alfredo veut l'annuler. Je dois le convaincre. Il pleure. Je gagne. On va la faire, cette virée.

Et après, on ira manger des empanadas et des berenjenas rellenas au O'Rondeman, en face du marché, là où tout a commencé. Le destin vient de frapper à la porte.

– Encore lui.

– Toujours lui ! Je vous l'ai dit.

– Tout était écrit.

– Oui. Le sablier venait de se mettre en route. Pourtant la tournée se passait bien. Nous sommes restés un mois à Puerto Rico, je chantais tous les soirs à guichets fermés. Puis Caracas. L'accueil est délirant, la police doit intervenir tous les soirs pour que je puisse accéder au théâtre. Puis la Colombie, Medellín et Bogotá. Toujours la foule, toujours le succès. Une dernière étape. Panama. Il faut encore reprendre l'avion, avec une escale de nouveau à Medellín, pour faire le plein de carburant. À l'aéroport, Le Pera est fatigué. Je lui propose d'attendre un jour et de prendre l'avion le lendemain. Nous avons le temps. Alfredo refuse, — Ça va passer, me dit-il. J'insiste. Rien n'y fait. On nous appelle pour remonter dans l'avion. Il y a aussi avec nous José Maria, Guillermo et Domingo, les guitaristes, et quelques passagers. C'est un petit avion. Un bimoteur à hélice. Je n'ai pas peur, même si je préfère le bateau. Mais Alfredo dit que l'avion, c'est l'avenir. On s'installe. Alfredo s'assoit derrière moi, il veut profiter du paysage. Il fait beau, on est au mois de juin. Je me retrouve seul, il n'y a personne à côté de moi. Je n'ai pas peur, mais ça me dérange. Je me retourne vers mes guitaristes. Ils sont déjà installés et plaisantent ensemble. Je ne veux pas avoir l'air idiot en demandant à l'un d'entre eux de s'asseoir à côté de moi. Les moteurs sont déjà lancés, l'avion roule. Et…

– Et ?

– Je me penche vers le hublot pour voir les gens qui nous saluent. Il y a beaucoup de monde. Ils agitent des drapeaux, les femmes leurs foulards, les hommes lèvent leurs chapeaux. Je me retourne. Il y a un homme assis à côté de moi et il me sourit. Je suis surpris, car il ne me semble pas l'avoir vu monter dans l'avion. Pourtant je suis monté le premier, j'aurai dû le voir. Je lui souris, mais je suis sûr que mon sourire est crispé. Je regarde de nouveau à travers le hublot. Il n'y a plus personne au dehors de l'aéroport. Je ressens comme une angoisse. Je regarde derrière moi. Alfredo n'est plus là. Les guitaristes non plus. Les deux autres passagers non plus. Je suis seul dans l'avion avec cet homme. J'ai très peur.

Maintenant, c'est Philippe qui a très peur. Il sait comment est mort Carlos Gardel. Quand il monte dans cet avion qui doit le conduire de Medellín à Panama, il n'a plus que quelques minutes, voire quelques secondes, à vivre. Son avion va s'enflammer au décollage et en heurter un autre en bout de piste. Des cendres de la carlingue, on retirera son corps, celui d'Alfredo La Pera, et ceux de deux guitaristes. Seul José Maria et quelques passagers s'en sortiront. Et Carlos Gardel lui annonce qu'il s'est retrouvé seul dans l'avion avec un homme inconnu. La similitude est trop grande.

La peur est passagère, presque fugace, mais intense, et Philippe se rappelle tout d'un coup.

Philippe est totalement calme. Il regarde Greg, son infirmier, qui lui sourit. Le patient, installé sur la civière est stabilisé. Aux commandes, Stéphane s'apprête à poser le Lear 35 *sur l'aéroport d'Oran, en Algérie, le copilote à sa droite. Il fait beau, pas de vent. L'avion descend et s'aligne sur la piste. À quelques secondes de l'atterrissage, le pilote remet les gaz, vire à droite. Philippe a l'impression que le biréacteur pique vers le sol. Ce n'est peut-être qu'une impression. Cela dure une seconde, peut-être deux ou trois, mais pendant ces quelques instants de vie, il pense que c'est fini. C'est pour aujourd'hui. Et ça ne lui fait rien. Rien du tout. Ça va finir, un point c'est tout. Pas de peur, pas d'angoisse, c'est comme ça. Et puis non. L'avion poursuit sa courbe, fait un large cercle. Le pilote s'aligne de nouveau et en rase-mottes passe devant la tour de contrôle. Le pilote leur dira plus tard qu'un voyant de non sortie du train s'est allumé, qu'il n'a pas eu le temps de les prévenir, qu'il a dû remettre les gaz, et qu'au deuxième passage, les contrôleurs, à la jumelle, ont bien vu les roues sorties. Que cette fois-ci on va se poser et que tout va bien. Et l'avion se pose, tout doucement, légèrement. Comme d'habitude.*

Philippe a retrouvé une certaine sérénité.

– Vous étiez seul dans l'avion, et un homme était assis à côté de vous. Comme nous maintenant ?

– Oui. Comme nous maintenant. Enfin, pas tout à fait pareil. Vous m'avez compris ?

– Aujourd'hui les rôles sont inversés, c'est ça que vous voulez dire. C'est moi qui me retrouve seul avec vous. Comme auparavant avec d'autres personnes. Et vous, vous en avez rencontré beaucoup ?

– Six ou sept je crois, je ne me souviens plus vraiment. Peut-être huit. C'était il y a longtemps.

Six ou sept, peut-être huit, pensa Philippe. Cela voulait dire que la fin n'était plus très loin. S'il y avait une logique, un protocole défini, précis, immuable, et si c'était vraiment la fin.

Par curiosité, Philippe aurait aimé savoir qui Carlos Gardel avait rencontré. Il n'osa pas le lui demander. Et puis après tout, à quoi bon ? Quel intérêt ? L'essentiel, c'était ce que son voisin venait de lui dire.

– Et, après ces rencontres…

– Ça a été très vite. La suite, vous la connaissez.

Un long silence s'ensuivit. Ce fut Philippe qui y mit fin.

– Alors ça veut dire que pour moi, c'est fini aussi. C'est pour aujourd'hui ?

Carlos Gardel regarda Philippe avec tendresse, un peu comme aurait pu le faire un frère ou un aîné, comme un protecteur.

– Je n'en sais rien, Philippe. Vous permettez que je vous appelle Philippe ?

– Bien sûr. Après tout, nous sommes dans le même bateau. Enfin, dans le même avion. Reste à savoir jusqu'à quand et pour quelle destination ?

– Je ne peux pas vous aider plus, Philippe, et je crains que notre rencontre n'arrive à son terme. Mais je vois derrière nous un jeune homme qui semble attendre ma place. C'est bon signe, vous avez encore un peu de temps. Je vous souhaite un bon vol, Philippe.

Philippe ne sut pas trop quoi répondre. Et puis il vit que son bref compagnon de voyage n'attendait pas vraiment de réponse. Sauf un sourire que Philippe fit, avec un peu de mal. Bien moins beau que celui de Carlos Gardel. Celui qu'il avait gardé. Pour l'éternité.

VIII

LE SOLDAT AU REGARD PERDU

Cette fois-ci Philippe ne se retourna pas. Il avait encore un peu de temps, lui avait dit Carlos Gardel. Le temps ? C'était quoi dans cet autre monde dans lequel il se trouvait ? Quelques heures, ou l'éternité ? Il avait pensé un moment se trouver dans une sorte d'enfer, condamné à perpétuité à disserter sur le destin, et puis son dernier compagnon de voyage venait de lui laisser entendre que le verdict était proche. Mais Philippe ne savait toujours pas de quoi il était accusé. S'il était accusé de quelque chose.

Ses réflexions tournaient en rond, il en avait bien conscience. En fait, il ne savait rien de ce qui lui arrivait, et il n'était pas sûr de le savoir un jour. Un jour ? Dans ses pensées, ce mot ne voulait plus rien dire. Philippe sentait bien qu'il était hors du temps. Du temps réel, celui qu'il connaissait, celui que l'on peut mesurer, celui qui rythmait sa vie. Philippe se posa la question de savoir s'il pouvait l'arrêter, en ne se retournant pas, ou en refusant que ce nouveau venu annoncé s'assît à côté de lui, ou en refusant de lui parler, ou en s'éloignant de lui. Dans un avion, vide, et lieu fermé ? Instantanément, Philippe trouva son idée bien irréaliste.

Comme pour retarder un instant redouté, la crainte d'une nouvelle rencontre, Philippe regarda une nouvelle fois à travers le hublot. Il crut une brève seconde voir une très légère lueur, comme la première qui annonce le lever du jour. Mais non, le ciel était toujours noir, et son seul repère continuait à clignoter. Au bout de l'aile. Loin.

Alors Philippe se retourna. Une fois de plus. Et en pressentant que ce serait la dernière fois. Il y avait bien quelqu'un derrière lui, dans l'allée, debout, les bras tendus le long d'un corps immense et maigre, comme au garde-à-vous, portant une simple chemise blanche, avec un visage d'une pâleur extrême. Un visage de jeune homme, des cheveux fins, bruns, très courts, presque un visage d'enfant. D'enfant égaré au regard perdu. D'enfant à qui Philippe ne pouvait que dire de venir s'asseoir à côté de lui.

– Venez jeune homme. Je vous attendais. Et n'ayez pas peur.

Philippe crut bon de rajouter cette dernière phrase tellement le nouveau venu lui paraissait timide, presque craintif, presque apeuré. Peut-être aussi pour se rassurer.

– Je peux, monsieur ?

– Je vous en prie, asseyez-vous.

Et le jeune homme s'assit à côté de Philippe, paraissant tout intimidé, regardant autour de lui, comme découvrant l'univers dans lequel il se retrouvait.

– C'est beau. C'est…

– C'est un avion. Quelque chose pour…

Philippe s'arrêta dans sa phrase. Il ne voyait pas bien quoi dire de plus.

– Quelque chose pour voyager.

– Comme le train. Moi je connais le train. Et puis le bateau. J'ai voyagé en bateau. Enfin une fois. J'ai fait un grand voyage. Vous connaissez le bateau, monsieur ?

– Un peu. Mais jamais pour des grands voyages. Vous, vous êtes allé loin ?

– Oh oui, monsieur. Loin. En Amérique. Enfin, en Amérique du Sud. En Guyane. À Cayenne.

– C'est loin effectivement. Un grand et beau voyage.

Un long silence s'ensuivit. Philippe hésitait de nouveau, et le jeune homme semblait bien perdu. C'est lui qui pourtant y mit fin, presque à voix basse.

– Ça vous dirait que je vous raconte ?

La phrase avait été prononcée timidement, comme s'il avait hésité lui aussi, par crainte d'un refus, ou parce qu'il n'était peut-être pas habitué à ce qu'on l'écoute aussi facilement. Mais le protocole était bien le même. L'introduction était chaque fois différente, mais rien ne changeait vraiment. Bien qu'il y pensât, Philippe évita de se poser toujours les mêmes questions. Pourquoi ? Qui ? Comment ? Ce jeune homme allait lui raconter sa vie, ou une partie de sa vie. Et, à sa façon, lui parler du destin. Toujours lui.

– Oui, bien sûr. Et en lui tendant la main, Moi, c'est Philippe. Et vous ?

– Victor. Et il lui serra la main. La sienne était toute fine.

– Vous avez quel âge, Victor ?

– J'ai vingt-quatre ans, monsieur. Enfin…

– Oui, je sais. Vingt-quatre ans, répéta Philippe avec un petit rictus aux lèvres. Celui qu'il avait quand il était désolé, et qu'il ne savait plus trop quoi dire ni trop quoi répondre à ceux qui étaient touchés par le malheur.

– Vous savez ? Vous savez ce que je fais ici ?

Le jeune homme ne releva pas le « Oui, je sais » de Philippe. Soit il ne l'avait pas compris, soit son esprit était occupé par autre chose, quelque chose qui l'inquiétait. Il ne savait pas ce qu'il faisait là.

Et le jeune homme regarda tout autour de lui encore une fois, avant de poser, de nouveau, ses yeux sur Philippe. Philippe vit qu'ils étaient d'un bleu intense.

– Vous savez ce que je fais ici ?

Philippe marqua un temps d'arrêt.

– À vrai dire, Victor, non, pas vraiment. Et pour ne rien vous cacher, je ne sais pas non plus ce que j'y fais. Non, Victor, je ne sais pas, mais je sais que vous êtes destiné, — il faillit dire condamné, — à me parler, à me raconter votre vie, et surtout, — Philippe hésita, — la fin de votre vie. Avant d'être ici, Victor, vous vous souvenez de l'endroit où vous étiez ?

Le visage de Victor se figea un instant, son regard sembla parti ailleurs.

– J'essaye de me souvenir. Je vois du blanc. Oui, du blanc sur les murs. Je suis dans une pièce toute blanche. Je suis dans un lit. Il est tout blanc. Et puis un visage. Un visage de femme penché sur moi. Elle est habillée en blanc. Elle me sourit et passe un linge sur mon front. Et puis…

– Et puis ?

– Et puis, je ne sais pas. Mais je me souviens comment je suis arrivé là, oui, je me souviens. Je me souviens de qui je suis. Avant. Je me souviens de ma vie. Enfin, pas de tout, mais je sais…

– Vous savez ?

– Je sais pourquoi elle s'est arrêtée. Vous voulez bien m'écouter ?

– Oui, Victor. Je vous écoute. Et je vous promets de ne plus vous interrompre.

– Je commence par quoi ?

– Par le commencement, Victor. C'est souvent le plus simple. D'où venez-vous ?

– Je suis né à Marigny-Saint-Marcel, en Haute-Savoie. C'est un tout petit village, pas très loin d'Annecy. Vous ne connaissez sûrement pas.

Philippe parut troublé.

– Marigny-Saint-Marcel ? J'ai promis de ne plus vous interrompre. Continuez. Dites-moi seulement en quelle année.

– En 1868, monsieur. Mon père, il s'appelait Eugène et il était paysan. Il m'avait surnommé l'Impérial. Rien que ça. Parce que je suis né sous Napoléon III. Mon frère, Auguste, il l'appelait le Républicain, parce qu'il était né le jour de la proclamation de la République, en 1870. Ma mère, elle s'appelait Geneviève, et elle nous adorait. J'aurais dû être paysan. J'étais l'aîné. Reprendre la ferme, c'était comme ça.

– Et ça ne s'est pas produit ?

– Non. L'instituteur du village a dit à mes parents que j'avais des possibilités. Qu'il fallait que je passe mon certificat d'études. Mes parents étaient des paysans mais ils ont compris. Alors j'ai eu mon certificat d'études.

– Bravo. Rare à l'époque.

– On n'était pas beaucoup aussi dans la classe, monsieur, à peine une quinzaine, en comptant tous les âges, en plus. Mais oui, c'était bien. Monsieur Ferber, c'est le nom de mon instituteur, il était fier. Il disait qu'il fallait que je continue, que j'aille plus loin. Mais voilà, il y avait la ferme.

– Alors vous êtes restés. En bon fils.

– Oui. Mon frère était trop petit. Alors il fallait bien que j'aide mes parents. Je suis resté à Marigny. Ma vie était toute tracée.

Mais j'avais envie de partir. De découvrir d'autres pays. Vous pouvez comprendre ça ?

– Un peu. Je crois. Je voyage beaucoup. Alors, vous êtes parti ?

– Oui. D'abord dans mes rêves. Avec les livres que me prêtait monsieur Ferber. Surtout des récits de voyage. En Afrique, en Extrême-Orient. Sur les Mers. J'ai rêvé des exploits de Cook, de La Pérouse, de Stanley et de Livingstone, du Capitaine Nemo aussi. En regardant les vaches que je gardais, au bord du Chéran. C'était décidé, je serais explorateur ou marin. Un jour.

– Et ?

– Et j'ai continué à rêver encore plusieurs années. Jusqu'au tirage. L'année de mes vingt ans.

– Le tirage ? Le tirage au sort. Ça existait encore ?

– Oui. Au chef-lieu. Devant tous les maires du canton. Tous les conscrits étaient là. Il y en avait même un qui était ivre. On a tous mis la main dans l'urne, appelé par ordre alphabétique. Je suis passé le dernier. Il restait plus qu'un bulletin. Comme j'étais bon en calcul, j'avais fait les comptes. Les un « an » étaient déjà tous sortis. C'était forcément « cinq ans » pour moi. Mon destin était écrit sur le petit bout de papier. Je ne l'ai même pas lu. Je l'ai posé sur le bureau des maires. C'était fait. Le type ivre avait tiré un an. Il était tellement content qu'il a voulu sortir par la fenêtre. Les gendarmes ont dû l'arrêter ! Et puis après, deux mois plus tard, il y a eu le conseil de révision.

– Le conseil de révision. J'avais oublié que ça existait. Grand moment de la vie d'un homme, en ce temps-là.

– Si on peut dire. Ça se passait encore au chef-lieu. Vous avez connu vous aussi ?

Philippe faillit rire. Il se contenta d'un petit sourire.

– Non, pas vraiment. Sur le principe, oui, mais plus vraiment sur la forme. Au chef-lieu de canton, alors ?

– Oui. Mais là, c'était la grande cérémonie. Il y avait même la fanfare. Et le Préfet. Les maires du canton, toujours, le conseiller général, des militaires, les gendarmes et le médecin. Sous le drapeau bleu blanc rouge. Et tout nu, devant tout le monde, à la queue leu leu. Je ne sais pas vous, mais tout nu ça m'a toujours gêné. Mais bon, on n'avait pas le choix. On était au moins cent. Tu parles d'un défilé. Et quand on ressortait, qu'on n'était passé sous la toise, qu'on faisait la maille, qu'on n'était pas taré, on était bon pour le service. Un homme. Tu parles. Cinq ans. Après, on a tous été se faire photographier, avec nos chapeaux, nos cocardes tricolores, nos rubans. Et on a été au bistrot. J'ai pris ma première cuite. La dernière aussi. Il y en a qui sont partis pour Annecy. Pour aller voir les filles. Pour aller se… enfin vous voyez ce que je veux dire. Pour être vraiment des hommes.

– Je vois assez bien… Vous, vous n'êtes pas allé à Annecy.

– Non. Moi j'étais amoureux. Et malheureux.

– Ça va souvent de pair. Parce que vous alliez partir. C'est ce que vous vouliez. Mais vous n'aviez pas prévu... Comment s'appelait la jeune fille ?

– Marguerite. Elle était belle. Elle avait quinze ans.

– Problème.

– On avait décidé d'attendre mon retour. Et personne ne le savait. Et puis on faisait rien de mal. On se promenait dans les bois, on allait à la pêche dans le Nant Boré, on restait des heures assis dans l'herbe à surveiller les vaches, jusqu'au coucher du soleil. À la tombée de la nuit, Marguerite rentrait chez elle, à Bloye, un village tout proche, les bras pleins de fleurs des champs, et moi à la ferme, avec mes rêves. Et le troupeau, pour la traite.

– Et puis il a fallu partir.

– Oui. J'avais demandé à faire le service dans la marine. Les chances étaient minces. Normalement, c'était l'Est. Face à l'Allemand. Et puis un jour, à midi, on était tous les quatre à table, les gendarmes sont arrivés, avec mon ordre. C'est mon père qui l'a ouvert. Toulon pour mes classes, et l'infanterie de marine. Et ensuite l'Algérie ou le Tonkin, tout au moins je l'espérais. J'avais huit jours avant de rejoindre mon affectation. Mon père m'a serré dans ses bras, ma mère et mon frère ont pleuré. L'après-midi, j'ai couru rejoindre Marguerite. Elle partait le lendemain en pension à Annecy. On s'est embrassé, on s'est juré un amour perpétuel. On s'est assis sous un pommier, face à la vallée, on voyait le Semnoz enneigé au loin. On n'a pas beaucoup parlé. À la nuit, Marguerite est partie, elle avait les yeux rouges. Moi aussi. Je l'ai regardé s'éloigner dans le noir, elle a disparu rapidement. Cinq ans!

– Ça fait long, cinq ans. Il peut s'en passer des choses.

– Oh, oui! Alors je suis descendu à Toulon, avec toutes mes affaires dans une malle, et puis mes livres. En train, c'était la première fois que je prenais le train. Et c'est la première fois que je voyais la mer aussi, un peu avant l'arrivée à Marseille, avant de changer pour Toulon. À la sortie de la gare, une fois tous les passagers partis, je me suis retrouvé tout seul, au soleil, sans trop savoir où aller. J'avais quelque argent donné par mes parents, j'ai appelé un cocher. Le gars avait l'habitude, il m'a emmené au bureau des revues où un fonctionnaire blasé a tamponné mon ordre de route sans dire un mot. Le cocher, qui m'attendait et qui semblait bien connaître la procédure, m'a conduit ensuite à la caserne. Et c'est en franchissant la porte, en passant devant les hommes de garde et en me retournant pour le regarder s'éloigner, que j'ai pris conscience que j'en avais pris pour cinq ans.

– Et la porte franchie, ça s'est passé comment?

– Tristement. Je vous passe les détails de l'incorporation. J'étais devenu un matricule, un D suivi de chiffres. D parce que j'étais incorporé dans le 4e régiment, les autres, c'était A, B et C. J'ai été reçu par le major, un gros, j'ai appris plus tard que tout le monde l'appelait le gros major, proche de la retraite, qui m'a raconté ses guerres, Bazeilles, Sedan, ses blessures et ses maladies vénériennes. Un engagé, un Lyonnais, m'a montré mon lit. On était seize par chambre, et j'ai commencé mon instruction. Par l'épluchage des pommes de terre. Puis après par les marches, les exercices de tir, d'escrime, les gardes, les revues des chambres par le lieutenant-colonel, les corvées, les appels par les caporaux, les cours de théorie, et encore les marches, et encore les revues, et encore les corvées, et encore les appels. Sans parler des punitions pour un retard de cinq minutes. Au bout d'un an, j'étais encore à Toulon.

– Un an !

– Oui, un an. Un an d'un ennui mortel, d'une routine imbécile. Un an à rêver de Tonkin, de Cochinchine, de déserts en Algérie, de forêts à Madagascar, aux exploits passés, aux exploits futurs. Mais pour tout exploit, je ne réussissais qu'à ne pas désespérer. Mais quand le destin ne veut pas, ça ne veut pas.

– Vous aussi. Vous y croyez, au destin ?

– Oui, bien sûr, pourquoi ? Pas vous ?

Philippe regarda le jeune homme au visage d'enfant.

– Non. Enfin, peut-être, je ne sais pas. Je ne sais plus. Et vous avez végété encore longtemps à Toulon, à éplucher les patates ?

– Encore trois mois. Et puis un jour le gros major m'a appelé. J'allais enfin partir. En Algérie. À quelques jours de l'embarquement, on a eu une permission. On est allé en ville, en bordée comme on disait. Ça s'est terminé comme toujours — par une grande baston. J'ai filé mon poing dans la gueule d'un bigor. Seulement voilà, l'artilleur, il était pote avec le bricard, et je me suis retrouvé au mitard pour huit jours. Le temps d'entendre la sirène du Trident qui partait pour l'Algérie. Quand je suis sorti, le lieut' m'a convoqué. Un petit jeune plutôt sympa. Il était d'accord pour passer l'éponge, mais pour l'Algérie, c'était cuit. Et plus question de m'inscrire pour passer caporal. J'avais trois jours pour rejoindre Rochefort, et pour embarquer.

– Pour ?

– Pour la Guyane. Cayenne. Une prison et des gardes-chiourmes ! Après vingt ans d'interruption, parce qu'il en mourait trop, on envoyait de nouveau les forçats là-bas. J'ai rejoint le 1er régiment d'infanterie de marine qui était à Rochefort, puis La Rochelle avec mon bataillon. Ensuite on devait monter sur Saint-Nazaire. Pour prendre la mer. Mais avant, mon bataillon a été réquisitionné, pour encadrer les bagnards pour leur départ de Saint-Martin-de-Ré. Normalement, c'était la tâche des Sénégalais, des tirailleurs sénégalais ou de l'infanterie de ligne. Je ne me souviens plus pourquoi on a fait appel à nous.

– Saint-Martin-de-Ré. Là aussi, l'antichambre.

– Au petit matin, à six heures, on s'est mis en place à la sortie de la Citadelle, devant l'unique porte monumentale. C'était l'hiver. Il neigeait. On a d'abord vu les gendarmes, puis eux. Ils étaient tous entassés dans des bâtiments depuis plusieurs semaines, certains depuis plusieurs mois. Quand ils sont sortis, il y a eu un moment d'hésitation, ils se sont arrêtés, comme s'ils avaient été éblouis par le soleil, alors qu'il faisait gris. Beaucoup ont regardé vers le ciel, mais le ciel était bas. Et puis le cortège s'est ébranlé. Malgré la neige sur le sol, on entendait le bruit des sabots qu'on leur faisait porter, pour les gêner, en cas d'évasion. Ils étaient tous dans leurs costumes rayés, le calot sur la tête, ils avaient tous un sac blanc sur l'épaule. Ils se ressemblaient tous. Ils n'étaient déjà plus des hommes. Ne resterait d'eux que les initiales qu'ils gravaient dans la pierre.

– Vous aviez pitié d'eux ?

– Je ne sais pas... Oui, bien sûr, les transportés, c'étaient souvent des criminels, des assassins. Mais pas tous. Il y avait aussi des politiques, et puis les relégués, ceux dont la France ne voulait plus. Sous la neige, transis de froid, marchant presque au pas cadencé, ce n'étaient plus que des pauvres bougres. Du bétail. Il y avait des femmes aussi. Quoi qu'il en soit, c'était triste. Et puis ce n'était pas ce que je voulais faire.

– Vous n'aviez pas le choix, Victor.

– Non. Plus depuis longtemps. Plus depuis que j'avais tiré ce foutu 5.

– Le destin. Toujours lui.

– Oui. Le mien. Le leur. Quoiqu'on fasse, eux comme moi, je sentais qu'on finirait pareil.

Victor prit une profonde inspiration, regarda Philippe intensément, les yeux un peu dans le vague. Il se rappelait.

– La troupe s'étalait sur plusieurs centaines de mètres. Même tenue au large, il y avait foule pour voir le spectacle. Des journalistes, des curieux avides de malheur et de vengeance. On entendait des huées. Et puis aussi les familles qui espéraient voir encore, pour une dernière fois, le père, le fils, le frère, l'ami, l'amant. On disait que le chagrin d'une fiancée durait un an, celui d'une sœur quatre ans, celui d'une mère toute la vie. J'ai pensé très fort à Marguerite. En un instant, j'ai su que je ne la reverrais jamais.

Philippe faillit dire bêtement, « Il ne faut pas dire ça ». Victor continua son récit.

– Nous avons emprunté la route jolie, tu parles d'un nom. Dans un silence seulement brisé par les pas des bagnards. Je crois que j'ai entendu ce bruit encore pendant des semaines. Puis nous avons rejoint le petit port jusqu'au quai d'embarquement. Là, on les a chargés sur trois chaloupes. Je me souviens qu'il y en avait une qui s'appelait Fouras, comme notre curé à Marigny-Saint-Marcel, et ils ont rejoint le bateau au large, en mer, le *Ville de Saint-Nazaire*. La France, c'était fini pour eux. On n'a même pas attendu que les chaloupes le rejoignent, juste le temps nécessaire pour être sûr qu'aucun ne saute par-dessus bord. On avait l'ordre de tirer. Et puis, on n'y voyait pas à trois cents mètres. Et on est rentrés à Rochefort. Toujours en silence, et toujours sous la neige. Huit jours après, nous aussi, on partait. Toute la 14e. De Saint-Nazaire. Sous la pluie cette fois-ci.

Victor s'arrêta à nouveau, comme s'il cherchait dans sa mémoire.

– La veille, j'ai écrit à Marguerite. Comme toutes les semaines. Une lettre un peu plus longue que d'habitude. Je lui racontais Saint-Martin-de-Ré, qu'il faisait toujours moche dans ce pays, que je l'aimais et que ses lettres que je recevais, avec beaucoup de retard, étaient mon seul bonheur. Qu'il restait encore un peu moins de quatre ans avant qu'on se retrouve.

Philippe lut le désespoir dans les yeux de Victor. Il ne dit rien.

– En écrivant ces mots, je savais qu'ils étaient faux. C'était impossible. Aucun amour ne peut résister à une épreuve pareille. Qu'avais-je le droit de lui imposer ? Rien.

– Et elle ? Si ce n'est pas trop indiscret. Qu'est-ce qu'elle vous disait dans ses lettres ?

– Qu'elle pensait à moi, qu'elle m'aimait, qu'elle m'attendrait, toute sa vie s'il le fallait. Elle me parlait de ses études, qu'elle voulait devenir infirmière. Que ses parents savaient pour nous, qu'ils n'avaient rien dit, qu'ils étaient fiers que je sois soldat. Que la neige était tombée, et qu'elle se sentait bien seule quand elle allait sous notre pommier. Qu'elle allait voir mes parents de temps en temps, et mon frère. Et que mes parents étaient bien tristes de me savoir parti si loin. Que ma mère pleurait souvent.

– Vous ne les aviez pas revus depuis votre départ pour Toulon ?

– Non. Les permissions étaient rares, courtes, et je n'avais pas beaucoup d'argent. C'était comme ça. C'était la vie.

Philippe sentait que la nostalgie envahissait Victor. Il comprenait bien cet état d'esprit qu'il ressentait régulièrement, lui aussi. La nostalgie. Une plaie, un boulet que Philippe traînait comme celui des bagnards dans l'imaginaire populaire. Le souvenir des temps anciens, des êtres chéris, des moments de bonheur.

Autant pour Victor que pour lui, Philippe détourna la conversation.

– Alors vous êtes partis de Saint-Nazaire.

Victor sembla émerger d'un rêve.

– Oui. Je me souviens bien. Il tombait des cordes, comme je vous l'ai dit. On était trempés malgré nos capotes. On a écouté le lieutenant-colonel venu nous dire au revoir et nous donner ses derniers conseils. Il nous a appelés ses enfants, nous a rappelé la discipline. De nous méfier du soleil, de la bouteille, et du reste. Et de revenir gaillards dans nos familles. Et il a crié — Vive l'infanterie de marine. Et on a tous répondu — Vive l'infanterie de marine. On a rejoint les quais. La mer était sale, presque jaune. On m'a dit que c'était encore la Loire. La mer, c'était plus loin. La pluie a cessé, remplacée par une petite bruine encore plus glacée. Le ciel était gris, triste. Les copains étaient joyeux, moi je pensais à Marguerite. J'aurais tellement voulu être avec elle, la serrer dans mes bras. Après, on a attendu, toutes les compagnies, dans un hangar crasseux et vide. On a attendu plusieurs heures. Les copains ne riaient plus. On avait froid. On ne voyait pas la rive d'en face, le brouillard s'était emparé du fleuve. On a quand même fini par embarquer sur un remorqueur à aubes. La pluie s'était remise à tomber dru, nous frappait les visages. On est partis vers le large, on ne voyait rien. Ça brassait, ça dégueulait déjà. Tu parles de marsouins! Et puis, à la faveur d'une légère accalmie, on l'a vu, immense devant nous, le *Saint-Germain*.

– C'était un paquebot?

– Oui. Le lieutenant-colonel nous avait dit qu'on avait de la chance, normalement on aurait dû être sur un bateau de guerre. Alors il nous avait demandé de nous tenir bien, de montrer qu'on était l'élite. Pour l'instant, la moitié de l'élite vomissait. On est montés à bord. Vous ne me croirez pas, mais l'infanterie de marine, elle savait éplucher les pommes de terre, ranger une chambrée, tirer au fusil, manier l'épée, mais elle n'avait jamais mis les pieds sur un bateau. On était trempés, le pont était glissant, la nuit commençait à tomber, on était en décembre. On a donné à chacun une marmite, avec une tambouille qui avait dû être chaude. On s'est enfoncés dans l'intérieur du navire derrière le caporal, pour atteindre une espèce de cale, prévue pour deux cents couchettes. On devait être près des machines, il faisait chaud et humide. Ça puait l'huile, les cambuses, la sueur, et…

– Et la merde.

– Oui, j'osais pas le dire. Alors on s'est installés, on a posé nos affaires trempées, et on a passé la première nuit comme ça. On a tous regretté le bâtiment de guerre. On a fraternisé avec les copains de la 1re et de la 2e qui partaient eux pour la Guadeloupe et la Martinique, avec quelques marins de la flotte aussi, passagers comme nous. Je suis remonté sur le pont de troisième classe au moment où le *Saint-Germain* appareillait. J'ai cherché du regard la côte, au moins quelques lumières. Mais rien. Que de la nuit, que de la brume. La France, c'était déjà fini. Ça sifflait de partout, le bateau s'est mis à vibrer de partout, on a senti la fumée des cheminées. On partait.

– Vous avez fait tout le voyage comme ça ?

– Non. Le lendemain ça grognait dur dans la troupe. C'était irrespirable, intenable. Et tout le monde avait été malade. Alors les officiers se fâchèrent avec le commissaire de bord qui disait qu'il avait fait ce qu'il avait pu. Qu'on ne pouvait pas caser sept cents hommes dans si peu de place. Que son charpentier n'avait pas pu faire mieux. Alors les capitaines ont instauré un roulement, mais finalement on a presque tous fini sur les ponts. Au bout de trois jours, on était toujours sous la pluie et l'avant du bateau ressemblait à un capharnaüm, bœufs et chevaux compris. La mer était forte, le *Saint-Germain* tanguait, roulait, les hommes n'en pouvaient plus. Il commençait à y avoir des bagarres. Pour un bout de litière dérobée dans les écuries, pour une couverture sèche. Les plus valides mangeaient la nourriture des malades. Chaque jour, à onze heures, les sous-officiers tentaient de faire l'appel, mais peine perdue. Alors ils s'informaient : « Vous avez vu Francoz ? Le Guen, celui de Brest ? Et le soldat Dupuis ? Il est où ? » On a cru en avoir perdu deux. On les a retrouvés au bout de trois jours, perdus dans les entrailles du navire. Ils ne se souvenaient même plus qu'on était partis. Et ça a duré encore plusieurs jours comme ça.

– Jusqu'à quand ? Jusqu'où ?

– Jusqu'aux Açores. Qu'on a passées sans s'arrêter. On a trouvé les alizés, le soleil et un début de chaleur. Et on a enfin pu faire notre première lessive. Le pont avant avait pris des airs de vacances. Les caporaux nous foutaient la paix. On jouait aux cartes, au loto, les Antillais dansaient, ce fut mon premier contact avec l'exotisme. La traversée a duré presque quinze jours, jusqu'à ce qu'on entende, une fin d'après-midi. Terre ! Terre !

– La Guyane ?

– Non. J'ai oublié de vous dire. Guadeloupe. Pointe-à-Pitre. Et encore, au large. Juste le temps de charger des fruits et des légumes frais amenés en barques, et de débarquer quelques passagers, des hommes de troupe, des militaires en poste, quelques fonctionnaires et leurs familles. En fait le *Saint-Germain* ne faisait que la traversée pour les Antilles. La Guadeloupe d'abord, où nous ne sommes restés finalement que quelques heures, puis la Martinique, pour une halte plus longue, avant qu'il ne retourne à Saint-Nazaire.

– Et la Guyane ?

– Sur un autre bateau, plus petit. En attendant, nous sommes arrivés un jour plus tard à Fort-de-France, en début de nuit, j'avais l'impression de découvrir l'Amérique. On voyait la côte, sombre, quelques lumières à peine, puis le port et les bassins réservés aux steamers, brutalement éclairés par de puissantes lampes, et alors toute une vie affairée pour le débarquement, les calèches qui attendaient sur le quai, des militaires, les officiers de la capitainerie, les manœuvres, des marins, des nègres de partout. Et derrière tout ça, des hangars lépreux, quelques cocotiers un peu déplumés par les cyclones. J'avais rêvé mieux.

– Vous êtes resté longtemps ?

– Une quinzaine de jours. Au fort Desaix, sur les hauteurs de la ville, là-bas on appelait ça un morne. On n'a pas bien su pourquoi on restait si longtemps, mais certains disaient que c'était à cause de la fièvre jaune en Guyane, et qu'il fallait attendre la fin de l'épidémie, que même le convoi précédent était resté plus de six mois avant de repartir. Moi, je serais bien resté.

– C'était bien ?

– Là, c'était beau. J'avais déjà vu la mer, à Toulon, pendant toute la traversée aussi, mais là, c'était vraiment beau. La mer des Caraïbes, bleue, verte, des plages de sable fin, à l'anse Mitan où on se rendait pour quelques sous sur de grandes barques, avec des cocotiers courbés sur l'eau, où on mangeait les mangues sur l'arbre.

– Et le service ?

– Quatre heures par jour à surveiller les disciplinaires chargés de l'entretien du fort. Les vacances.

– Mais elles n'ont pas duré.

– Non hélas. Un soir le serpatte est rentré dans la chambrée et a gueulé — Demain matin six heures, la 14e embarquera sur le *Magicien*. Revue dans un quart d'heure, les bleus.

– Les bleus ? Vous n'étiez plus un bleu.

– Non, rapport à notre uniforme. Les marsouins, c'étaient les bleus. Après l'inspection et l'extinction des feux, on a tous essayé de dormir. Mais je sentais que je n'étais pas le seul à ne pas trouver le sommeil. L'indolence des habitants, le soleil, la mer, les mulâtresses pour certains qui avaient réussi à faire le mur tous les soirs, les récits qu'on nous avait faits de la Guyane et des ravages des fièvres, les camarades morts là-bas, tout ça ne nous donnait plus envie de partir.

– Et pourtant, il a bien fallu.

– Oui. Le lendemain. À six heures. Dans la nuit j'avais écrit une lettre à Marguerite. Je l'ai terminée juste à temps, avant de quitter le fort. C'était la deuxième que je lui envoyais de l'île.

– Vous en aviez reçu d'elle ?

– Non, pas depuis Toulon. Mais c'était normal, je ne m'inquiétais pas. Avec les changements de stationnements, les distances. C'était normal.

Philippe pensait à Marguerite. Seize ans, séparée de son amoureux depuis presque deux ans, elle en Haute-Savoie, lui entre les Caraïbes et l'Amérique du Sud. Plus de sept mille kilomètres. Les chances lui paraissaient faibles. Très faibles.

– On a appareillé à l'aube, donc. En plein brouillard, comme s'il fallait que l'île disparaisse vite à notre vue. La mer était mauvaise, le *Magicien* en bout de course, on a tous dégueulé, comme après notre départ de Saint-Nazaire, sur le pont, et rapidement sous la pluie, sauf qu'elle était plus chaude. On a fait plusieurs escales, mais sans autorisation de descendre pour les troupiers. À Sainte-Lucie, j'ai pu confier deux lettres à notre aumônier, une pour mes parents, une pour Marguerite. Il y a eu d'autres escales, toujours sous la pluie. Puis la Guyane hollandaise, et enfin, je ne sais pas si je dois dire enfin, Cayenne.

Philippe se rappela qu'il avait, lors d'une mission précédente, fait ce trajet, au départ d'Orly, en moins de dix heures.

– La voici donc cette Guyane, où j'allais, enfin, où je devais peut-être passer plus de trois ans.

– Vous espériez autre chose ?

– Je me disais qu'en me tenant bien, qu'en passant caporal, j'avais une chance de rentrer à Toulon plus tôt, et de repartir en Algérie ou au Tonkin, jusqu'à la fin de mes cinq ans. Mais pour l'instant, c'était pas à l'ordre du jour. Quand j'ai vu le port de Cayenne, déserté de tout navire, des quais vides endormis sous un soleil de plomb, la pluie avait cessé depuis la veille, quelques toits rouges cachés par la forêt, le Tonkin m'a paru encore plus incertain. On a débarqué, pris la direction de la caserne, située juste à l'entrée de la ville qu'on n'a même pas vue. On a franchi la poterne qui donnait sur la mer. Voilà. Une caserne de plus. On a déposé les malades à l'infirmerie, la dysenterie avait fait des ravages depuis la Martinique. On a pris nos quartiers, des dortoirs aux murs plus fins qu'à Toulon, en bois, des moustiquaires au-dessus des lits. Le troupier qui faisait office de comptable de la compagnie est mort. Un Marseillais. Comme je savais lire et écrire, que j'avais mon certificat d'études et que je ne parlais pas qu'en patois, je me suis retrouvé comptable. Les rives du Mékong s'éloignaient encore plus. J'étais devenu utile. Par conséquent à garder.

Philippe lisait l'ennui dans les yeux de Victor. Il avait rêvé de jonques, d'aventures, de Yang-Tsé-Kiang, d'îles lointaines, Sous-le-Vent, d'espace, et il se retrouvait à aligner des écritures et des chiffres dans cette colonie perdue et pourrie. Quel gâchis.

Victor aurait pu être capitaine au long cours et partir sur les traces de ses héros, Cook, La Pérouse, et le capitaine Nemo. Mais il avait mis la main dans une urne, et le 5 en était sorti.

– Et vous êtes resté longtemps à ce poste ?

– Trop longtemps, plusieurs mois, confiné à la caserne. Une permission tous les quinze jours. Assez pour visiter Cayenne, qui ne présentait aucun intérêt, pas assez pour aller rêver sur les plages de sable, face aux îlots.

– Rien d'autre ?

– Le rhum et les négresses ?

– Pas forcément ça.

– Pourtant, c'était ça. Boire jusqu'à l'ivrognerie et la déchéance, partir en forêt et violer.

Victor planta ses yeux dans ceux de Philippe.

– On ne fait pas ce genre de choses dans ma famille monsieur. Vous devriez le savoir.

Philippe prit cette réponse en pleine figure. Il n'avait pas voulu l'offenser et avait été surpris par cette dernière remarque.

– Je n'ai pas voulu dire que vous faisiez cela. Je suis désolé si vous l'avez pensé.

– Non. C'est moi qui m'excuse. Je m'emporte. Mais si vous saviez comme j'ai souffert. Ce pays pouvait transformer n'importe qui en bête sauvage. Moi j'alignais des chiffres que je transmettais à un sergent inculte, qui les transmettait à son supérieur, rien de bien exaltant. Mais d'un autre côté, j'étais dispensé de corvées, d'exercices, de gardes. Je mangeais mieux que les autres. Alors je n'avais pas trop à me plaindre. Je m'ennuyais, c'était tout. On a beau dire, un soldat, c'est fait pour faire la guerre. L'ennui est encore plus mortel qu'une balle.

– Alors vous avez continué comme ça.

– Oui. Jusqu'à un matin. Le clairon nous a réveillés plus tôt que d'habitude. On a tous été rassemblés dans la cour. Sous le drapeau. On sentait qu'il s'était passé quelque chose ou qu'il allait se passer quelque chose. Le lieutenant-colonel nous a lu un communiqué. La 25e avait été entièrement massacrée au Tonkin, pas loin d'Hanoï. J'ai vu mes copains de Toulon défiler devant mes yeux, et j'ai eu honte d'être là.

Victor arrêta son récit, son regard d'enfant perdu sur les rives du delta du fleuve rouge. Philippe resta silencieux.

– Alors l'après-midi, je suis allé voir le sergent. Je lui ai dit que j'en avais marre de toutes ces colonnes de chiffres. Que je n'étais pas dans l'armée pour compter des couvertures, du linge et des marmites. Que j'acceptais la discipline, le choix de mon affectation, l'Armée. Mais que je voulais être utile. Et que j'arrêterai de faire les comptes.

– Alors ?

– Alors j'ai commencé par quinze jours d'arrêt. Dans l'armée, il y a des choses qu'il ne faut pas dire. Bon, quinze jours d'arrêt, c'était pas la première fois, et puis la cabane à la caserne, c'était quand même pas le bagne. À ma sortie, j'ai vu le lieut'. On avait prévu de m'envoyer garder le sémaphore de Kourou avant ma petite rébellion. Alors finie la comptabilité, mais tant pis pour moi, pas de sémaphore, j'étais affecté aux îles du Salut, à l'Île Royale.

– On parlait du bagne.

– Oui. Il y avait trois îles, l'île du Diable, presque vide de déportés à l'époque, presque inaccessible à cause des courants, celle de Saint-Joseph, sorte de prison du bagne, on y mettait les reclus, les fous et on y enterrait les surveillants, et l'Île Royale, siège de la direction du bagne, de l'administration, et puis il y avait un hôpital.

– Et elles s'appelaient les îles du Salut… Je ne sais pas où on avait pu trouver ce nom.

– Vous ne savez pas ?

– Non, je l'ignore.

– On m'a expliqué ça quand je suis arrivé. À la fin du 18e siècle, une tentative d'implantation en Guyane avait tourné au désastre. La malaria, la fièvre jaune et la dysenterie avaient fauché presque tous les colons. Quelques-uns avaient trouvé refuge sur ces îles. Le climat y était meilleur, il y avait moins de vermine, ils ont survécu, trouvé le salut. Je ne suis pas bien sûr que le nom soit justifié quand même.

– Vous avez fait quoi sur ce caillou ?

– Quand j'ai débarqué sur l'île, dont on pouvait faire le tour en une demi-heure à pied, j'ai compris que je passais d'un ennui à l'autre. Une caserne, plus petite, mais une caserne, une église, un hôpital, un pénitencier, presque pas de végétation. Imaginez qu'on avait même recensé les arbres pour éviter toute tentative d'évasion en radeau. De là, on pouvait voir l'île du Diable, nue et terrifiante, et Saint-Joseph, cachée sous les cocotiers, et Kourou, tout près.

Victor s'arrêta de nouveau. Philippe le laissa à ses regrets.

– Vous me demandiez ce que j'y ai fait ? Eh bien rien. Parce qu'il n'y avait rien à faire. Nous gardions l'île, c'est-à-dire les déportés et les transportés et les surveillants. Au bout d'un moment, nos seules activités se limitaient au jardinage, à essayer de faire pousser quelques semis, à chasser les agoutis qui grouillaient partout, et à la pêche. Nos seules distractions, assister aux enterrements des gardiens, au petit cimetière de Saint-Joseph, et à ceux des bagnards, cérémonies plus sommaires puisqu'on se contentait de jeter les corps dans l'océan, au son de l'unique cloche de l'église. J'ai encore dans les oreilles le son de cette cloche, et le bruit que faisaient les requins au moment du festin. Et puis, à Saint-Joseph, il y avait les fous. De tous âges. Perdus dans leurs délires, ressassant leurs crimes, réels ou imaginés, criant plus qu'ils ne parlaient. Transformés en bêtes par les années de détention, souvent estropiés lors de tentatives d'évasion, ils avaient des visages hideux, à faire peur. Ne sachant, pour la plupart, ni leurs noms ni depuis quand ils étaient là. Sur l'île du Diable, on n'allait jamais.

– Je n'ose plus vous demander. Vous êtes resté longtemps sur ce petit paradis ?

– Trop longtemps. Six mois. Un matin, on a embarqué sur un vieil aviso, le *Serpent*, départ pour Saint-Laurent-du-Maroni. On avait espéré rentrer à Cayenne, mais le capitaine qui arrivait, un ancien de 70, mal noté, aigri par la vie et proche de la retraite, avait sa fin de carrière à faire. Alors on est partis pour Saint-Laurent. Le bout du monde, le bagne du bagne. Cinq troupiers manquaient à l'appel, restés à Saint-Joseph, dans le petit cimetière. Juste des noms sur de petites croix, deux dates, rien de plus. Les fièvres avaient frappé. Le bateau a longé la côte, puis remonté le Maroni aux eaux marron. Des rives de sable fin sombre, des palétuviers, des arbres morts. Un paysage de mort. Vous connaissez, vous qui avez beaucoup voyagé ?

– Oui, mais je suis resté moins longtemps, et les conditions n'étaient pas les vôtres. Alors je n'ai pas la même vision que vous. Sauf peut-être cette impression de bout du monde quand je me suis retrouvé au bord du fleuve, face au Surinam, la Guyane hollandaise.

– Les récits qu'en avaient fait les copains à Cayenne étaient épouvantables, on était prévenus. L'existence y était terrible, pour les bagnards comme pour les militaires, et le résultat souvent le même. Un trou dans la terre, un cercueil de planches, le même pour tous. Simplement pas au même endroit. Mais le briscard, il s'en foutait de tout ça. Il aurait pu attendre gentiment la quille à Cayenne, mais non, il lui fallait un titre de gloire. Le seul qu'il aurait été capable d'avoir. Alors on en a bavé. Il nous en a fait baver, le salaud.

– Qu'est-ce que faisiez ?

– Le même travail que les transportés. Ce fumier s'était mis en tête de transformer les alentours de la caserne en colonie agricole, et d'y faire pousser du maïs et des légumes. Pour améliorer l'ordinaire des hommes, il avait dit. Voilà à quoi servait le soldat que j'étais, après plus de trois ans de service, s'échiner à faire pousser des choux, des radis, des salades, que le soleil brûlait, les orages inondaient, et les fourmis dévoraient. Alors il fallait recommencer, après les punitions, l'exercice toujours indispensable au soldat, et les gardes. Les gardes. Qu'est-ce qu'on pouvait bien garder dans ce coin perdu ? La caserne ? Le pire des bâtiments que j'ai connu, à part les cellules de Saint-Joseph, qui n'avaient pour toits que des grilles. On était bouffés par la vermine, les punaises et l'humidité. Impossible d'y dormir une nuit complète. On a tous fini dehors, sur les vérandas, et tant pis si on était réveillé par la pluie au petit matin, juste pour la distribution de vin au quinquina. Avant de reprendre le travail.

Philippe voyait Victor dépérir tout doucement. Tout doucement mais inexorablement. Il avait bien compris que Victor n'avait plus d'espoir, mais qu'il tenait à rester un homme. Peut-être avait-il pensé à déserter, à fuir sur l'autre rive, comme l'avaient déjà fait certains bagnards. Il n'osa pas le lui demander directement.

– Et vous avez tenu le coup ?

– Oui. Je ne voulais pas laisser à cet homme la satisfaction de me briser. C'est pourtant ce qu'il a voulu faire. En regardant mes états de service, il a vu que j'avais tenu la comptabilité du bataillon à un moment. À Saint-Laurent, c'était lui qui tenait l'état des récoltes. Mal. Promu péniblement à l'ancienneté, il savait tout juste compter. Alors il m'a laissé les comptes. Que j'ai rectifiés. Il a pas aimé la leçon. Et puis un jour, j'ai perdu une boule.

Philippe cru qu'il n'avait pas bien entendu, ou que Victor s'était trompé dans sa formulation. En fait, qu'il avait perdu la boule. Ce qui, dans cet enfer, aurait bien pu lui arriver.

– Perdu une boule ?

– Oui, ça vous étonne. Une boule. Une boule de jeux. Pour distraire les hommes. Il y avait aussi les quilles, le loto. Une fois par semaine. À la demande des plus hautes autorités militaires, du Ministère même, rendez-vous compte. À la demande du corps médical, pardonnez-moi monsieur. Et oui, une boule. J'ai perdu une boule. Inscrite aux inventaires officiels, répertoriée, classée, numérotée. Moi, un soldat aguerri. Bientôt quatre années de service ! Impardonnable !

Consterné par tant de bêtise, Philippe ne savait plus quoi dire. Il se contenta d'un : « Alors cette fois-ci, combien de jours ? »

– Une boule. Quinze jours. Mais ça ne lui suffisait pas. Il a trouvé mieux. À ma sortie du mitard, il m'a fait appeler dans son bureau. Un recoin du baraquement. Un forçat s'était échappé du pénitencier de Saint-Jean.

– De Saint-Jean ?

– Oui, de Saint-Jean-du-Maroni. Plus en amont sur le fleuve. C'était là qu'on mettait les relégués, les pieds-de-biche comme on disait. Des types qu'on laissait pourrir là-bas, faute de les avoir envoyés à la guillotine. Des voleurs, pas de sang sur les mains. Des fripouilles. Un manquait à l'appel depuis deux jours. C'était la troisième fois. L'AP, l'administration pénitentiaire, n'en voulait plus. Il fallait le récupérer pour qu'il passe devant le Tribunal maritime spécial, à Cayenne. Beaucoup de complications. Quand j'ai quitté son bureau, il m'a rappelé : « Vous partirez avec Le Bihan, prenez pour dix jours. Et puis, pas la peine de me le ramener. Vous m'avez compris, pas la peine. » Oui, je me souviens bien de ses derniers mots et de son regard, « pas la peine ».

– C'était habituel de faire ça ?

– Non. Normalement, cette sale besogne était dévolue aux chasseurs de popotes. Des chasseurs d'hommes, d'anciens détenus libérés, des Bonis, des Indiens. J'en avais vu un, un jour, au bord du fleuve. Il avait accosté en face du pénitencier de Saint-Laurent avec sa pirogue, déchargé un cadavre, et il l'avait traîné jusqu'à l'administration pour toucher sa prime. Et il était reparti après, comme il était venu, sans dire un mot. Je me souviens de son sourire aux lèvres. Il avait ouvert le ventre du type. Pour récupérer son plan.

– Son plan ?

– Un tube, pour cacher son pécule, vous voyez où.

Philippe voyait bien. Il voyait aussi toute cette horreur défiler devant ses yeux. Il en avait presque la nausée. Mais il savait aussi qu'il fallait aller jusqu'au bout. Avec Victor comme avec les autres.

– Alors vous êtes partis, au hasard ?

– Pas vraiment. Finalement, c'était facile de quitter le pénitencier, il n'y avait pas de hauts murs, c'était pas la peine. Il y avait l'Amazonie, la forêt, ça suffisait. Impossible par là. Le fleuve, large, des courants, avec en face la Guyane hollandaise et sa police qui ramenait les évadés. Descendre le Maroni et tenter de rejoindre le

Brésil ou le Venezuela, ça nécessitait de gros moyens, beaucoup d'argent, un bateau, des complicités et beaucoup de chance. Et les complices étaient souvent des crapules. Alors, souvent, les types erraient plusieurs jours avant de rentrer d'eux-mêmes, se faisaient ramasser par les chasseurs, ou se perdaient en forêt, et disparaissaient. Nous, on a simplement remonté la rive. Au bout de deux jours, on a facilement relevé ses traces, dans la vase. La forêt était trop dense, il ne pouvait pas s'y enfoncer, il n'avait pas d'autres solutions, longer le fleuve. Et pas d'espoir, son échappée ne menait à rien, il le savait sûrement, et nous aussi. Le Bihan, c'était un type sympa, pas bavard, un breton de Nantes, mais sympa. On n'en avait pas parlé mais je le sentais aussi motivé que moi sur cette aventure. Mais fallait lui ramener une dépouille au 'pitaine. Alors on a continué. Ça devenait de plus en plus dur, il n'y avait presque plus de berge, envahie par la mangrove. J'avais demandé au capitaine une pirogue, il m'avait répondu : « Et pourquoi pas une canonnière. » Je lui aurais bien cassé la gueule. Alors on a continué de plus en plus difficilement. Au bout de quatre jours, on a repéré un morceau de sa chemise dans un branchage. On était bien sur la piste. On a profité d'une petite anse un peu dégagée pour bivouaquer et manger du maïs. Le Bihan a sorti sa pipe, et on a parlé de nos vies. Lui de sa Loire, de ses pêches, de sa Louison, et moi de ma Haute-Savoie, de mon Chéran, et de Marguerite. On a parlé du temps où on rentrerait et où on les embrasserait. Du temps où on pourrait commencer à vivre. De nos parents. On s'est endormis tard. À l'aube, ce sont les singes rouges qui nous ont réveillés, et les moustiques aussi. Le Bihan a jeté un coup de pied dans les cendres du foyer, il m'a regardé et m'a dit : « On y va. On n'est pas loin d'Apatou. On va le trouver aujourd'hui. On est au cinquième jour. » Au cinquième jour, ça voulait dire que le type, il en pouvait plus. Sûrement plus rien à manger, terrorisé, épuisé, on allait forcément lui tomber dessus. À cette période de l'année, les eaux étaient très hautes, on a eu vraiment du mal à avancer, et puis, au détour d'une petite presqu'île de terre, on l'a vu. Il avait de l'eau jusqu'à la taille. Il s'apprêtait peut-être à essayer de traverser le fleuve, il retenait avec les mains un petit tronc. Il était au bout, on était à quelques dizaines de mètres de lui, mais ça se voyait de là. J'ai avancé un peu dans l'eau, j'ai levé mon fusil, je l'ai mis en joue. Il m'a fixé du regard. Dans sa tête, il était déjà mort. Le Bihan, qui était derrière moi, sur la rive, n'a rien dit. J'ai senti qu'il n'avait pas bougé. J'ai visé la tête. J'ai attendu quelques secondes. J'ai encore vu ses yeux. J'ai baissé mon fusil. Je me suis retourné, le Breton n'avait pas bougé, l'arme au pied. Je me suis approché du relégué, je lui ai dit : « Ta chemise ! »

Il n'a pas semblé comprendre mon ordre, je l'ai répété : « Ta chemise ! »

Il l'a enlevé, il était maigre, on voyait ses côtes, tous les os de son visage, il était couvert de sangsues. Il me l'a tendue.

J'ai fait demi-tour, j'ai rejoint Le Bihan qui n'avait toujours pas bougé, et qui n'a rien dit quand je suis passé devant lui et que je lui ai dit en montrant la chemise : « On rentre. »

Le retour a été épouvantable. On était dévoré par la vermine, bouffé par les moustiques. Le Bihan avait la dysenterie, il dégueulait, et j'ai commencé à avoir la fièvre et mal à la tête. Dix jours après notre départ, on était de retour à la caserne. J'ai jeté la chemise sur le bureau du capitaine sans un mot, je l'ai juste entendu gueuler : « Enlevez-moi cette merde de là. Vous me ferez huit jours. J'en ai cassé d'autres ! » Et je suis allé m'allonger dans mon hamac. J'avais toujours la fièvre. Le soir, le médecin du bataillon m'a fait transférer à l'hôpital de Saint-Laurent, avec Le Bihan. Contre l'avis du capitaine.

– Brave docteur.

– On m'a mis au pavillon des infectés. C'est là qu'on mettait les tuberculeux, ceux qui avaient la tremblante, et ceux…

– La tremblante ?

– La malaria. Et puis aussi ceux qui avaient les fièvres tropicales. Je suis arrivé le lendemain, en fin d'après-midi. Deux soldats m'ont posé à l'entrée du bâtiment, sans entrer, ils avaient l'ordre. Deux infirmiers m'ont emporté sur mon brancard à l'intérieur. Je me suis retrouvé dans cette grande salle aux murs blancs. J'avais de plus en plus mal à la tête, j'avais chaud, très chaud. Et puis j'ai eu froid. Une infirmière est arrivée, elle était tout en blanc. Elle m'a fait boire un liquide dans un verre. J'ai tout dégueulé. Je me suis vidé. J'avais peur. L'infirmière s'est penchée sur moi, elle m'a dit de ne pas m'agiter, elle a passé un linge humide sur mon front. Un médecin est venu, il a pris mon poignet, il m'a regardé les yeux, il a soulevé le drap pour m'examiner. Il était très jeune, il m'a souri. Il s'est éloigné avec l'infirmière et je les ai vus discuter. L'infirmière est revenue, elle a changé mes vêtements, elle m'a mis une longue chemise blanche. J'avais très soif, elle m'a donné à boire, j'ai tout revomi.

Philippe n'ose plus rien dire. Il sait comment tout cela va se terminer.

– J'ai eu encore plus chaud dans la nuit, et encore plus mal à la tête. Et pareil le lendemain, et pareil aussi le jour suivant. J'ai dû dormir un peu de temps en temps. Au quatrième jour, le matin, j'ai ouvert les yeux. Marguerite était penchée sur moi, elle me souriait. Elle était habillée tout en blanc. Elle a passé un linge humide sur mon front, elle m'a parlé, elle m'a dit qu'elle m'aimait, que j'allais guérir, que j'allais rentrer. Elle était avec le médecin, il s'est penché sur moi. Il a soulevé le drap, il a regardé mes yeux. Je les ai fermés. Et après, je ne sais plus.

Philippe, lui, sait. Il l'imagine en tout cas.

Il sait que Victor a eu très mal à la tête. Lui, il dit céphalées. Puis il a eu de la température, un peu. Il est agité. Il a vomi, eu de la diarrhée, des frissons. L'infirmière lui a donné 1 gramme 50 d'ipéca. Il a revomi. Puis les céphalées sont devenues intenses. Il a cessé d'uriner, ses yeux sont devenus jaunes. Tout son corps est jaune. C'est ça que le médecin regardait en soulevant le drap. Sur son cahier, le médecin a écrit

« Température 38.5°, le pouls est irrégulier, les battements cardiaques sont tumultueux. 1 gramme de digitale. Anthrax à la lèvre supérieure. L'ictère est intense et atteint les téguments. » Puis la température a grimpé, 41.3°, les douleurs sont devenues intolérables, il a saigné du nez, il a vomi du sang, du sang noir. Le vomi noir, c'est bien la fièvre jaune. Le médecin note « Le pouls est petit et fréquent. À vomi de la bile toute la nuit. Délire. Épistaxis. Tamponnement des deux fosses nasales ».

Victor va mourir. Dans son semi-coma, il voit Marguerite. C'est l'infirmière, Victor, que tu vois, et qui te sourit, parce qu'il n'y a plus rien d'autre à faire, et que tu vas partir sur ce sourire. Victor ferme les yeux. Tu es mort Victor. Le jour va se lever sans toi. Sur le cahier, le médecin va noter. Victor V. Soldat d'infanterie de marine. Décédé ce jour 26 mars 1890 à Saint-Laurent-du-Maroni à 6 heures 30. Fièvre jaune.

C'est tout.

C'est tout et c'est fini. Victor regarde Philippe. Ses yeux sont perdus dans le vide, il ne dit plus rien. Il est pâle, il est maigre, assis à côté de lui, mais tout en longueur, et pourtant Philippe le trouve beau. Ce sont ses yeux qui le rendent beau, ils sont d'un bleu intense, perdus dans le vide, mais ils sont encore bien vivants. Et d'un seul coup, sans qu'il puisse se l'expliquer, Philippe se trouve très proche de lui.

Victor semble se réveiller.

– C'est tout ce dont je me souviens, monsieur. Après, c'est tout blanc. — Jusqu'à aujourd'hui.

– Jusqu'à ce qu'on vous demande de venir me rejoindre, n'est-ce pas ? Parce que c'est bien ça. On vous a demandé de venir me rejoindre. On. C'est qui, on, Victor ?

– Je ne sais pas, monsieur, je n'en sais rien, mais peut-être…

– Peut-être ? Peut-être que quoi, Victor ? N'ayez pas peur, Victor.

Philippe n'osa pas dire — Vous ne craignez plus rien.

Victor donna l'impression d'hésiter.

– Devant, il y a quelqu'un, monsieur. Peut-être qu'il le sait. Parce que, quand je suis passé devant lui, il m'a arrêté et m'a dit : « Victor, n'oubliez pas de lui dire votre nom. Vous y penserez, n'oubliez pas. »

– C'est vrai, Victor. Vous ne m'avez pas dit votre nom.

Le jeune homme au visage d'enfant lui sourit.

– Je m'appelle Voltaire, monsieur. Victor Voltaire.

IX

L'ULTIME RENCONTRE

Voltaire. Victor Voltaire. Ça ne pouvait pas être une coïncidence. Philippe, que cette dernière phrase avait laissé sans voix quelques instants, s'apprêta à lui en demander plus, mais le jeune homme se leva, et lentement se dirigea vers l'arrière de l'avion. Sans un mot de plus, et sans se retourner. Philippe hésita encore, puis se leva, et partit à sa suite. Mais il n'y avait plus personne quand il passa dans la cabine arrière. Comme la dernière fois où il y avait été. Personne, que des sièges vides. Et plus la moindre trace de Victor. Il alla jusqu'au galley de queue, mais là non plus, personne, pas le moindre membre d'équipage. Philippe resta là un bon moment, la tête toujours aussi pleine d'interrogations, et bien qu'il se le cachât, de craintes.

Il se remémora les dernières paroles du jeune soldat. Devant, il y a quelqu'un, monsieur. Peut-être qu'il le sait. Philippe n'y avait plus pensé, mais cet homme, devant, il l'avait remarqué. Quand, à la recherche de Calixte, il avait écarté discrètement le rideau le séparant de la première classe. Seulement quatre fauteuils, un seul passager. Un homme dont il avait entrevu un instant le visage, celui d'un homme plutôt âgé. Et Philippe n'avait pas osé entrer. Il se demandait bien pourquoi.

Maintenant, c'était fini. Philippe voulait savoir. Savoir ce qu'il faisait ici. Pourquoi toutes ces rencontres ? Pourquoi un tribunal ? Accusé de quoi ? Condamné ? Oui, parce que Philippe l'avait bien compris, il était condamné. Mais condamné par qui ?

Philippe remonta tout l'avion et se dirigea tout à l'avant, vers la première classe. Il constata une nouvelle fois que l'office était vide. Pas de trace d'équipage. Pas d'hôtesses, pas de Calixte. Il se retourna encore une dernière fois, mais non, il était bien seul.

Et Philippe tira brutalement le rideau, il faillit presque l'arracher.

L'homme, le vieil homme, était toujours là. Assis sur un des fauteuils, au milieu de la cabine. Philippe s'approcha, décidé à s'asseoir à côté de lui, sans demander d'invitation. Mais réflexe de politesse, bref regret de ne pas avoir continué la discussion avec Victor, Philippe hésita à nouveau, juste les secondes nécessaires à l'homme pour prendre la parole.

– Asseyez-vous, monsieur Voltaire. Cela fait si longtemps que je vous attends. Asseyez-vous.

Prendre l'ascendant, c'était bien ça que cet homme voulait. Montrer à Philippe que c'était lui qui l'invitait à s'asseoir à côté de lui. Montrer à Philippe que c'était lui qui décidait. De l'endroit de la rencontre, comme du moment. Même s'il disait avoir attendu, longtemps. Philippe se rendait bien compte de tout ça, et de l'impossibilité pour lui d'y échapper. Depuis le début de ce vol en fait, et sans jamais pouvoir y résister. Il s'assit, et attendit.

– Alors monsieur Voltaire. Comment allez-vous ce soir ?

Pourtant prêt à en découdre verbalement, Philippe prit le parti de laisser venir, pour voir.

Peut-être aussi parce qu'il sentait qu'il ne pouvait plus faire autrement.

– Jusqu'à présent bien, monsieur. Au fait, monsieur, monsieur qui ?

L'homme ne répondit pas tout de suite. Philippe en profita pour l'observer. En fait il n'était pas si âgé que ça. D'un âge un peu indéfinissable, la cinquantaine peut-être, mais les traits tirés, déjà marqué. Les cheveux très bruns, une barbe naissante. Le regard vif, presque acéré.

– Mon nom ? Qu'importe, monsieur Voltaire. Avez-vous véritablement besoin de le connaître pour que nous puissions discuter ? Le connaître changera-t-il quelque chose ? Non. Alors restons sur ce mystère. Vous êtes d'accord ?

– Ai-je bien le choix ?

– Le choix ? Mais oui, monsieur Voltaire, vous avez le choix. C'est bien ce que vous pensez ? Avoir le choix. Ne pas subir. Ne pas se faire imposer son destin. Vous l'avez dit. Vous ne croyez pas au destin. À moins que, à moins que vous n'ayez changé d'avis. Philippe. Avez-vous changé d'avis ?

Philippe préféra rester silencieux quelques instants, sans paraître réagir en entendant cet homme passer de monsieur Voltaire à Philippe. Sans donner l'impression qu'il aurait pu prendre ce changement pour une quelconque marque d'attention, ou d'affection, ou d'indulgence.

– Monsieur, puisque je ne peux pas vous appeler autrement, il semblerait que vous, et vous seul, sachiez ce que je fais ici. Que vous seul puissiez répondre à mes questions. C'est bien pour ça que nous nous rencontrons maintenant, n'est-ce pas ?

– Vous êtes têtu. Vous voulez savoir. On m'a dit que vous étiez médecin. Voilà bien le défaut des médecins, vouloir tout savoir. Mais pensez-vous qu'il faille tout savoir ? Vous ne seriez pas plus heureux sans savoir, surtout sans chercher à savoir ? Vous laisser bercer, sans vous poser toujours les mêmes questions. Qui suis-je ? D'où viens-je ? Où vais-je ? Qu'est-ce qu'il y avait avant ? Qu'est-ce qu'il y aura après ? Pourquoi suis-je là ? Pourtant vous savez que vous n'avez pas les réponses, et que vous ne les aurez jamais. Alors, à quoi bon ? Vous ne trouveriez pas plus simple de vous laisser guider ?

– De subir le destin ? Nous y voilà. C'est donc bien vrai, je suis dans un tribunal.

– Vous allez droit au but. J'accepte le terme s'il vous convient. C'est vrai, c'est un peu ça. Oui. Vous êtes dans un tribunal.

– Mais alors de quoi suis-je accusé ? Et par qui ? Par vous ?

L'homme passa sa main sur son visage, inspirant profondément, sembla réfléchir quelques secondes avant de répondre.

– Vous n'êtes accusé de rien, Philippe. Il ne s'agit pas ici de vous juger pour les actes de votre vie, bons ou mauvais. Ça, c'est un autre tribunal. Il n'est pas de ma compétence. Le verdict ici, ce n'est pas l'enfer ou le paradis. Ce n'est pas la vie ou la mort, encore que cela puisse l'être.

– J'ai un peu de mal à vous suivre.

– Vous êtes trop cartésien, mon cher Philippe. Je vous l'ai dit, ne cherchez pas à savoir. Disons que nous jugeons, ici, de votre proche destin immédiat, de vos prochains actes, et de plein d'autres évènements aussi, dont l'enchaînement pourrait conduire à certaines actions, certaines modifications de votre vie. Mais je vois que cela ne vous suffira pas. Une dernière fois, Philippe, et répondez, car je vois, et je sais, que vous avez l'habitude de ne pas répondre aux questions. Croyez-vous au destin ? Oui ou non ?

Philippe regarda son interlocuteur dans les yeux.

– Non, monsieur. Je crois au hasard, à la chance peut-être. Je crois à la volonté, à l'effort, à la persévérance. Je crois que nous sommes toujours maîtres de notre vie, même si des éléments extérieurs peuvent la modifier.

– Et oui, même si des éléments extérieurs peuvent la modifier. Vous voyez bien Philippe. Vous ne pouvez pas y échapper. Vous avez encore des doutes ? Vous voulez vraiment savoir, Philippe ?

Philippe n'hésita pas.

– Oui, je veux savoir.

– Philippe. Vous avez rencontré plusieurs personnes sur ce vol, n'est-ce pas ?

– Oui. Mais vous le savez, c'est vous qui les avez envoyées.

– Peut-être. Quoi qu'il en soit, ces personnes vous ont raconté leurs destins, heureux ou malheureux, mais subis. Ça ne vous a pas convaincu ?

– Une, — Philippe repensa à Lacenaire — n'avait pas trop l'air d'y croire.

– Vous avez cru cette crapule ? Vous m'étonnez, Philippe. Enfin, le sujet n'est pas là. Vous ne croyez toujours pas au destin ?

– Vous voyez, vous les connaissez, ces personnes. Je vous l'ai dit, et pour la dernière fois, je vous le redis : non !

– Alors écoutez-moi, Philippe. Écoutez-moi attentivement. Vous vous souvenez de Victor ?

– Oui, bien sûr, un pauvre enfant mort à vingt-quatre ans, seul, tristement. Une vie gâchée.

– Oui. Pardonnez-moi, mais cela fait longtemps que je ne m'attriste plus. Je ne suis pas là pour ça.

Philippe préféra ne pas répondre, mais cette remarque l'avait choqué. L'homme poursuivit.

– Il vous a dit son nom ?

– Oui. Victor. Victor Voltaire.

– Et ça ne vous a pas fait réagir plus que ça ?

Philippe se sentit piégé, mis en infériorité. C'est vrai, il n'avait pas franchement réagi. Il n'avait pas été assez vite. Il n'en avait pas demandé plus à Victor. Maintenant il le savait, c'était par peur, par peur de savoir pour de bon. Par peur du verdict. Et c'est aussi par peur qu'il n'avait pas tiré le rideau plus tôt. C'est pour cela qu'il n'avait pas réagi. Et maintenant, il le regrettait.

– Non. J'aurais dû.

– Eh oui, Philippe, vous auriez dû. Alors laissez-moi vous raconter une histoire. Celle d'un jeune homme, né en Haute-Savoie, à Marigny-Saint-Marcel. Ce nom vous dit quelque chose, Philippe.

– Oui.

– Vous savez très exactement où c'est.

– Oui.

– Et vous savez très exactement aussi pourquoi vous savez où c'est.

– Oui.

– Nous y voilà Philippe. Au terme. Je continue mon histoire. Ce jeune homme vit une existence normale, à la campagne, avec ses parents, son frère. Il est amoureux de Marguerite. Sa vie est tracée, il sera paysan, ou capitaine au long cours s'il le veut bien. Mais voilà, il met la main dans une urne et le 5 en sort. Le 5 en sort parce qu'il n'y a plus que lui dans l'urne. Alors il n'y a pas d'autre possibilité. Son destin est tracé. La suite vous la connaissez. Mais pas toute la suite. La suite, même Victor l'ignore.

Philippe recroquevilla ses orteils, signe d'un mal-être chez lui.

– Je continue. Quelques mois après la mort de Victor, le maire de Marigny-Saint-Marcel porte à ses parents l'avis de décès transmis par son collègue, maire de Saint-Laurent-du-Maroni. Les années passent, le deuil s'estompe. Le chagrin d'une mère dure toute la vie, celui d'un frère quatre ans, celui d'une fiancée, un an. Alors un peu après, Marguerite épouse le frère de Victor. Ils auront des enfants, qui auront des enfants, l'un fera la guerre de 14, dans les

Dardanelles. Il en reviendra. Il aura un fils, qui sera déporté en Allemagne, qui en reviendra, et qui aura deux enfants. Le premier s'appellera Michel, le deuxième…

L'homme attendit que Philippe donne la suite.

Philippe hocha la tête plusieurs fois.

– Le deuxième s'appelle Philippe. Philippe Voltaire.

– Eh oui, Philippe. C'est à un singe rouge de Guyane, et à un moustique, que vous devez d'exister. La boucle est bouclée.

Philippe ne savait plus quoi dire. Son interlocuteur respecta son malaise et son silence.

– Qui êtes-vous monsieur ?

– Vous le savez bien, Philippe. Je suis le Destin.

X

SANTIAGO

– Monsieur. Monsieur.

Philippe regarda l'hôtesse qui s'était penchée sur lui. Il cligna des yeux.

– Je crois que je me suis assoupi.

– Oui. J'espère que vous vous êtes bien reposé. Je vais vous demander de redresser votre fauteuil et de réajuster votre ceinture, nous allons atterrir. La météo n'est pas très bonne sur Santiago, et il risque d'y avoir d'assez grosses turbulences.

– Je vais le faire. Je vous remercie.

Philippe regarda vers l'extérieur. L'avion, encore au-dessus des nuages, amorçait sa descente. Des énormes masses blanches émergeaient les plus hauts sommets de la Cordillière, éclairés par un soleil levant, leurs faces vertigineuses drapées de blanc. L'appareil fit encore un palier et franchit le brouillard. Il fut secoué assez brutalement et on entendit quelques cris dans la cabine. Philippe, plutôt habitué à ce genre de perturbations, n'en fut pas plus inquiété. Rien de plus normal pour lui. L'avion fit alors une grande courbe. Philippe voyait les oscillations des ailes et, parfois, dans une petite percée, de nouveau le granit enneigé des sommets andins, tout proche, très proche. Le commandant de bord intima à l'équipage l'ordre de s'asseoir. La cabine se fit très silencieuse, les secousses de plus en plus violentes, et Philippe trouva que ça tapait quand même un peu. L'avion descendit encore et encore, secoué de haut en bas, mais aussi de droite à gauche. Vents cisaillants, pensa Philippe. Puis l'appareil passa en dessous de la couche nuageuse, le sol était tout proche. Philippe vit la piste, l'avion s'apprêtait à atterrir « en crabe ». L'avion descendit encore mais, au dernier moment, à quelques mètres de la piste, le pilote remit les gaz.

De toute la puissance de ses réacteurs, l'appareil reprit de la hauteur. Philippe entendit de nouveau des cris, et aussi des pleurs. Le commandant de bord, très calmement, informa les passagers de la suite prévue. Une autre tentative d'atterrissage.

L'avion fit de nouveau un très grand virage, puis un vol à basse altitude d'une dizaine de minutes, puis encore un autre virage, pour se positionner. À l'intérieur de la cabine régnait un silence de mort.

À quelques mètres du sol, l'avion fut encore très secoué, tangua une dernière fois, et posa une première roue sur le bitume. Et rebondit.

XI

AGNÈS

Agnès, debout dans son salon, avait les yeux rivés sur la télévision. À ses pieds, innocent, Nathan jouait. À l'écran le journaliste s'exprimait en espagnol. On pouvait voir derrière lui les images qui passaient en boucle, apparemment prises par un amateur. L'avion descendait, il tanguait dangereusement, les conditions météo paraissaient médiocres. L'avion, complètement de travers, finissait par toucher le sol, s'inclinant au point qu'une aile heurtait le béton et s'enflammait. L'avion faisait un tête-à-queue, s'embrasait en quelques secondes, continuait sa course sur plusieurs centaines de mètres, pour finir par s'immobiliser en quittant la piste. Maintenant, alors que le journaliste continuait à parler, on pouvait voir d'autres images. Les véhicules de sécurité entourant la carcasse en flammes, des ambulances, des camions-pompes arrosant le brasier. Agnès pensait à ces pauvres gens, ces femmes, ces hommes, ces enfants que le destin venait de frapper. Aux familles qui les attendaient, qui les attendraient toujours. Elle, elle était rassurée. Il venait de lui envoyer un message. Il était bien arrivé. Il avait juste rajouté, un peu secoué. Elle savait ce que cela voulait dire lorsqu'il marquait, un peu secoué. Cela voulait dire, très très secoué. Maintenant elle savait qu'il était dans un taxi, en partance pour aller voir son patient, vers un hôpital inconnu. Qu'ensuite il irait à l'hôtel, puis comme d'habitude, au lieu de se reposer, il partirait, petit sac dans le dos, arpenter au pas de course les rues de la ville. C'était sa vie, elle ne le discutait pas. Elle avait juste peur de le savoir toujours en avion. Et puis sur l'écran, les sous-titres, elle avait bien vu le nom. Aeropuerto de Ciudad de Guatemala.

Loin de Santiago du Chili. Loin de son père.

XII

LE CHOIX DE PHILIPPE

Le taxi dépose Philippe devant son hôtel. Il revient de l'hôpital. Il a vu son patient. 74 ans. Syndrome coronarien aigu, pneumopathie, il va plutôt mieux maintenant, même s'il est encore sous oxygène. Il le prendra en charge demain. Pour un retour sur Paris, et un transfert ensuite sur Nantes. Mais ça, c'est pour demain soir. Vol de nuit. Civière. Nuit blanche garantie. Alors, pour cette journée, c'est relâche, il dormira ce soir. Il passe à la réception, monte dans sa chambre, prend une douche et se prépare à ressortir aussitôt. Tenue de ville, petit sac dans le dos, avec une bouteille d'eau, un guide touristique, un pull et un petit parapluie. La météo n'a pas été très bonne à l'atterrissage. Il regarde par la fenêtre, le temps semble s'être arrangé, il y a même un coin de ciel bleu. C'est décidé, il veut revoir le palais de la Moneda. Après il ira déjeuner au Nacional 1. Il aura une pensée pour Gaëlle. Il regarde le plan. Il demandera le meilleur chemin au concierge.

Philippe descend dans le hall. Il se dirige de nouveau vers la réception. Ce n'est plus le même employé. Il est plus âgé, mais d'un âge un peu indéfinissable, la cinquantaine peut-être, les traits tirés, déjà marqué. Les cheveux très bruns, une barbe naissante. Le regard est vif, presque acéré. Philippe lui explique, en anglais, qu'il souhaite se rendre au Palacio, à pied. L'homme lui explique que ce n'est pas très loin, et qu'il y a deux trajets possibles, pratiquement identiques en distance. L'un par la Calle Teatinos, qu'il rejoindra en sortant de l'hôtel en tournant à droite, l'autre par la Calle Morande, qu'il pourra trouver en tournant à gauche en sortant. L'homme lui souhaite une bonne journée.

Miguel vient de monter dans son camion. Il est furieux. Hier, il a demandé qu'on règle son problème de frein. Et rien n'a été fait. Il n'a pas le choix, ce chargement il faut qu'il aille le déposer. Au Colegio Santa Cruz. Ce n'est pas très loin, mais ce n'est pas prudent. Déjà hier, il n'a pas pu s'arrêter à un stop, et a failli avoir un accident.

Alors il ira doucement, il descendra par la Calle Teatinos, puis prendra la Calle Nataniel Cox, juste après avoir longé le Palacio de la Moneda.

Miguel met en marche le camion, appuie sur l'accélérateur et rejoint le trafic.

Philippe traverse le hall de l'hôtel. Contrairement à son habitude, il ne se presse pas. Il va vers le guichet de change. Il y a un peu d'attente. Il en profite pour observer la clientèle pour le moins cosmopolite. Son regard s'arrête successivement sur un Américain, il le pense Américain avec son Stetson et ses allures de cow-boy, sur une vieille dame, toute droite issue de l'Empire britannique, c'est à peu près certain, sur ce jeune steward à la démarche douce, presque féminine. Il voit aussi cet homme, qu'il trouve tout de suite antipathique avec son anachronique redingote et ses manières de faux dandy. Il préfère porter ses yeux vers cette charmante petite fille qui lui sourit, et qui porte un étui à violon à la main, et de l'autre une petite valise et une poupée de chiffon. Elle a l'air presque triste, il la pense seule. Mais non, ses parents sont juste à côté, ça se devine, avec tout le reste de la famille, une autre fille et deux garçons, des jumeaux sans aucun doute. C'est bientôt son tour, il y a du monde. Philippe continue son occupation favorite quand il n'a rien à faire d'autre. Cette fois-ci, c'est une femme qui retient son attention. Elle est âgée, elle parait toute simple. C'est curieux, elle lui rappelle étrangement quelqu'un. Il n'arrive pas à se souvenir qui. Puis ça lui revient, mais ça ne peut pas être elle. Celle à qui il pense est morte depuis longtemps.

Il y a beaucoup de circulation. Miguel n'est pas rassuré. Ce camion est vraiment à bout de souffle. Mais il ne peut rien dire. C'est ça ou le chômage, il n'a pas le choix. Beaucoup de circulation. Il va être en retard, après, pour aller chercher Rosamelia. Rosamelia, c'est sa fille, l'amour de sa vie. Celle pour laquelle il accepte tout. N'importe quel travail. Elle va l'attendre à la sortie de l'école. Elle aura peur de ne pas le voir arriver. Alors Miguel décide de changer d'itinéraire. Il va tourner à gauche par la Calle Morande. Il met son clignotant. Impossible, elle est fermée pour travaux. Tant pis, il passera par la Calle Teatinos.

Ça y est, c'est son tour. Il sort quelques billets, son passeport, et remet dans ses poches le change que lui fait l'employé. Largement de quoi vivre deux jours sur place. Il se retourne et manque de bousculer la personne derrière lui et qui attendait son tour. Philippe s'excuse. C'est un jeune homme, c'est sûr, il a un visage d'enfant, il paraît frêle, presque malade. Dans la précipitation, Philippe a parlé en français, et c'est en français que l'homme lui répond qu'il n'y a pas de souci.

Miguel est sur la Calle Teatinos. Ça roule mieux. Il sera peut-être à l'heure.

Philippe se dirige vers la sortie. Il accélère le pas, puis ralentit, regarde encore vers la réception. L'homme de tout à l'heure suit ses mouvements. Philippe capte encore son regard. Acéré. Presque inquiétant. Et puis Philippe n'y pense plus. Il a le dos tourné, il ne saura jamais que l'homme l'observe toujours. Il franchit la porte tambour, croise le regard d'un client qui rentre et qui le regarde tout le temps qu'il est dans l'enceinte de verre. L'homme a un sourire de séducteur et un magnifique chapeau. Philippe se retrouve sur le trottoir. Il regarde le ciel. Maintenant il fait beau, encore quelques petits nuages. Sans plus. La journée sera belle.

Philippe avance au milieu du trottoir. Il hésite. Finalement, il prendra la Calle Teatinos.

Le feu passe au rouge. Miguel appuie sur le frein.

Philippe tourne à droite.

REMERCIEMENTS

Le choix de Philippe est mon deuxième roman, après *L'homme qui ne voulait pas mourir brûlé dans le kérosène.*

J'avais promis à mon éditeur d'être plus court pour les remerciements. Je ne tiendrai pas parole, et je souhaite remercier toutes celles et tous ceux qui m'ont aidé ou soutenu à un moment ou à un autre.

Tout d'abord mon frère Michel et mes enfants, Anne-Laure, Jean-Bernard, Agnès et Bénédicte. Sans eux, je n'y serai jamais arrivé.

Je pense tout particulièrement à Brigitte, Thibaut, Annie, Arnaud et Mathieu. Merci à Léa, Emmie, Nathan, Soline, Léonie, Capucine. Merci à Yoann, Charlotte, Thomas, Sébastien, Marianne, Marjorie.

Toute mon affection à Albert et Joëlle Benloulou, Jean Thierry Girerd-Martin, John et Danielle Murphy, Grégoire Cutelle, Armand Zoffranieri, mes nurses pour la vie Roselyne Daviot et Gaëlle Pohon.

Merci à Thierry Vaudelin, Dominique Haro, Jean-François Bachellerie de LMI, Lyon Médical International Organisation. Grâce à eux, je parcours la planète.

Je tiens à remercier tout particulièrement Brigitte Beugniet-David. Sans elle, ce roman n'aurait peut-être jamais existé, elle sait pourquoi.

Merci à Francine et Daniel Rousselin, toujours présents.

Je pense tout particulièrement à Chantal et François-André, à Jean-Philippe et Kathleen Cohen-Bacry qui me suivent de leur Québec trop lointain, à Frédéric Chabord du sommet du Ventoux, à Philippe et Jocelyne Guilhermond et Stéphanie Bringoud-Aubert, qui sont toujours là quand il faut, ainsi qu'à Véronique Serain et Pierre Pocachard pour leur amitié.

Merci à mes amis du Maroc et d'après, Farnaz et François Picard, Véronique et Philippe Barré, Olivier Korner, Sylvia et Jean Yves Ravinet. Merci à Fanny Bouchet, et à travers elle, tout le personnel des Urgences et du Centre 15 du Centre Hospitalier Métropole Savoie à Chambéry, et toutes les infirmières et infirmiers, aides-soignants du monde.

Merci à Jean-Louis Vangi, lecteur critique. À Patrick Talbi, compagnon de missions acrobatiques.

Merci à Janine Dumas qui sait que je pense toujours, tous les jours, à elle. Merci à Christelle Girod, Jean-François Pollet, Anne Buffaz, à Elisabeth Kristensen, Daniela Milic, David Laudon, Angélique et Hélène Sion, Stéphane Clerc. Merci à Frédéric Molion, Anna Borgey, Agnès et Jean-François Cheynel. Barbara Ridel, Éric De Bigault, Damien Lejeune, Alain Chazal, Marcelle et Jean Michel Heyzel, Lucie Pocachard, Michaël Prüfer. Merci à Yvonne Setti. À Myriam Belin, Emma et Philip Coullet, Magali Arnaud, Catherine Plantier, à Jean Philippe Bellemin. Merci à

Armelle Serain, Chantal et Adrien Infanti, Brigitte et Marwan Homaidan.

Merci à James, mon plus attentionné compagnon d'écriture.

Merci à tous mes amis de LMI. À Jean Michel Legras, Alexandre Guérin, Lionel Bajolle.

Merci à Daniel Vovk, Elena, Fred, Victor et tous les pilotes d'Oyonnair, d'Harmony-jets

Merci à tous les personnels d'Air France rencontrés depuis des années, et à leur aide précieuse.

Merci à Camille Jacquet rencontré sur un certain Paris-Tokyo. On se souhaite de bons vols.

Merci au Carré des Sens à Chambéry, son chef et toute son équipe. C'est un bonheur de s'y rendre.

Je vais oublier certaines personnes, qu'elles me pardonnent, mais je veux remercier Catalina Alarcon-Murgui, Yves Allibert, Florence Allix, Danielle et Gilbert André, Sandrine Anne, Araujo Calheiros Maria Da Luz, Claude Armand, Sophie Armengaud, Alain Ballocchi, Marie et Alexis Barbet, Marine Barros, Namir Bellir, Fabienne Belmonte, Faycal Benkhelifa, Kamal Bermime, Florent Biard, Mickael Bobin, Brigitte Bochaton, Hervé Bouchet, Vincent Bouchon, Séverine Bouchez, Danielle Bouilliez, Alain Bouvier, Lila Bouzemboua, Philippe Bretagnolle, Myriam Breton, Sylvie et Christian Bringoud, Arnaud Buffin, Jacky Calvelli, Serge Carbonell, Nadège Cartier, Jean-François Casanova, Coralie Cevoz-Mami, Sylvie et Bernard Chaboud, Nathalie Chaloin, Jacques Chambard, Lysiane Charreton, Chantal et Max Charrion, Mildred Chétrit, Célia Colin-Dewyse, Sophie Collet, Diego Coniglio, Sandra Coquet, Michel Coulon, Jean-Pierre Cressens, Fabienne Cusumano, Philippe Dalmon, Jean-Marc Danton, Guy Derbasch,

Sabrina Delarive, Mélanie Delozier, Florence Dernoncourt, Norbert Deroux, Marie De Saint Germain, Pascale Dezaphie, Bakary Diallo, Françoise Ducruet, Nadine Dumaz, Jacques Duraz, Stéphanie Exbrayat, Christian Fabrègue, Jean-Luc Fedou, Vincent Feuillie, Aurore Firma, Chantal Foison, Carole Gallin, Élodie Gaudet, Frédérique Genicot, Lucy Gentil-Perret, Maurizio Giuriato, Manon Greco, Domitille Guedel, Marie Guilhermond, Benoit Guillaud, Pascale et Robert Guillot, Nathalie Guillot, Eva Gutierrez, Christine Goguet, Bertrand Hacquard, Shilishi Kesh Haumeer, Xavier Huchez, Jacqueline Huet, Thierry Jacquier, Catherine Jacob, Jean-Marie Janisson, Joseph Janton, Angélique et Luc Jouanteguy, Charles-Antoine Josephine, Pierre Jouve, Éric Kelkel, Stéphane Lado, Vanessa Laferrière, Cédric Landais, Marc Lavédrine, Lucien Lefebvre, Valentin Lefebvre, Jean-Rémy Legros, Jean-Pierre Lejeune dit l'Amiral, Marie-Jeanne Manchon, Marie-Josèphe Marcellin Rossat, Nicole Marchall, Murielle Margueron, Adrien Marie, Christine Martinez, Isabelle Massot-Pellet, Jean-Charles Mathié-Matheu, Karine Matt, Serge Maurice, Angélique Mayensson, Marie-Anne Métral, Laure Meullenet, Guy et Colette Meunier, Christophe Michalot, Sabine Michel, Josette et Denis Monnet, Claire Montserret, Georges Mougel, Cathy Moure, Philippe Nobili, Anne Noiton, Frédérique Noiton, Olivier Pain, Michel Paingris, Anne Palmieri, Nicolas Paray, Marianne Parry, Aurélie Pauguet, Manuel Penalver, Philippe Penari, Cédric Perez, Pascale Perroud, Jacques Picard, Françoise Picollet-Bonne, Alain Pillet, Claire Prost, Marie Quay-Thevenon, Philippe Queroy, Philippe Radoszycki, Anthony Rejony, Jean-Jacques Renoux, Nicole Robert, Gérard Rouvière, Carole Salvetti, Pierre Sage, Pierre Gilles Santini, Olivier Savy, Emmanuel Schillewaert, Thierry Secheresse, Joseph Gilles Semeraro, Jérôme Supra Dyn, Sandrine Talleux, Marion Torres, Jacqueline Trefier, Virginie Trin, Franck Trinchero, Pascal Tritter, Corine Valliend-Ducret, Grégory Vericel, Emmanuelle Vianey-Liaud, Pierre Vuillaume, Micheline Villot, Annie et Jean-Olivier Viout.

Je ne peux m'empêcher de penser à toutes mes rencontres, pilotes, personnels navigants de multiples compagnies, agents d'aéroport, chauffeurs de taxi, ambulanciers, réceptionnistes et employés d'hôtel, vendeurs ambulants, policiers, militaires, ambassadeurs, diplomates, maîtres espions et agents secrets, serveurs, chefs de cuisine, coiffeurs, touristes, voyageurs, routards, inconnus qui passent. Je les remercie tous. Nombreux se sont retrouvés sous ma plume, beaucoup ne le sauront jamais.

Merci à mes patients.

Merci à tous les personnages de mes romans. Je commence à croire qu'ils existent vraiment.

Merci à toutes mes lectrices, tous mes lecteurs. J'ai découvert avec *L'homme qui ne voulait pas mourir brûlé dans le kérosène*, le plaisir d'être lu.

Merci à Olivier Perrier, mon éditeur, et à Françoise Dunand-Perrier.

Merci à toute l'équipe de La Fontaine de Siloé.

Une pensée pour Victor Verjus, Soldat de l'Infanterie de marine, mort de la fièvre jaune à l'âge de 24 ans, en 1886, à Saint-Laurent-du-Maroni, en Guyane française. Pour ma tante Renée Combaz, Lieutenant dans la Résistance, Chevalier de la Légion d'Honneur, Déportée, et pour son mari Henri Bony, Quartier-maître mécanicien, engagé dans les Forces navales françaises libres le 1er août 1940.

Une immense pensée pour Suzanne et André Verjus, mes parents.

Merci une fois encore à mon frère Michel pour son aide. Je lui dédie cette morale de Jean de La Fontaine.

Patience et longueur de temps

Font plus que force ni que rage.

Philippe Voltaire reviendra.

« *Orbis non sufficit* »

Dans la même collection, aux Éditions La Fontaine de Siloé :

Ne réveillez pas le loup qui dort !, Patrick Liaudet

Chez Nini !, Christian Pluche

Minéral, Françoise Allignol, François Agusta

Les étoiles brillent, Sébastien Clerc

Tignes 1952, Thierry Verron

Glières, la fracture, Claire Ballanfat

La synchronie fantastique, Yves Exbrayat

Neige de cendres, Patrick Liaudet

Alice et Alphonse, paysans de montagne, Dominique De Vogüe

Les enfants du barrage, Thierry Verron

Un papillon dans la marge, Hélène Armand

L'homme qui ne voulait pas mourir brûlé dans le kérosène, Paul Verjus

Les Houblons sauvages, Damien Saboul

Marc Batard, l'Everest en partage, Tome 1, Nathalie Lamoureux

Enfant du Chéran, Jean Lyonnaz-Perroux

Burnous Blanc, Yves Bourron

Le paradis des alpages, Paul Vincent

Le Sol, Frédéric Lefèvre, Jean Nicolas, André Kertész

Tous ces romans sont disponibles sur www.fontainesiloe.com

La Fontaine de Siloé